优秀蒙古文文学作品翻译出版工程 ★ 第五辑

绣杏花的烟荷包

短篇小说卷

优秀蒙古文文学作品翻译出版工程组委会／选编

作家出版社

致 读 者

"草原文学重点作品创作工程"和"优秀蒙古文文学作品翻译出版工程"的成果陆续和读者见面了。这是值得加以庆贺的事情。因为，这一工程不仅是对文学创作的内蒙古担当，更是对文学内容建设的草原奉献！

在那远古蛮荒的曾经年代里，不知如何称呼的一群群人在中国北方的大地山林间穿梭奔跑，维持着生命的存延。慢慢地，他们繁衍起来并开始有各自专属的族称，然后被人类发展的普遍规律所驱使着，一个接一个地走出山林过起了迁徙游牧的生活。于是，茫茫的草原就变成了这些民族人群书写盛衰成败的出发地。挥舞着战刀和马鞭，匈奴人第一个出发了，紧接着是鲜卑人，然后是突厥人，再后是契丹人、女真人，之后是蒙古人，他们一个接一个地踏着前人的足迹浩浩荡荡地出发了。如今，回首望去，他们奔腾而去的背影犹如一队队雁阵，穿过历史的天空渐渐远去……

雁阵飞去，为的是回到温暖舒适的过冬地。而北方民族依次相续地奔腾前去，为的却是要与人类历史的发展潮流融汇对接。这是一个壮观的迁徙，时间从已知的公元前直到当今年代。虽然形式不同，内容也有所变化，但这种迁徙依然不停地进行着。岁月的尘埃一层又一层，迁徙的脚印一串又一串。于是，经历过沧桑的草原充满了关于他们的记忆。在草原的这个记忆中，有他们从蛮荒走向开化的跋涉经历；有他们从部落成长为民族的自豪情怀；有他们建立政权、制定制度、践行管理的丰富经历；有他们敬畏自然、顺应规律，按照草原大地显示给他们的生存方式游牧而生的悠悠牧歌；有他们按着游牧生活的存在形态创制而出的大步行走、高声歌唱、饮酒狂欢，豁达乐观而不失细腻典雅的风俗习惯；有他们担当使命，不畏牺牲，奋力完成中国版图的大统一和各民族人群生存需求间的无障碍对接的铿锵足迹；更有他们随着历史的发展、朝代的更迭和生存内容的一次次转型与中原民族相识、相知，共同推进民族融合、一体认知、携手同步的历史体验；还有他们带着千古草原的生存经验，与古老祖国的各族兄弟同甘苦、共命运，共同创造中华文化灿烂篇章的不朽奉献……

承载着这些厚重而鲜活的记忆，草原唱着歌，跳着舞，夏天开着花，冬天飘着雪，一年又一年地走进了人类历史的二十一世纪。随着人类文明发展进步的节奏，草原和草原上的一切激情澎湃地日新月异的时候，我们在它从容的脚步下发现了如土厚重的这些记忆。于是，我们如开采珍贵的矿藏，轻轻掀去它上面的碎石杂草，拿起心灵的放大镜、显微镜以及各种分析仪，研究它积累千年的内容和意义。经过细心的研究，我们终于发现它就是草原文化，就是源远流长的中华文化的源头之一。它向世界昭示的核心理念是：崇尚自然，践行开放，恪守信义，还有它留给往时岁月的悲壮忧伤的英雄主义遗风！这样，当世人以文化为各自形象，与世界握手相见时，内蒙古人也有了自己特有的形象符号——草原文化！

精神生活的基本需求是内容，而文学就是为这一需求提供产品的心灵劳作。因有赤橙黄绿青蓝紫，世界才会光彩夺目。文学也应该是这样。所以，我们大力倡导内蒙古的作家们创作出"具有草原文化内涵、草原文化特点、草原文化气派"的优秀作品，以飨天下读者，并将其作为自治区重大的文学工程加以推动。如今，这一工程开始结果了，并将陆续结出新的果实落向读者大众之手。

在此，真诚地祝福这项工程的作品带着草的芬芳、奶的香甜、风的清爽和鸟的吟唱，向大地八方越走越远！

内蒙古自治区党委常委、宣传部长　乌　兰

目 录

绣杏花的烟荷包

敖德斯尔 著

斯琴高娃 译

敖德斯尔

蒙古族，1924年生于赤峰巴林右旗。1948年开始蒙汉双语文学艺术创作活动，出版有长篇小说、中篇小说、散文、文艺理论以及话剧、歌剧、电影文学剧本等多种体裁的文学作品共三十本，蒙、汉文共计八百余万字。

斯琴高娃

蒙古族，1933年生于哲里木盟科尔沁左翼中旗。中国作家协会会员，内蒙古作家协会理事。从小爱好文学，与丈夫共同创作了《骑兵之歌》等长、中、短篇小说，蒙译汉作品有《新春曲》《老车夫》《含泪的笑声》《风，在草原上吹过》等，其中《小钢苏和》《骑兵之歌》等多次获奖。

杏花开了，又谢了。

一朵粉红色的花落在我的袖口上，乍一看那形态、那颜色似熟悉，又像是个模糊的痕迹。这朵花，忽然在我人生长河中泛起一连串回忆的涟漪。往事如烟，已飘散去不少。那荷包的颜色已记不清了，可绣荷包的人，却异常清晰地从我心底浮现出来。

那是个我家乡的牧民常常掖在腰带上的烟荷包。记得我的那个烟荷包上绣着一朵盛开的桂丽森花①，花绣得并不精致，但是她拿自己的心绣的。可是随着岁月的流逝，我对它渐渐疏远、淡忘，不知什么时候，我却把它丢了，当然把她也忘了。现在，这偶然落在身上的一朵花，把一连串时而喜悦时而忧伤的首尾不相衔的岁月连接起来了。

我管她叫桂丽森嫂。她比我大三岁，年轻的时候，她很秀气，给人印象最深的是她一双打动人心的黑眼睛和嘴角一对深深的酒窝。但她和一般漂亮女人不同，在她那清秀的容貌中有一种粗犷、热烈，近乎刚强的力量，这就是她的个性。

---

① 桂丽森花：蒙文音译，杏花。

桂丽森嫂嫁到我们浩特①达赉哥家的时候，我是个十分淘气的十五六岁的孩子。那次热闹非凡的婚礼，眼花缭乱的宾客，头上蒙着红头巾的新媳妇，激起了我多么大的好奇心啊！后来，犍牛一般结实的达赉哥在去草原牧民称为母亲的额吉渚尔盐池拉盐的路上，突然得急病死了。噩耗传来的那天晚上，达赉哥的母亲和桂丽森嫂的哭声，揪人心肺，连我都感到了撕扯般的痛楚。

达赉哥留下了两个女孩，大的三岁，小的才一岁。

后来，听浩特里的人们说，达赉哥去世一周年后，桂丽森嫂的娘家人曾来接她回去，可她终因扔不下孤身一人的婆婆而留了下来。

就这样，她情愿用她那纤弱的身板支撑起一个有老有小的毡包，刚过二十岁就开始了人类生活中最难熬的寡妇生涯。

游牧民族的生活条件是很苦的，如果没了男人，就意味着苦上加苦，那看不到尽头的凄苦日子，渡不完的难关，干不完的繁重劳动，必须每时每刻都要付出不屈不挠的努力才行。没有经历过这种生活的人想象不出它的凄苦和磨难有多么深重。我看见她从早到晚马不停蹄地干活儿，心里很可怜她，我也常常看见她门前的马桩上拴着各种各样的马，可是从来没看见过有人帮她干活儿。

开始，尽管生活的担子那么沉重，却还没有很快就把桂丽森嫂那年轻、充满活力的双肩压弯，也没有能压抑住她活泼开朗的天性。每当春暖花开，或秋风吹拂的季节，全浩特的人每天都听见桂丽森嫂那圆润而悲哀的歌声。她是我们那一带最有名的歌手，无论谁家嫁姑娘娶媳妇都缺不了她。

那时的我，正处在朦朦胧胧寻找爱的阶段。开头，我只是喜欢听她的歌声。那歌声，有时能唤起我的莫名的冲动和莫名的烦恼，有时又带给我青春时代的芬芳和无尽的遐想。后来不知是什

---

① 浩特：蒙文音译，一户牧人家。

么时候，我开始怀着一种说不清的情感去关注她的生活了。每当我拖着套马杆放牧的时候，或者早晚牵着马去河边饮马的时候，我的目光总是有意无意地向浩特东头的一顶篱笆围墙的蒙古包望去。那时候，桂丽森嫂头上的红头巾，就像熄不灭的一团火一样，起早贪黑，不停地飞蹿在绿色的草地、静静的河流和尘土飞扬的畜群中间。

我每天都想看见她，想和她说话，把心中对她的喜爱，用眼睛表达给她。可是她总是忙碌着，没空注意到我。我偶尔进她家蒙古包的时候，她总是在篱笆小院里里外外团团转着，伺候着她的几头犹如儿女一样的羊羔和牛犊。有时饭菜都凉了，也顾不得进来吃喝。她那年老多病的婆婆总是坐在图力嘎①西边那张沾满粪土的牛皮上，不是哄孩子，就是闭眼念玛尼经②，从来不出门，也不说话。

秋分以后的一个天高云淡的下午，阳光照彻了金色大地，清凉的秋风吹拂着河岸上的芦苇。我饮完马群回来的路上，远远地望见一个小小的红点，在一辆拉青草的牛车旁忽隐忽现。啊！那不是可怜的桂丽森嫂一个人在那里拉草吗？这时，我似乎闻到了开放在草原上的野菊的芳香。我立刻调转马头，向那个野百合一般的小小的红点驰去。

桂丽森嫂把牛车停在晒干的草垛旁，刚刚装完一车草，正在满头大汗地拽着捆绳，想把装得高高的草捆得更结实些。我来到牛车旁，先把马绊在离草垛较远的地方，去帮她拽紧捆绳，拴得结结实实。

"到底是男子汉有力气呀！"

桂丽森嫂拿腰带的一头擦着红通通的脸，笑着说。她那好看的大眼睛，在强烈的阳光下眯成了一条缝，一排洁白的牙齿闪闪发光。

---

① 图力嘎：蒙文音译，烧火的铁架。
② 玛尼经：藏经的一种。

我见她打了那么多青草，心里很佩服，又有点心疼，不由自主地拿自己的前襟，向她扇着风，说："桂丽森嫂，你真能干！一个妇道人家打了这么多草，又是一个人装车，一个人拉，也够辛苦的啦。"

"唉！有啥办法呢，"她亲切地瞟了我一眼，继续擦着汗，低下头说，"养活一家老小真不容易呀！"

看着她那被风吹日晒而变得越来越粗糙的脸和满身尘土草屑，我心里好难受。这时，在心灵深处隐藏了很久的、难以用语言表达的强烈的感情涌上了心头。我按捺不住激动的心情，一下猛扑过去，不顾一切地、紧紧地抱住了她。

"别……别这样……"她轻轻地推着我，带点羞愧的目光移向别处。紧接着，一种轻微的踌躇闪过她的脸。这时，她那俊秀脸上的一对深深的酒窝，显得更好看了。亮晶晶的大眼睛，忽闪忽闪地左右看了之后，把宽宽的前额贴在我的脸上。

我顿时心情紧张而又有点迷惘，一种无法抑制的冲动使我更紧地抱住了她，疯狂地亲吻她那烧得红通通脸蛋的时候，她紧张地呼吸着，把眼一闭，伸出双臂搂住了我的脖子。

……

从那次以后，我的整个心思都飞进了桂丽森嫂的毡包，有事没事总爱往她家跑，当然有时也帮帮她的忙，更多的时候都是因为需要她。

大约过了几个月，在一个寒风刺骨的夜晚，我来到桂丽森嫂家。那四面透风的破毡包里那么冷，就跟外面差不多。可是，她把自己结婚时候穿来的唯一的好皮袄盖在她婆婆和小女儿身上，自己却蜷曲着单薄的身子，冻得浑身发抖。她钻进我那冬天下夜的马倌穿的宽大的皮袄里，紧紧地抱着我，告诉我："我怀孕啦。"

"啊！那……那怎么办？"我慌了。

"到时候就生呗，有啥别的办法。"她没有一点抱怨的语气，那么平静而坦然。

"又多了一张嘴，这对你来说，是个多大的负担啊！"毫无思想准备的我感到意外。我语无伦次地叨咕着，想着她本来就累得喘不过气来的生活将又增加新的负担，心里真有些过意不去。

桂丽森嫂似乎觉察到了我沉重的心情，沉默了好一阵，说："没什么，哪个女人不生孩子！老佛爷让我受着，我就得受着，你别替我操心了，天不早啦，睡一会儿吧。"

大约又过了两个月时间，我参军离开了家乡。临走前的一个傍晚，我在河边饮马的时候，头上戴着红头巾、身穿深蓝色长袍的桂丽森嫂挑着水桶，迈着飞快的步子向河边走来。我已经意识到桂丽森嫂这几天时刻都在注视着我。临别时应该和她打个招呼，也算是告别吧。所以尽管我的马早已喝足了水，但我仍在磨蹭着、等待着。她来到河边放下水桶和扁担，掏出一个拳头大的小包，塞进我手里，问："啥时候走？"

"后天。"

"啥时候回来？"

"不知道。"

我打开小包一看，是个绣着杏花的烟荷包，里面还装着一袋旱烟。我知道，蒙古族妇女往往用这种方式表达自己的深情。我用颤抖的手捧着它，心里涌起一股说不出的滋味儿。

"这两天我心里难受，老是睡不好……"她看着那烟荷包说，"羊油灯下，连针尖都看不见，绣得挺难看，可是我……"突然间，她的眼圈红了，两滴亮晶晶的泪水顺着她的脸滚下来。

我僵立着，不知所措，同时又感到羞愧难当。对着这样一个女人，这样一颗真心，我只觉得胸口被什么冲击着，猛烈疾跳，却一句话也说不出来。

我借着枣红马的阴影，把双手放在她肩上，轻轻地抚摸着。

她抬起头："祝你平安！"

然后她挑起水桶，脚步沉重地离去，去得踉踉跄跄，很不稳当。

我手里握着那烟荷包，伫立了很久很久。

革命的狂风暴雨的年代，对一个刚刚远离家乡和亲人的骑兵战士来说，烟荷包寄托着思念家乡和亲人的感情。我把这绣花的烟荷包珍藏在日夜不离身的子弹袋里，单独执行任务或一个人站岗放哨的时候，常常拿出来看一看，摸一摸，思绪会飘回故乡，回到她的身边。

如果不是经过了那么漫长而坎坷的岁月，后来当了干部，娶妻生子，有了一个温暖的家庭，我也许会永远保留着那个绣着美丽的杏花的、绣着深厚感情的烟荷包。但是我终究把它给丢失了。我一再升迁，并且总是调动，工作一直很繁忙，说不清从什么时候，那烟荷包和绣它的人终于从我生活里彻底消失了。

过了好多年之后，我第一次回老家探亲。回到故乡，冷不丁儿想起了桂丽森嫂，于是想去看看她，不管怎样，过去还有过那么一段。

当我打听到那微微歪斜的、换成柳条围墙的蒙古包就是她家后，不知为什么，却又有点局促不安。在包前停立了一会儿，还是鼓足勇气，轻轻地叫了一声："看狗。"

从蒙古包里走出一个穿戴破旧的妇女。看见我，站住了。最初的一刹那，我怀疑自己找错了人家！站在我眼前的这个中年妇女，无论从肤色、体形、服装到气质，哪方面都找不到一点当年那吸引过我的桂丽森嫂的影子。

她掩饰着激动，扯动着僵在嘴角的微笑，语无伦次地说："哟！是丹毕……快进来，快进来。听说你回家来啦……啥时候回来的？"

是她！还是原来那清亮的嗓音。可是那一对好看的酒窝已经拉长了，变成了两道深深的沟纹。

"一走就是十多年，老不回家来。"她边看狗，边把我领进蒙古包里。

"坐！北边坐！你还是原样，比过去白了，也胖了。"

她渐渐恢复了平静。我的到来，使她憔悴的脸顿时容光焕发。她热情地忙碌着，为我熬茶。

我看着包门口站成一排、衣衫褴褛的孩子，问："这么多孩子，都是你的吗？"

她点点头，把一个十几岁的男孩儿拉到自己身边，亲昵地抚摸着他灰扑扑的脑袋，意味深长地笑："你看，我这儿子多帅！你还记得吧？……他是你走的第二年春天生的。"

我怎么不记得呢？我仔细端详着长相仍有熟悉之处的那个男孩，心里有说不出的感情在涌动。

她拿出几块奶豆腐，分给每个孩子一块，孩子们一哄而散。

"这孩子多像你呀！我给他起名叫阿木古郎①，祝福他阿爸不管走到哪儿，遇到什么事儿都能平安无事。这不是，你平平安安地回来啦！"

我愧疚地低声说："我……我已经成家了，还有两个孩子。"

她温和地抬起头，看着我说："我听说啦！男人们都是这样。"

她的话虽然平静、温和，却像针一样扎得我心里疼灼起来。

在她出去拿烧火的干牛粪的工夫，我才敢抬起头仔细看看她的家：包内空空荡荡，一贫如洗。除了日常生活离不开的一些锅碗瓢盆之类杂物外，只有几件单衣和皮衣整齐地叠在哈那②底下，连个毡褥子都没有，那贫困是显而易见的。草原上的寡妇真的太苦了！

---

① 阿木古郎：蒙文音译，平安。
② 哈那：蒙古包毡壁的木质支架。

桂丽森嫂给我盛了一碗没放奶子的黑茶，脸上带着不好意思的神色，难为情地说："你看，我这个日子过得，客人来了，盛的跟白开水差不多的黑茶，唉！"

"有多少牲畜？"

"一头乳牛，今年没下犊，还有五六只山羊，在我娘家的羊群里。原来的那匹老毛驴早就死啦。"说着，她伸手搂住一个两岁左右的小姑娘，擦掉她的鼻涕，亲了又亲，高兴地说：

"以后他们长大了，我就不困难了！我的孩子要养活阿妈，是不是？"她还是那么温和低笑着，继续亲着孩子说，"现在，我包里的孩子越来越多，圈里的牲畜越来越少。一个女人养活十来口人，真不容易呀！我的大女儿在她舅舅家帮忙，二女儿在牧主家看孩子。"她点燃了我给她的一支香烟，望着缭绕的烟雾说，"我也心疼她们，小小年纪……可是又有什么办法呢？"

"得些报酬吗？"我怕她听不懂，解释说，"就是给点什么不？"

"哪有！就给饭吃，有时给一件旧衣服什么的。不过，少两个人吃饭，这对我来说，减轻不少负担啦。"

她没有悲伤，没有怨恨，没有不满，总是带着宽慰的微笑，时而回忆昨天的噩梦，时而叙述今天的苦难。我从她那单调而平缓的声音中感到潜藏着的深深的寂寞和哀凉。我的眼前突然闪现出那拴在她家马桩上的各种各样的马。这些年来，她就这样艰难地生活着。作为一个健康的年轻女人，只是为了过一个正常人最起码的生活，付出了多么艰巨的、超乎常人多少倍的努力啊！而我们这些男人……我感到无地自容。

我默默地凝视着她那增加了许多皱纹、同三十多岁的妇女一点不相称的脸，不知该说什么好了。我显得有些局促不安，只觉得自己对她和那个穿破烂衣服的小男孩欠下了还不清的债，犯下了赎不完的罪。

当我离开她家的时候，她倒像做了一件对不起我的事似的，一再难为情地说："我没有想到你今天来看我，没有一点准备，没法好好招待你啦。"说着，从那已经看不清原色的黑柜子里掏出了一块不知保存了多长时间的干奶豆腐，硬往我大衣口袋里塞，"拿去给你的孩子们尝尝吧。"

那个真诚的热情，使任何人都不能拒绝。这时，我才遗憾地想起，来的时候给桂丽森嫂和她的孩子们什么东西都没带，哪怕是一包点心，或者一条香烟呢，唉！

我终于没有说出一句自责的话，就向桂丽森嫂告辞了。我觉得，比起她所付出的，无论说什么都是卑微的。

又过了许多年，到了"文革"期间。我被打成"走资派"，进了"牛棚"。

有一天，我从"牛棚"门缝看见有几个穿蒙古袍、戴红袖章的人在单位革委会办公室门口吵吵嚷嚷，跟工宣队头头辩论着什么。我隐约听到一个大嗓门在喊："你们为什么不解放干部？为什么不落实'5·22批示①'？"

接着，那几个穿蒙古袍的来到门口，嘭的一声踢开门，一个穿长筒马靴的高个儿小伙子喊了一声："谁是丹毕？"

"是我！"我老老实实地站起来。觉得这帮外调的又要逼我揭发什么人吧。

那小伙子伸着手走过来，出乎意料地握住我的手说："我是从我家乡来的，叫阿木古郎，是桂丽森的儿子。"

"噢……你小的时候……我见过你。"我注视着对方充满青春活力的面孔，想起了他母亲说过的那句话：这孩子多像你呀！

小伙子紧紧握着我的手，故意大声说："你家乡的贫下中牧都说，你出身成分好，没有政治历史问题！你们单位的造反派反复去外调了好几回，什么都没捞着。"接着他压低声音说："我阿

---

① 5·22批示：指1969年5月22日毛主席关于内蒙古所谓挖"内人党"扩大化的批示。

妈告诉我，到城里一定要找到叔叔，看看他身体怎么样？"他略微一顿，问，"你……受伤了没有？"

"受了一些，可现在好啦。"

"那好，多保重！"说完，他从手提包里拿出一瓶黄油放在小桌上走了。

"谢谢你……阿妈，谢谢家乡的乡亲们！"我用颤抖的声音说着，深深地点头跟他告别，我目送着他，不由得眼睛湿润了。

在那些蒙受冤屈的凄苦日子里，第一次有人说这样令人全身热烘烘的话，这些犹如一团火的话，是怎样温暖了一颗备受凌辱的心啊！并且一直到从"牛棚"出来，这团火每日每时都燃烧在我的心里，使我有了勇气和信心，不再感到凄惨无助，不再感到永无出头之日。这时候，我想得最多的是桂丽森嫂，同时又猛然想起了她送给我的绣杏花的烟荷包。从"牛棚"出来后的头一件事，就是找那个荷包，可是翻遍了所有可能放的地方，也没有找到，我感到很遗憾！

又过了几年，有一天中午突然来了一位陌生的漂亮姑娘找我。她是桂丽森嫂最小的女儿，长得跟她母亲年轻的时候一模一样。如今她考上了内蒙古大学，是经过这里去呼和浩特。她给我带来了一件羊皮背心，说她母亲已经去世了。这是她临死前让女儿带给我的一点心意。

我用颤抖的双手捧着桂丽森嫂亲手缝的羊皮背心，思绪万千，不由得又想起那个不知什么时候丢弃的绣杏花的烟荷包……

1992 年 1 月

吃肉的机井

哈斯巴拉 著

海风 译

哈斯巴拉

又名豪尼沁夫，蒙古族，1933
年生于哲里木盟。1957年开始
发表文学作品。1980年加入中
国作家协会。著有诗歌、儿童
报告文学、小说、论文等多种体裁的作品。长篇小说
《故事的高塔》获1965年内蒙古蒙文儿童文学一等奖，
儿童文学《一百个第一》获1990年八省区蒙文图书荣
誉奖。

海风

蒙古族，1980年生。中国作家协
会会员。2016年任《花的原野》
杂志社副主编、内蒙古文学翻译
家协会副主席。创作诗歌、散
文、小说作品，发表于《文艺报》《民族文学》《花的
原野》《草原》等报刊。翻译二百余万字作品。其译文
曾在《译林文摘》《民族文学》《中华风诗刊》《世界文
学译丛》《草原》等上发表。出版翻译作品《作为行为
艺术的爱情生活》和《花的原野五十年》（蒙译汉）、
蒙译汉诗歌集《黑骏马》。2013年，获第十届内蒙古自
治区文学创作"索龙嘎"奖。

洁白崭新的蒙古包的门一开便有一个脸蛋红润、眼睛黑亮、身高不到一米的小家伙一跃而出，随手拿起夹在蒙古包围绳里的短柄鞭子，甩响了几下，向东山脚下的机井跑去。

这孩子身穿蓝色蒙古袍，腰扎绿缎宽带，脚蹬短筒黑靴子。看他那快步奔跑、反复跳跃、"嗒嗒"打响鞭子的样子，显而易见他还不到十岁。

他走在绣满各色鲜花的碧绿地毯般的广阔原野，与在前后飞舞的蝴蝶赛跑着，穿过从堪布①庙通往锡林浩特的横亘马路，走近东山脚下的机井，用敞亮的声音喊道："爷爷，爷爷！"

正在给机井转盘套上牛抽水的阿日斯楞老头听到孙子嘹亮的叫声后，将右手举到眉头眺望，随即笑容满面。他不等孙子回答，连续问道："喔，喔！我的孙儿来了哟！在学校里还好吗？跟谁一起来的，我的斯钦呼来了，真是太好喽！"随后，嘱托孙子斯钦呼说，"把那头黑牛赶到井边来。"

"爷爷，我在学校时真是太想您了，还想您的胡子。这次请了三天假。"满心欢喜的孙子如此连贯回答着，鞭挞着黑牛赶到。

——————————

① 堪布：喇嘛的一种级别。

阿日斯楞老人不由哈哈大笑，笑得让饮水的羊群都受惊了。接着，老人对孙子说："想爷爷的胡子了吗？过来，让爷爷亲一下，还用胡子摩挲你的小脸蛋。"老头说着，随即轻轻鞭打牛儿。斯钦呼走到爷爷跟前，放下鞭子，让爷爷亲脸蛋。阿日斯楞老人亲了几下孙子，斯钦呼兴致勃勃地随手捋着爷爷的络腮胡子。他那入学前每天早晨会钻到爷爷被窝里，捋着他长长的胡须嬉戏的习性至今未改。

阿日斯楞老人蹲下身子，好好打量一番孙子的小脸蛋，似乎感到心满意足，嘱咐他道："孙儿来帮忙，真是太好了，去把那些拥向井水的羊群赶一赶。"老人自己则在井台上忙活着。

斯钦呼像大人一样应了声"扎"，从地上捡起鞭子，挥鞭驱赶着向水槽拥挤的羊群。

那头牛抻着脖子，拉着机井的转盘在转圈。井水汩汩作响，富有旋律地涌向水槽。

斯钦呼帮爷爷给羊饮水。他们家五百只羊的一半以上饮完水时，井水已将近枯竭，冒着泥浆，不再溢流。

阿日斯楞老人皱紧眉头，叫停了红犍牛。

喝足水的那些羊向前走向绿草地。剩下的一些羊拥挤在细长石槽周围的尘土飞扬的光秃之地上，似乎向阿日斯楞老人哀求着"我们也要喝水""我们也要喝水"般咩咩叫唤。

斯钦呼不得其解地问道："爷爷，为什么停住了？"

"唉！"阿日斯楞叹了一口气，他那布满皱纹的脸上似乎阴云密布，又唉声叹气地说道，"我的这口机井又要吃肉喽。"

"什么？"斯钦呼感到十分惊奇。他睁大黑亮眼睛，望着爷爷的嘴，问道，"机井要吃肉？"

阿日斯楞老人不耐烦地给孙子说道："那当然啊，孙儿！这井吃肉成性了。"他走下井台，一屁股坐到井后边的方形石头上，将手伸进怀里摸索着烟杆。

九岁的斯钦呼甭说看到机井吃肉，连听也没听说过。他难以理解爷爷说的话，也难以相信。他再看看机井，除了大叉子和粗大的转盘，并无其他稀奇之物。

他说：“爷爷，你在说谎，我们老师从来没说过，机井会吃肉。”他跃到爷爷身边，抱起他的膝盖坐下来。老人的胡须随风飘扬，触摸着孙子的脸颊。

“难道爷爷对孙子说谎了吗？”不知阿日斯楞为何生气，眯缝着他那双苍老的眼睛，眼角下的皱纹下垂着。此刻他虽然怒气冲天，但对孙子说话却倍加温和。

斯钦呼的黑亮眼眸在流转，回忆着过去的事。果真如此，爷爷所说的一切话都属实。在他小时，爷爷遭到十年浩劫，在监狱里关了半年，被打得肋骨折断，但从来没有说过谎。因此，邻里的老人和青年人都仰慕爷爷，称他为“坚强的老人”。但说到机井吃肉，斯钦呼实在难以相信。

斯钦呼又问：“爷爷啊，我们的机井什么时候吃肉了？”他觉得这次难住爷爷了，好奇地望着爷爷的下巴发笑。

阿日斯楞老头知道孙儿难缠的性格。若不回答他的询问，会抱住膝盖不起来。但说到这机井吃肉之事，三言两语很难让小孩理解，沉默不语。

“爷爷！你看，机井没有吃肉的嘴巴，没有装下牛羊的胃口，到底怎样吃肉的呢？”斯钦呼噘起嘴，撒娇着对爷爷说，他紧紧倚靠着爷爷，随手抢过爷爷正在抽的烟杆。

阿日斯楞老人从孙儿的“没有吃肉的嘴巴，没有装下牛羊的胃口”这句话语，受到启示，想对孙儿好好讲一讲。

“喔！孙儿，你没看到机井吃肉，从我们的羊群里也吃了几只羊吗？”老人如此幽默地一问，望着斯钦呼。

斯钦呼瞪大眼睛，没说话，爷爷的话更难理解了。机井什么时候从我们羊群里抓走羊了？过去有饿狼偷偷摸过来，咬伤一只羊，但没能吃到，反被杀死了。是不是在说这事呢？他的疑问更加繁乱。只见那头红犍牛被系在井边，它抬头望着山坡的绿草地垂涎欲滴。红犍牛甩动的尾巴使一只牛虻受惊，反过来蜇了下斯钦呼的额头。他用小手掌猛地一拍，但没有拍中。

"知道翁根达坝脚下打的机井吗？"阿日斯楞老人对孙子采取了以问题启示之法。

"知道。"斯钦呼虽然直截了当地作出回答，但没懂得老人的意思，但想到去年冬天在翁根达坝脚下打机井却半途而废之事，爷爷和队长衮楚克吵架的情景又浮现在他眼前。

那是在一个刮着西北风的寒冷早晨，队长衮楚克骑着棕色的马来到他们家。衮楚克有一副长方青脸，长得身高马大。那时爷爷将牛羊赶出圈棚，正清理着圈棚。斯钦呼手拿叉子，捡着冻牛粪，放在爷爷的背筐里。

衮楚克一下马便眯缝着那双鼠眼，笑着对斯钦呼的爷爷说："阿日斯楞老爹，请给我抓两只个头大的羊，打机井时要用。"爷爷并无言语，只是冷冷地盯着队长。

衮楚克大摇大摆地说："每个羊群都要征用两只羊。"他说完，把马拴在牛圈的木桩上。

"我们大队有十五个羊群，如果从每个羊群征用两只羊，是多少只羊呢？不，你们这是在坐吃羊荐椎肉呢，还是在打井呢？"爷爷毫不留情地讽刺训斥衮楚克，拿起扫把，扫着羊粪蛋，欲将其堆积起来。

队长衮楚克的长方青脸刹那间发紫，粗鼻孔撑开了一下。斯钦呼看到此情景，难以把持自己，不由咯咯地笑起来。因为，听人们说，衮楚克的这只鼻子确实很灵，无论在哪里宰羊，谁家里喝酒，他都能嗅着味儿赶到。因此，人们讽刺他为"馋队长"。

"从锡林浩特请来了好几个技术员，不得不接待呀！"馋队长虽然在忍气吞声，但他的声音还是那么蛮横。

爷爷还是无语。

"阿日斯楞老爹呀！还得赶时髦。社会上都在这样接待请客，我们不能怠慢啊！"馋队长尽量把持住自己，继续解释说，"再说这羊不是你我个人的羊，为何如此吝啬呢？"

"呵！"爷爷大声呵斥着，他满怀怒气，那黑黑的胡须根根都竖起来，扔下手中扫把，径自走到衮楚克跟前，咄咄逼人地对他说："你再说一遍！什么赶时髦？社会上都这样？"如此向他甩出一连贯质问，又说，"我们牧民人家不赶这时髦，休想从我的羊群里拿走一根绒毛……时髦，时髦，我看就是像你这样的队长弄了这时髦。"

衮楚克不由后退两步，气得高高的鼻子都歪了，但没喊叫。斯钦呼的爷爷在乡里是有名望的人，曾是乡里的首位老一辈模范人物。据人们讲，他那每根胡须里都印刻着为人民所做出的贡献。因此，乡里乡亲们都崇敬阿日斯楞老人。可衮楚克却手叉着腰，厉声喝道："看看你作为老一辈人，却如此不服从领导。"他只好空手而归了。

斯钦呼想到这里，不由问道："翁根达坝脚下那口废弃的井和这吃肉的机井有什么关系吗？"

"唉！"阿日斯楞老人长叹一声，知晓孙儿还没有明白，把烟杆敲在皮靴底上，敲掉烟灰。这时有两只羊急着饮水，走上井台，立在红犍牛的一旁渴望着井水重新溢流。老人呵斥着驱赶那两只羊，对斯钦呼说："孙儿啊，你不知道，为了在翁根达坝脚下打井，花销掉二十来只羊和八十斤酒，他们虽然酒足肉饱，却没有打出水来……"老人如此对孙子解释，又拿起烟杆，欲要抽烟。

"还有呢？"斯钦呼一知半解，又催促着爷爷，用小手给他打火镰，为爷爷点烟锅。

"在那里没打出水来，又在这里打了井，那时正赶上爷爷在锡林浩特。"

"那时我也在学校。"斯钦呼斜着脑袋，补充着说。

阿日斯楞老人不知想起什么，没有理睬孙儿的话，继续说："我走后，作为打机井的花销，从羊群里赶走四个肥羊宰杀了。据说，打这口井时从每个羊群征用肥羊，不仅吃掉二十只羊和一头牛，请来的那些人临走时还每人拉回一只肥羊。"

"坏蛋！"对牛羊心存爱意的斯钦呼生气地说。他的圆脸蛋变得通红，怒目圆睁，攥紧小拳头。

阿日斯楞老人似乎觉得孙儿说的"坏蛋"一词有些不妥，说道："是歪风邪气，歪风邪气如此厉害呀。"

斯钦呼却说："那些人像吸人血的吸血虫。"在他学校的房舍里吸血虫整夜整夜蜇咬孩子们，使他们憎恨不已。

"那样说又如何，我的孙儿，那次爷爷一回来就生气伤身，躺了几天啊。"

那时斯钦呼也曾听说爷爷生病的事。还传出流言说，爷爷这一病，那好看的长胡须稀疏许多。他去跟老师请假，却没得到批准，因此未能赶来。

"孙儿啊，看看井水，溢流出来了吗？"爷爷问他。

急于听机井吃肉故事的斯钦呼跳上井台，从转盘齿轮的缝隙间朝底下看了看后说："我只看得见下面的泥浆。"

"那还不到时候。"爷爷说完，又抽起烟。斯钦呼知道，爷爷平时不这样连续抽烟，心情过于郁闷时才如此抽烟。

"请爷爷接着说，这机井什么时候……"斯钦呼刚说到这里，阿日斯楞老人打断他的话说："傻孙儿，还没知晓吗？打完这机井没过几天转盘坏了，请维修的人时还给了两只羊啊。"

斯钦呼倒是记得这事，那时来了几个陌生人修了两天，从邻家羊群里宰两只羊吃掉了。他亲眼看见以那位馋队长为首的一伙人喝得酩酊大醉，吐得一塌糊涂。

"现在不出水了，再请人维修，不还得接待吗?"

"哦，知道了，爷爷，我知道了，您说的机井吃肉这个事，我都知道了。"斯钦呼一跃而起。

"知道就说说。"阿日斯楞老人捋着黑胡须，倾听着孙儿朗朗道来。

"打这个井时前后吃掉四十来只羊和一头牛，还有酒……"作为小学二年级的学生，斯钦呼把自己所学到的数学加法用在这里，再看机井时，它那黑黑的大口，红红的舌头似乎要把牛羊活活吞吃一般。

"对，对!"阿日斯楞老人对孙儿的回答非常满意。

"机器本身是不会吃肉的，是我们的那些傻瓜在大快朵颐啊。"老人提示着说。他又说，"我们队里这种井共有五个，都吞噬了不少牛羊。"他起身要给羊饮水。

斯钦呼扶爷爷起身，继续问道："爷爷!打机井时，不给吃肉不行吗?"

"真是啊!孙儿，牧区的机井是为牛羊和牧场给水的器物，不是吃肉的器物呀。"爷爷说完，长叹一声。

阿日斯楞老人毫无兴致地走上井台，鞭打着犍牛。那头红犍牛甩动尾巴，驱赶着蚊蝇，围着机井，转起圈来。阿日斯楞老人的眼前似乎隐约浮现队里发生的那些奇闻逸事。他望见带来围草场的铁丝网时拉走一车羊，看见给牧民家里的窗户安玻璃时，二十几只羊惨遭屠杀，两头牛被割断头的情景。

"如今不是馋嘴衮楚克被革职，满都胡叔叔当上队长了吗?"斯钦呼的这一问，打断了爷爷的思绪。

"你满都胡叔叔是个好人，若套脑①不斜，椽子不会歪啊，要从上面来治理。"阿日斯楞老人回答说。

---

① 套脑：蒙古包的天窗，呈圆形，扣于蒙古包顶部。

什么"套脑不斜，橡子不会歪"，斯钦呼又开始坠入迷雾了。

机井的水又开始"汩汩汩汩"作响，溢流出来。还没喝足水的那些羊拼命拥向水槽。这些可怜的牲畜如何知晓它们的同伴被这机井吞噬了许多呢，就算知晓，它们也不会讲人话呀！

1981 年 5 月

夏 日

乌·苏木雅 著

照日格图 译

乌·苏木雅

蒙古族，出生于 1948 年。中国作家协会会员，国家一级作家。四十年的文学创作生涯中，出版了十一部图书，多次荣获内蒙古自治区文学创作"索龙嘎"奖等奖项。

照日格图

蒙古族，1983年生。中国作家协会会员，内蒙古自治区文学翻译家协会副主席，现为蒙古文期刊《内蒙古青年》主编。翻译作品一百五十余万字，散见于《译林》《民族文学》《读者》《环球时报》等。出版有长篇小说《试婚》（合著），译有长篇小说《青史演义故事》《夏洛的网》等。

一

东方刚刚发白，松德布便起了床，温柔地唤道："云吉德，赶紧起床吧。"

云吉德掀开盖在身上的羊皮被子，揉揉眼睛，把落在脸上的头发往后理了理，慵懒地打了个哈欠，不耐烦地说："急什么呀？大清早的，像个乌鸦似的哇哇叫唤。"

"我能急什么呀，昨天不是说好从今天起剪羊毛吗？你先起来熬茶，我去把需要剪毛的羊从圈里分出来。"松德布说完后，袍子也没穿，只穿了一件背心走出了蒙古包。

初夏的草原静谧安静。遇到灼热的夏日，羊群会热得不安，不停地在圈里来回踱步，用身子蹭着东西。现在正值凉爽的清晨，羊群舒舒服服地伸展着身子躺在羊圈里，远远望去羊儿像夜晚的湖水，闪着白光。

松德布掀开蒙古包的氆毡，系好系绳，到拴马桩那儿，给在那里过夜的马摘了笼头。马儿打了几个响鼻，开始大口大口地吃着拴马桩旁边的青草，它边走边吃，不一会儿便走出了很远。

松德布贪婪地呼吸着清晨的新鲜空气，警惕地观察着远方与近处的一切。此时，耸立在西北边的色尔崩山脉青色的山峦、山脚下平坦开阔的阿格图原野和在原野高地的避风处过夜的马群一一进入他的视野。

"今天的天气可真不错。这么好的天，干起活儿来也舒心。"松德布这样想着，回过头去用马笼头赶着羊群。睡得正舒服的羊群受了惊吓，有的打着响鼻，有的轻声咳嗽，有的左顾右盼，想看看此时到底发生了什么。松德布并不理会这些，他把羊群赶进羊圈，闩上门，把那些开始掉毛的羊留下。都说人的本性难移。松德布从小就受尽生活的磨难，习惯了奔波劳碌，尽管他已不再年轻，可还是改不了风风火火地干活儿的习惯。去年开始实行家庭联产承包责任制，松德布放羊也特别用心，他让妻子赶着车，自己放羊，不停地随水草而迁徙直至入秋。他的每一头羊都肥得流油，冬季来临时，人们开始准备过冬的肉食，大家都垂涎他的羊儿。就连队长明珠尔家里过冬的肉羊，也是从松德布家选的。羊群一肥就好过冬了。松德布家的羊群成了整个生产队里"三安全"的羊群。这些都叫松德布乐开了花儿。剪了羊毛，松德布肯定能超额完成承包任务，至少拿五百元赏金。如果这样，他就可以还清债务，到了年底还可以揣上几百元。想到这些，松德布就像骑上了快马，浑身是劲儿。家里有这么好的境况，他觉得没有理由不好好干。

松德布分好羊群进了包，妻子正蹲坐在灶旁添火。锅里是翻滚的奶茶，蒙古包里充溢着奶茶的香味。放在柜子上的收音机正播放着优美的蒙古语歌曲。松德布坐在西南角的方毡上，把手伸到桌子底下摸索了好一会儿，拿出了毡袋里的剪刀和磨刀石，擦了擦上面的灰尘磨起了剪子。

妻子盛奶茶时用眼角瞟了一下老伴儿，嗔怪道："又不是让狼群撵着，急什么呀？"

"你说急什么？羊群都开始掉毛了，这可是咱承包下来的羊群，跟以前可不一样啦，能不着急吗？"松德布说完用责备的目光看着妻子。

正值初夏，人们都忙着让马出出汗，好让它们抖擞起精神来，松德布也不甘落后，在正午时分饮完羊群便一路快赶，让羊群拼命往前跑。这些羊被赶了一两天，就开始掉毛了。

"再忙也得先把早茶喝了。这夏天昼长夜短，误不了事儿，别那么风风火火的。"说着云吉德把炒面、黄油、奶豆腐摆在火撑子边上。

"等等，先别急着喝茶，我得把剪子好好磨一磨，今天留了五十头羊呢，如果剪刀够锋利，那活儿都不叫事儿，一会儿就能忙完。"说着他又仔细端详了一遍手里的剪刀，试了试刀刃，继续说道："唉，这把剪刀也快派不上用场了，像我一样是个牙齿掉光的糟老头子了。说起来啊，这可是远近有名的西拉木伦牌呢。"松德布说完啐了一口唾沫在磨刀石上，继续磨。

云吉德从碗架子上用小勺子取了奶油，忙着照看锅里的酸奶，听老伴儿说起西拉木伦牌剪刀时，她想起了自己的青春岁月，想起了那场剪羊毛大赛，想起了喜欢上松德布的那一刻和获奖之后的喜悦。

那是一九六三年，白露过后的一周。刚刚成家的松德布、云吉德起得像今天一样早，把剪刀磨了又磨。他们想参加剪羊毛比赛。在那场持续了几天的比赛上他们两口子拿了第一名，组织上奖励他们一百五十斤羊绒，每人一把西拉木伦牌剪刀。那年他们用这些羊毛擀毡子，把蒙古包裹得严严实实。之后他们又承包羊群，连续两年受到组织的嘉奖，生活开始有了基础，此时两个女儿也呱呱落地，给夫妻二人增添了不少快乐。"文化大革命"开始后，他们家没有了收入，还叫病魔缠了身，债台高筑，浑浑噩噩地到了今日。每每想到这些，松德布总会长叹一声，把苦水往肚子里咽。去年实行"大包干"之后，松德布就像吃到鲜草的羊群一样两眼直放光，手脚也勤快多了，逢人便说："现在和以前不一样啦，干起活儿来也有劲儿！"

"你天天包干包干的不离嘴，我怎么还有点不相信呢?"云吉德故意挑起话茬儿气老头子。

"既然是包干，超额完成任务肯定有奖励，去年的社员大会上大队长明珠尔、公社社长贡嘎都承诺要奖惩分明。"

"哼，我可听说明珠尔家的羊毛全都掉光了。他那羊群啊，就像被开水烫过一样，羊的身子赤裸裸的。"

"那跟我没关系，他完不成任务，赔钱就是了。"

"赔? 你说得倒轻巧，现在啥事不是领导说了算，他变了主意，我们就前功尽弃了!"

"可不能。现在可不像以前，那个时代过去了。"

"好吧，好吧，希望如你所愿!"云吉德说着，顺手关了收音机。

松德布匆匆忙忙喝完早茶，拿着绳子和磨刀石走出蒙古包，朝棚子走去。

不一会儿，云吉德也走了出来。

棚子里传出咔咔咔的声音，松德布、云吉德堆起来的羊毛像天上的云朵一样，白白的一片。

羊儿被剪了毛后似乎浑身轻松，舒舒服服地闭着眼睛站在那里反刍。

二

几天后，松德布家的剪羊毛工作接近了尾声，再忙一天便可以大功告成。蒙古包西北边的车上放着打好团的羊毛，堆得和蒙古包一样高。

到了晌午时分，一大早就去开会的松德布还没回来。又过了好久，太阳不再像中午那么灼热，渐渐偏西。云吉德吃过午饭后，把母羊和羔羊赶到一起。见到母亲的羊羔在喧闹了一阵后，才平静下来，排着队向西边走了一阵子，低头开始吃草。

　　云吉德脱了挤奶衣服，洗了洗手后，匆匆忙忙地喝了一碗奶茶，进了棚子。

　　松德布早上去开会时叮嘱她，多剪一头是一头，再过几天羊群就要掉毛了。他还说，等他回来后两个人一起再忙活一天就完事了。

　　虽然云吉德经常当面数落他，但是对自己的男人还是十分顺从。尤其在大事上，她总和松德布同甘共苦。松德布总说现在和以前不一样了，所以她也想跟松德布好好干，努力还清十几年的债务，然后让几个孩子好好上学。尽管挤奶之后她感觉很累，但还是留了几头羊在羊圈里。

　　她走到棚子前，望了望前面的泥土路。这条路一直延伸到坡的那边。松德布该回来了呀，什么会能开一整天呢。如果所有承包的账目都在今天算清，那可太好了。"不知道他会拿多少奖金？估计呀，现在他正在会场上等着听好消息呢，羊毛还没收齐，所以应该只算自然生长率。"云吉德边想边进了棚子。自从三个孩子去上学之后，老伴儿一旦外出或开会，她就觉得心里空落落的，感到孤独。现在她忍不住往远处多看几眼。这牛羊还真是好东西，云吉德看见它们就心生欢喜，不再寂寞了。

　　从棚子里传来羊儿急促的呼吸声和云吉德剪刀发出的咔咔声。留下来的那几头羊歪着头听着动静，不明白云吉德搞的是什么名堂，感到好奇又害怕。

　　云吉德剪完第四头羊，又眺望东南边的那道坡，定睛望了一阵子，突然看到松德布已来到近处。他无精打采地骑着马，到拴马桩那儿下了马，给马上好绊子、卸了马鞍，用笼头把马抽了一下。马受了惊吓，打着响鼻渐渐离他而去。

松德布拉长了脸，低着头一声不吭地往家走。云吉德走过去问："会开完了？"又看着那匹马说，"跟一个畜生怄什么气嘛？"

"该死的，就在那边让我摔了下去，差点要了我的老命。"松德布气呼呼地说。

"不会吧。"云吉德的声音很低。

"这一天总不对劲儿，原来是要栽在这儿。"松德布说着进了屋，把帽子狠狠地扔到床上，一屁股坐下来，拿出烟袋一口接一口地抽。

云吉德给他递了一碗茶，说："摔下马去值得生这么大的气吗？快过来喝口茶。会上都说了些什么呢？"

"能说什么？说羊毛不包括在承包范围之内。"

"啊！不是吧！你说什么？"云吉德的眼睛瞪得圆圆的，她真希望松德布接着说一句，"这是逗你的。"

"明珠尔说今年大队的有些羊掉毛严重，如果实行奖惩制度就会产生贫富差距。"松德布说完叹了口气，不再作声。

"他不是在社员大会上喊着让大家致富吗？哼，其实我早就猜到会变成这样。"云吉德曾经信心满满的脸现在已是乌云密布。

"真是相信恶人误了大事，谁会知道他是个出尔反尔的家伙！"

"估计只有你这样的木头脑袋才会相信他的鬼话。谁不知道明珠尔是个出尔反尔的人。好了，不管怎么样，我们还是把该干的活儿干好吧。"云吉德没好气儿地说。

两口子你一句我一句地说话时，太阳已经偏西。云吉德想把留下的那几头羊剪完，松德布却死活不让，气哄哄地跑出去开了棚子的门，赶着留下来的那几头羊出圈，云吉德今天剪下来的羊毛他连团都不打，马马虎虎地收起来，往车上一扔就回包里了。

三

松德布家棚子里的咔咔咔声已经消失了两天，那里到处是脱落的羊毛。羊群就像正脱毛的骆驼，弄得满地都是羊毛，灌木丛上也挂着松德布家的羊毛。云吉德看到这些景象心疼至极，为此和松德布大吵了一架。

"再干一天就剪完了，赶紧干吧!"云吉德看着她男人的脸色说道。

"少废话，咱俩身上一根羊毛也不能沾上!"松德布说得气呼呼的。

"剪羊毛也不是为了获奖呀!"

"哼，别人家的羊身上一剪子都没动过，我松德布就剩下这么几头羊，我看谁能把我怎样。"松德布高傲地说。

"咱们别管别人，该干的还得干啊，都干了这么多天了。"

"行啦! 这几头牛羊我还是能做得了主的，你抓紧干你的就行了!"说完松德布准备赶羊群去饮水。

站在井边上，松德布用木桶抽水后，倒进水槽。饥渴难耐的羊群拥挤地围着水槽喝水，一头公山羊高傲地走过来，用尖尖的犄角胡乱顶着周围的羊。羊群受了惊吓，几头羊跳过水槽时落了水把水都弄脏了。那头公山羊并不喝，只沾了一下嘴便摇头晃脑地站在那里左顾右盼。羊群想喝水，可都被这头山羊的威风吓了回去。看到它，松德布想起了满脸横肉、脸上油腻腻的明珠尔用尖细的嗓音宣布羊毛不包括在承包范围内的情景，气得拿起鞭子狠狠地往它身上抽了两下。山羊抬起头，灰溜溜地跑了。羊儿又呼啦一下子围过来开始喝水。

"死东西，估计你早就欠揍了!"松德布咬牙切齿地丢下这么几句话。他心里想：怎么没人治一治像这头公山羊一样横行霸道了近十年的明珠尔。

四

松德布去饮羊后，云吉德一个人闷闷不乐地坐了很久。结婚近二十年，这是她第一次看见松德布发这么大脾气。平时松德布为了牛羊可以拼命，不管刮风下雨他都冲在羊群前面，就是一根羊毛他也不舍得让它丢在野外。今天怎么就突然变成了这样？其实，云吉德早就猜到那个明珠尔不是什么靠谱的家伙。说一千道一万，即使没有奖励也得干呀，忙完上交不就得了吗？近十年不一直这样吗？现在的事情两天一变，真叫人摸不着头脑。她看到遍地散落的羊毛，心疼至极，要是因为恶人的一句话动了脾气，这么亏待牛羊，不该啊。这样一想，云吉德走出蒙古包，开始捡地上的羊毛。

松德布中午回来之后依旧不声不响，闷在那里大口大口地喝着奶茶。云吉德像个犯了错的孩子，蹲坐在那里默不作声。包里压抑的气氛叫人透不过气来，正在此时有人在拴马桩前下了马，用咳嗽声示意包里的人。云吉德走出包来，发现来人正是公社社长贡嘎。

松德布夫妇看到他，像往常一样寒暄了几句，就像之前什么都没发生过。

"老松，羊毛剪得差不多了吧？"贡嘎用粗嗓门平静地问道。

"差不多是差不多了，就剩几头羊了，那点活儿不叫事儿。"松德布回答得很含糊，用手搓了搓脸，扭过头去开始抽烟。他心想，这贡嘎和明珠尔肯定是穿一条裤子的同伙，这家伙怎么就突然来我家了呢？

"听说前天开会时你对队长的意见不小啊，你可真是一条汉子！"贡嘎说完哈哈大笑。

松德布没有说话。原来他今天是来收拾我的呀，不都说官官相护吗？今天我倒要看看，你贡嘎能把我怎么样。他这样一想，脸色更阴沉了。

云吉德则战战兢兢地听着贡嘎的下文。

"公社领导都觉得你的意见很对。明珠尔那种不把羊毛算在承包范围内的做法是错的，在社会上引起的反响也特别不好。不管是我贡嘎还是明珠尔，必须执行国家政策，不能随便更改。社员开会决定的承包制，不能明珠尔一个人说不执行就可以不执行，那得全体社员说了算。我正在让他作深刻的检讨，以后把他这个事交给社员大会处理。"贡嘎说完看了一眼松德布。听贡嘎这么一说，松德布突然觉得他很高大，是一个顶天立地的男子汉，转念觉得自己和他比起来，简直就像走在骆驼旁边的山羊，渺小得很。

"贡领导，你的话可当真？"

"当然！不管是奖励一万元还是惩罚一千元，都得按原来的规定执行。这是政策，谁也改不了！"贡嘎严肃地说道，他的双眼充满正义的光芒。

松德布觉得贡嘎的话句句在理。大家都说他是"文化大革命"前的老干部，还真是名不虚传。

"您可坐稳了，我把家里上好的酒拿出来。"松德布这样说着，用眼神给云吉德示意。云吉德会意后，从柜子里拿出一瓶白酒和一个银碗，斟满了酒敬了领导。

贡嘎接过酒，敬毕天地后说道："我现在惹不起这东西啦。腰腿本来就不好，心脏也不大好，大夫劝我不要喝酒。好了，我去北边那家还有点事。松德布，记得赶紧动手剪羊毛啊。"说完就起身走了。

送走了领导，松德布觉得有这样明事理的领导在，干起活儿来也有劲儿。现在跟以前不一样了，明珠尔那样腐朽的家伙没几天好日子了。进了包，他又拿起剪刀沙沙地磨起来。

"你刚才还说这辈子都不再碰剪子呢，怎么反悔了？是又时来运转了吧?"云吉德打趣道。

"是啊，你老伴儿这下可彻底看明白啦。"说完松德布哈哈笑了。

松德布摘下包在头上的毛巾擦了擦鬓角的汗水，顺手将毛巾递给云吉德，自己去抓最后一头需要剪毛的羊。

看着松德布的背影，云吉德笑了，擦了擦自己满是汗水的黝黑的脸。

日暮西山，从色尔崩山顶上投来的一束温暖的光芒，正在和松德布一家告别。天边变得通红通红，羊群披着金色的霞光向羊圈走去。看着这一切，松德布夫妇的脸上露出幸福的笑容，他们把剪好的羊毛认认真真地打好团，放到羊毛堆上。此刻，两个人的心情就像这夕阳下的世界，舒爽无比。

1982 年

敕格乐高地

玛·扎拉丰嘎 著

春华 译

玛·扎拉丰嘎

蒙古族，出生于1941年，内蒙古通辽市科左后旗人。著述三百余万字，剧本、小说、论著多次获国家级、自治区级文学奖。多篇作品入选《20世纪优秀蒙古族作品选》，部分作品被选入中学课本。

春华

本名白春花，蒙古族，1964年生于内蒙古包头市。1988年毕业于内蒙古大学蒙古语言文学系，现为内蒙古自治区文学翻译家协会理事、副译审。多年从事蒙汉语翻译、编辑及古籍整理工作。译作有《美岱召》（汉译蒙，荣获首届内蒙古自治区文学翻译二等奖）；《文韵大漠》《戈壁之魂》《胡吉日图草原的迷雾》（蒙译汉）等。

大学生活，对于一个人的一生而言，可以说是一段最美好的人生经历。假如你没上过大学，会仅仅认为它是一个学习深造的乐园，而对于每一个曾经经历过大学美好生活的人来说，她不只是个学习知识改变命运的场所，更是一个青春美好的恋爱天堂。

　　事实确实如此。特古斯巴雅尔是当年的幸运宠儿，有幸走进了内蒙古医学院，从此开始了一段对他而言从未有过的、全新的生活。也是从那天起，他几乎随时随地都能看到一对对青春朝气的男女学生，在共同学习的乐园中，逛公园彼此依恋的、晓月柔光中互诉衷肠的、双双对对行走在校园内的景象。同时也时不时地碰见瞬间投来的姑娘那温暖、依恋、羞涩的目光。可他这时候总是红着个脸，无所适从地低下头匆忙离开，逃之夭夭。并且好像从来也没有预想过，或者幻想过，自己将来应该拥有怎样美好的恋爱生活。

　　特古斯巴雅尔是个白白净净、眉清目秀的高个子男生，他学习很优秀，但不善言辞，还没开口就会满脸通红，是个少言寡语的青年。但他会弹一手的好钢琴，不过从来也没在众人面前弹奏过。每当琴房没人的时候，他才去那里轻轻弹奏着或是舒缓流水般的、或是情人呢喃般的悠扬曲目。惹得一些仰慕他的女孩子们，听到他的琴声有的坐卧不安，有的久久陶醉。还有的干脆跑来琴房，在门口徘徊许久最终情不自禁地推门进去，屏住呼吸静静地站在他身后慢慢欣赏。等琴声停止特古斯巴雅尔站起来时，如梦初醒般的姑娘慌乱地打个招呼匆忙走出琴房，可是让人心旷神怡的琴声却在她的心房久久地回荡着。而有些姑娘是假装晒太阳，靠着琴房近处的矮墙，闭着眼睛如痴如醉地站着。随着琴声停止，高个子男生大踏步走出来的时候，姑娘红着脸跟上两步，却又无奈地停下脚步，目送着男孩远去。情窦初开的姑娘们，对自己心仪的人无法敞开爱的心结而终日苦恼。

特古斯巴雅尔，虽然已是姑娘们心中的白马王子，但他却有个致命的缺点，那就是他的地主成分。有些姑娘虽然理智地为了自己长远的前途，想与他保持距离，但无奈自己那心中无瑕的爱的心弦，犹如随着微风飘浮的彩带一样，无法掌控！每当周六的晚上，或是周日的中午，听到琴房飘出来的悠扬的琴声，姑娘们那脆弱的心房就开始阵阵的疼痛，尤其听到《敕格乐高地》[①]那哀婉深情的曲调，姑娘们恨不得马上跑过来，跟特古斯巴雅尔诉说衷肠，告诉他心中无法抑制的发疯般的爱，甚至想干脆上前握住他的手，哭诉爱的折磨。有些姑娘已背熟《敕格乐高地》的曲调，碰见或路过的时候故意哼给他听，想引起他的注意。但不管怎样疯狂，怎样用手段，对于这位见了姑娘连头都抬不起来的小子来说，都是些于事无补的事情，只能叹着气、用双手捂着胸口、遗憾地站着而已。不过所有的这一切，其实都是姑娘们的一厢情愿。到现在为止，在特古斯巴雅尔心目中还没有一个让他心动的女生。不过人都是一样的，总是习惯看眼前人的缺点，而看不到他人的长处，所以看哪位姑娘都觉得有那么一点点的不足。但每当独自闭住眼睛的时候，似乎有一位姑娘的影子，反复出现

---

① 《敕格乐高地》：内蒙古地区古老的民歌，意即"苍穹高地"。

在他的脑海中。其实这个画面对他来说是模糊的，看不到也抓不到，连实际的模样都不清楚，但好像有个声音总是在他耳边说："她才是你心中最理想的爱人……"

特古斯巴雅尔对女性这种不温不火的样子，激起了班里男生对他探究的好奇心。他们把同班的，或其他班的，甚至是外校的女生，一个一个提起来，问他喜欢哪个。说只要点头就可以给他牵线搭桥，可他总是红着脸，摇摇头，作为回答。

这时候同学们开玩笑地问："特古斯啊，是不是不想看人间的美女，而只想着画中仙人做美梦呢？""嗨，特古斯，你肯定不是现实主义者，而是完美的理想主义者吧？"

这样一来二去的，特古斯巴雅尔得了个"理想主义者"的雅号。

生活有时候还真是奇怪。室友们开玩笑的事情当真发生在特古斯巴雅尔身上了。

那是一个周六的夜晚。特古斯巴雅尔在琴房弹琴，沉迷于《敕格乐高地》悠扬的旋律很晚很晚，猛地想起还有几本书必须看一看，就匆忙跑到阅览室。因为是周六，看书的人很少，值班的女老师在桌前不断地打盹。见他跑进来，知道他经常看书看得很晚，就交代好走时锁好门等事宜，拿着织了半截的坎肩回去了。

特古斯巴雅尔找好自己所需要读的书静静地读了起来。

室内静悄悄的，远处俱乐部的交谊舞曲时时传过来，时而欢快时而悠扬。柔软的春风轻轻吹拂着窗沿，让人觉得有些寂寞无聊。他放下书，扶着下巴望着窗户，想起了约他去跳舞的几位女生，话也没说就拒绝了她们，觉得有些不合适了。又想起几位女生约他看电影的事情，无奈地摇了摇头。是啊，满足不了同学们的希望和要求，对于他来说也是一件不可名状的小小的痛苦啊。

特古斯巴雅尔无法继续看书了。平时烦闷的时候坐下来看几页书就会平静下来，可今晚却怎么也不行，合上手中的书，看见书架上写有六二年字样的崭新的刊物随手拿起翻了翻。看书累了就翻翻画报，是他的习惯，可今天还没看几页书就开始翻画报了。

画报的前几页还是和惯例一样，刊登的是国家领导人和国外客人的照片。之前的话他总是认真地看半天，可今天却草草地翻过了。接着是生产战线的大好新闻，他继续心不在焉地往下翻。忽然，看见一个姑娘的照片时，他的手稍稍犹豫了一下，接着却不动了。这是一位发齐耳垂、穿着红色背心、眼神温暖的运动员。刚开始特古斯巴雅尔也没太在意，可看了两眼，她那水汪汪的一双眼睛、长长的睫毛、弯弯的秀眉、白净的脸庞和她婀娜健美的身材，让他无法移开眼神了。照片的下方介绍她是武汉军区的，跳水冠军蒙古族女战士卓兰。看着看着，特古斯巴雅尔一下来了精神，他飞快地看着详细的介绍："卓兰不仅仅是位优秀的运动员，还是位不可多得的草原百灵鸟……"简短的两句话引起了他极大的兴趣。他双手拿着画报，举得稍微远一点出神地看着，越看越觉得卓兰长得又美丽又可爱。看着她那可爱可亲的样子，觉得有些恍恍惚惚的，好像画中的姑娘款款来到了他身边，而且伴着他那悠扬的琴声如泣如诉般地唱起了《敕勒乐高地》。特古斯巴雅尔猛然惊醒，周围左右看一看，一切都静悄悄的，只有画中的卓兰眼睛眨也不眨地看着他。

风停了。跳交谊舞的人们好像也都散了，乐曲声已经听不到了。他锁上阅览室的门出来，在操场上无目的地转悠起来。

校园春天的夜色原来是如此的美丽呀！杏花满园开放，清香怡人。在朦胧的月光下，白的、粉的，格外妖娆。虽然夜深人静了，可是热恋中情人那呢喃私语和幸福的笑声此起彼伏。特古斯巴雅尔觉得自己也跟着醉了。

他没回宿舍，而是心情愉悦地走进了琴房。不一会儿，《敕勒乐高地》那如泣如诉的曲调，穿过校园天空低声回荡起来，使熟悉这琴声的姑娘们在梦中连连叹息……

第二天，特古斯巴雅尔去书店买了一本画报回来。翻开画报久久地、出神地看着卓兰的照片，然后叹口气又开始弹琴了。有几个同学来找他，可他没有发觉，飞快弹奏的手指好像诉说着他此刻心中的无奈，悠扬的钢琴曲表达着他那无法倾诉的心情。

钢琴曲戛然停止。

特古斯巴雅尔深深叹口气，坐在书桌前，开始给一个素不相识的姑娘写第一封信："卓兰同志……"说它是情书有些牵强，因为此信的内容很简单，首先向人家问候并祝贺参加比赛取得的好成绩，第二步介绍了自己并希望得到她的回信，仅此而已。不过写完信他可是认认真真地读了几遍，并且仔仔细细地斟酌了半天措词，还抄写了好几遍。十几年的学习生活中，他从来也没有这么认真地对待过老师布置的每一次的作业。

要寄信了，他犹豫不决，在信筒周围徘徊了很长时间。他左想右想，想想卓兰拿到信件会怎么想，这虽然不是什么求爱信，但是素不相识的男青年给一位美丽的女孩写信，怎么想也是有些不妥啊。他拿着写好的信左右为难。

原来情窦初开的年轻人的心是这么复杂啊。但他最终还是鼓起了勇气，心想年轻人互通信件也不是什么见不得人的事情，就是卓兰猜到我的心也没啥要紧的，所以静下心来把信件投入绿色信筒。

可是从此时开始，那种没着没落的、抓心挠肝的生活开始折磨特古斯巴雅尔的每一天了。他每天除了上课、写作业、弹琴，什么也不干，跟谁都不说话，孤独地、沉默地过着每一天。可是谁也不知道，有一位温暖眼神的、齐耳短发的、穿着红色坎肩的女运动员却影子一样跟随着他，这是他的秘密。他时不时地翻开画报看一眼她，而且还数着日子猜测着他寄走的那封信是在路上呢，还是已经投到卓兰手中了呢？而且还猜测着卓兰正在看信，她是什么表情，她是怎么想的，她能给我回信吗？过了两周，他有些坐不住了。每下第二节课，他都飞快地奔到传达室喘着气大声喊："外科三年级报纸！"其实他根本不是为了报纸，而是渴望一堆信件中能找着写着自己名字的信件。每每看着没有属于自己的信件，他都无精打采地往回走，心中说着："著名运动员啊，能理睬个穷大学生吗？"

特古斯巴雅尔热心地当了两周的班集体的义务取报员，但是第三周开始连看都不看传达室的门，就独自走开了。他想永远地忘记那个不曾相识，却每每想起时让他心情激动的卓兰。卓兰那长长的睫毛、水汪汪的大眼睛，好像无时无刻不在望着他，使他每天坐卧不安，总是跑到琴房无目的地弹琴。因为只有弹琴才会使他安心一会儿。班里同学们都窃窃私语，猜测着他的心思。班干部也很关心地找他谈话，问问生活上有啥困难了？因家里成分高而苦恼呢吗？等等。他虽然为同学和班干部的关怀而感动，但也确实无法敞开心扉，无法把心中的秘密和盘托出。所以只是红着脸说没什么，叫他们放心，草草敷衍过去。可是不到几个礼拜，特古斯巴雅尔的秘密被公开了。

那是一个月以后的一个晴朗的日子。正当他倚着玻璃窗，在暖暖的阳光下看书的时候，班里的一个同学拿来一堆书信，大声说："嗨！今天的信件里有个秘密！大家猜一猜啊！"好像怕被人抢似的，把一堆信件高高举起。因为班里同学已经大概知道谁的信是从哪里来，所以他的喊声也没引起多大的反响。虽然有几个谈恋爱的同学有些坐不住地探头，但也因都是已经公开的秘密了，所以也没人抢信。拿信的人不甘心地挥挥手中的信，故意站到凳子上喊道："嗨！看看啊，今天有特古斯巴雅尔的信啊！"

这下同学们有反应了，几个调皮同学瞬间从发信同学手中抢过信件，马上公布："嗨，武汉来的……"

"武汉军区来的……"

"啊，女人的笔迹嗨……"

大家你一句我一句地喊着，使得别的同学也都想上前抢这封信，掀起了不小的动静。特古斯巴雅尔刚开始也没太在意，但后来一下觉得全身热血沸腾，上前一把就抢到了自己的信。真的，盖有三角红章的信，清清楚楚地写着自己的名字。

几个同学刚要抢特古斯巴雅尔手中的信，上课铃响起，老师进了教室。

下课后，他跑到一个没人的地方打开了来信。发现自己的心跳得很厉害，连手都在微微地颤抖。他匆忙地看了一眼信，好像慢慢平静下来了，这会儿才开始认真读起了盼望已久的信。如果有时间读十遍都不够，可惜上课铃声又响起了。

其实这封信中也没有什么能打动特古斯巴雅尔心的内容，只是对他的来信和对她取得比赛成绩的祝贺表示了感谢，表示很高兴认识他的同时，也希望能得到一本蒙古语歌曲。总共三页稿纸的信件，让特古斯巴雅尔翻来覆去地念得都能背诵了。

接下来的几个中午，他没在学校休息，而是到街上书店挨个儿找蒙古语歌曲集而差点跑断了腿，但是书店里没有他想要的蒙古语歌曲集。无奈的他决定把心爱的《敕格乐高地》和一些知道的歌曲全部记录简谱写上歌词寄给她，所以这个周末他没去琴房，一个人坐在教室里写歌曲的词谱。

> 敕格乐高地啊，
> 我心中祭拜的神。
> 你所说过的两句话呀，
> 是温暖我心的良药……

其实这些歌词，足以表达特古斯巴雅尔此时的心情，他完全可以借题发挥给姑娘表达爱意，但他没有这么做，还是和上次一样开始了同志般的通信。

从第三封开始，他俩的信件开始了畅通的往来，像约定的时间一样，两周必能看到彼此的信件。而且互相交换了照片不说词语间还很自然地用起了比较亲近的称呼。再后来信件的开头都用起了"亲爱的同志、心爱的朋友"等字眼。从信件中特古斯巴雅尔慢慢了解到卓兰从小就是个孤儿，带着八岁的妹妹图雅在武汉部队相依为命生活的情况。而且也在你来我往的信件中，逐渐认识到自己已经是从喜欢卓兰发展到爱卓兰的程度，并开始体验到了在爱的花园中自由飞翔的幸福。但是，他现在的爱情只局限于书信的范围内，这种不切实际的感觉使他更加强烈地希望，尽快见一下日思夜想的心中的爱神。尤其每当看到在校园、公园、街市，双双对对自由恋爱的幸福的倩影，他马上想到卓兰，恨不得马上飞到武汉，把心中满满的爱意统统倒给心爱的姑娘卓兰。

爱的幸福，其实多数时间是以思念的痛苦占满的，这真是一句至理名言啊。每当休息日，学校琴房飘出忧郁的琴声，忽而低沉，忽而高亢，扰乱多少过往同学的心境。沉浸在自己琴声中的特古斯巴雅尔完全不知周围的动静，十个手指头在琴键上自由飞翔。直到有人在他跟前扔下一封信，他才猛然抬起头来，琴声也随之停下。

这是卓兰写来的信。

"……每次接到你的来信，战友们总是围过来问是不是你男朋友写来的，妹妹也老问我，咱们什么时候去内蒙古呀？如果我们真的去了内蒙古，特古斯哥哥你应该怎样称呼我呢？我又应该怎样回答呢？"

特古斯巴雅尔马上回复了一封信。他把自己的想法，以及把对她的思念之情，洋洋洒洒写了十多页。如果认识他的人看此书信，真以为他是疯了，这么一个羞涩的、老实巴交的人，能说出这些激情澎湃的话语，真是让人难以相信。在信的最后，他还再三说明自己的地主成分，担心对卓兰的前程有所影响。

两周后特古斯巴雅尔收到了卓兰的回信。信中直接以"亲爱的特古斯"开头，说："……我把恋爱情况已经向组织汇报，团领导因为我找了个地主成分的人很不高兴，我说就是脱了这身军装我也要和他生活，听了我的话团领导笑了。亲爱的你别着急，我不可能永远当运动员的，到时候到了你的身边，享受一生的幸福生活呀！亲爱的，真想马上就能见到你。要不你放假了来武汉吧，小妹妹图雅都每天念叨特古斯哥哥和照片上长得一样吗？真的，咱俩还从没见过面呢，千言万语真是无从说起……"

看完卓兰十多页的信，特古斯巴雅尔感觉到生活充满幸福而无处释放了，抑制不住的笑容洋溢在他那青春朝气的脸上。他那平日里不多见的欢歌笑语和偶尔冒出的俏皮话，惹得周围的同学朋友也感觉满满的快乐，同时也发现特古斯巴雅尔已经变成了另外一个人了。而对于此时的他，整个的班级、学校、这座城市，甚至是整个的世界都变得美好无比，成了诗的天堂、爱的海洋。更值得一提的是，这学期他成了一名光荣的共青团员，而每每开会活动时，都能看见他积极的发言和向上的表现。这些变化，与其说是组织上对他的帮助和进步，更准确地说，是爱的力量，是卓兰的爱的信件的力量啊。

从今天开始，特古斯巴雅尔又数着放假的日子了。

快到暑假的时候，卓兰给他寄了五十元钱，让他当来武汉的路费。特古斯巴雅尔带了点家乡的特产还有给卓兰和她妹妹买的两件衣服，以及新出版的蒙古语歌曲集，发了个电报就登上了开往武汉的火车。

夏天，其实北方的山水也是格外地秀丽。看着车窗外飞快倒去的景色，特古斯巴雅尔心中格外地激动。因为每一分每一秒，都向心爱的人接近了一步呀。可是每次看一下手表，又觉得时间走得如此的缓慢啊，它好像根本不懂得此时他那急迫的心情。他美美地想，等到了武汉站，他将以热爱把卓兰整个地融化。

北京换乘的火车向着南方在疾驰，特古斯巴雅尔的心此时如同云里雾里一样，整个人连一点睡意都没有。时间过得如此地缓慢，黑夜里火车好像只是原地踏步似的，而远处的灯光也与他作对一样，缓慢地往后移动。感觉小时候坐牛车上学校也比现在快。

还有十个小时就到武汉了，他一分一秒地数着时间。他想卓兰应该早就收到我的电报了，可能正在高高兴兴地忙着接待我的吃住等问题，或者已经进入梦乡，梦中编织着与我相见的幸福时刻吧。

夜深了，特古斯巴雅尔轻轻地把车窗户拉下。满车人都在睡觉，这些安详的旅客应该都是为自己的亲人好友而奔向他乡的吧。那个靠窗户独坐的小伙子，肯定也是想着心爱的姑娘而享受着旅途的寂寞吧。他再一次看表，已经是深夜两点了，再走五个小时就能到武汉了。卓兰是否已经起床了？是否开始张罗着接待我的饭菜了？对，应该叫醒妹妹图雅在收拾屋子呢……冥想中他好像看到了卓兰已经来到车站，他看见她兴奋地喊了声："卓兰……"卓兰跑过来紧紧抓住了他的胳膊。卓兰比照片上更加美丽，他曾无数次地猜测过她的美丽、她的温柔，但见到本人才知道，她比他想象的更加美丽、更加温柔。卓兰身旁站着一个七八岁的小姑娘，她眨巴着好看的眼睛，轮流看着眼前激动的两个人。这应该是图雅了，好可爱好漂亮的小姑娘。特古斯巴雅尔眼前出现了一桌饭菜，刚炒出的菜还冒着热气。卓兰和图雅微笑着看着他，卓兰不停地向他碗里夹菜，而他却给小图雅夹菜。想到从小孤儿长大的她，就好比是他自己的亲妹妹一样，他心疼得满含热泪。接着他开始弹《敕格乐高地》，卓兰伴着琴声在深情地歌唱：

　　高高的山川啊，
　　在你面前我是如此的渺小。

见了面所说的两句话啊，

沁人肺腑永远难忘啊！

特古斯巴雅尔好像从没听过这么优美而动人的歌声，看着姐姐和未来的姐夫如此和谐的配合，小图雅不断地拍手称赞……

猛然惊醒，火车已经快到武汉车站了。还有半个小时就能与心爱的姑娘见面了，他赶紧收拾东西就往车门口走。如果可能，他会马上跳下车，跑到日思夜想的爱人跟前深深地叫一声。

火车停了。

他第一个跳下去，在人流中努力而急切地寻找他那熟悉而又陌生、温暖而又美丽的脸庞。

往出站口走的人渐渐稀少，特古斯巴雅尔还在东西奔跑着找人，他把站台上所有穿军装的女战士都一一看了个遍，但就是没有卓兰的身影，急迫的他大声喊了几下，回答他的只有空旷站台的回声。

出站的人一个一个都走完了，特古斯巴雅尔独自留在站台上无助地左顾右盼，他希望卓兰是因事耽搁了，一会儿就会跑过来的。为了让她找到自己方便些，还特意找个高一点的地方站着，可是没有一个人来找他。他有些奇怪，是卓兰没接到电报？或者忘了接站时间？还是……他有些不放心地往出站口走去。

快到公交站的时候，发现几辆部队的绿色敞篷车，一个接着一个缓缓地驶过他的跟前，走向远方。最后一辆拉了二十多名女兵，看着一排排英姿飒爽的女兵，想到自己的卓兰也是这样的女兵而自豪的时候，只见一名女兵使劲捶打司机室顶棚，并且好像也大声喊叫着什么。

上了公交车的特古斯巴雅尔，从车窗玻璃看见那位女兵跳下车，跟着公交车方向跑过来。女兵那苗条的身材，齐耳的短发，让他看得十分亲切。他感叹世界上还有和卓兰一样美丽的姑娘啊。

公交车开动了，只见女兵跟着公交车边喊边跑，不知是因为什么事情。忽然整车人"哎呀！"一声，特古斯巴雅尔回头一看，原来跟着车跑的女兵摔倒了。

公交车很快在路口转弯，看不到女兵了。

公交车到军区门口站，特古斯巴雅尔还没下车，只见一个七八岁的、梳着两条长辫子的小姑娘跑过来。一双水汪汪的大眼睛、长长的睫毛，他一看就认出是卓兰的妹妹小图雅。跟照片上一样可爱的她，见特古斯巴雅尔下车腼腆地往后退了一步。他上前一步抓住小图雅的手，急切地问："是图雅妹妹吧？你姐呢？"

小图雅有些不高兴地看着他说："姐姐出门了，我刚送走她，然后在这儿等你呢。"小姑娘如同回答老师的问话一样，清清楚楚地说完话，认真地看着眼前的这位大哥哥。

"什么？出门了？"特古斯巴雅尔特别惊讶。

"是的，姐姐刚要去火车站接你，结果团长叫人来通知姐姐，紧急训练，马上集合出发……"

"那你姐她……"特古斯巴雅尔打断小图雅的话。

"说了，姐姐说这个训练和我没关系，能不能不走，可是团长说这是命令，必须服从。姐姐请求晚两天走也没被允许。姐姐急得都哭了。"小图雅说着自己都快哭了。

"那你姐姐什么时候回来？"

"两个月以后。"

"啊？"特古斯巴雅尔猛然抓起小图雅的手，急忙又上了公交车。

可是到了火车站，军车已经影子都不见了。刚才卓兰跑的那段马路上人来人往，只是不见卓兰的身影。

原来卓兰与新兵被派到渤海集训地了，而且一走两个月。

特古斯巴雅尔牵着小图雅的手，无精打采地回到了卓兰的住处。一个单间的小屋，窗明几净，温馨又利索。墙上挂满了他从前寄过来的照片和她们姐妹俩的照片，布局和颜色形状的搭配，一看就是出自一位心灵手巧的女子之手。

小屋中间摆放了个小圆桌，桌上摆满了饭菜，有的还没凉。摆好了三双筷子，显然就是准备好他们三个人第一次的共同相聚。书桌上依次摆放了三个相框，一个是卓兰自己的着色照片，一个是特古斯巴雅尔的单人照片，另一个是她们姐妹俩的合影。拉开抽屉一看，他寄给她的《敕格乐高地》的歌词和简谱静静地躺着，看来她是经常拿出来唱的，纸张有些发旧，而且有些字迹开始模糊不清了。看着特古斯巴雅尔愣愣地发呆，小图雅轻轻地唱起来："高高的山川啊，在你面前我是如此的渺小……"

特古斯巴雅尔把抽屉关上，问图雅："是你姐姐教唱的吗？"

"不是，我姐姐天天唱，我自己跟着学的。"

特古斯巴雅尔与小图雅开始吃饭，看着一只空碗和一双筷子陪伴着他俩，他心里有说不清的惆怅。正在这时，一位军官走了进来，跟特古斯巴雅尔一句话都没说，直接对小图雅说："图雅，这些天由你石毅哥哥照顾你，今天开始你就去食堂吃饭吧啊！"

图雅不知怎么回答，看了看特古斯巴雅尔。特古斯巴雅尔马上反应道："噢，不用了，我在这里待一个月，我来照顾她吧，谢谢领导。"

这是卓兰的团长韩鑫。

韩鑫团长没搭理特古斯巴雅尔，背着手在屋里看了看就走出去了。原来韩石毅是韩鑫的表弟，在天津市的半导体工厂当技术员，偶尔来看他哥哥的时候来看望卓兰和她的妹妹而已。因为没觉得有太奇怪的事，所以特古斯巴雅尔也没细问小图雅，其实问也没用，小图雅肯定不知道他们的来龙去脉。

开学了。

特古斯巴雅尔在武汉陪着图雅住了一个月后回学校来了。这个假期虽然过得很忧郁，但他却很自然地、情不自禁地爱上了小图雅，尤其在他上车回来的时候，小图雅送他到车站含着眼泪问"哥哥，我们多会儿能去呼和浩特呀……"的可怜相让他久久不能释怀，他真想早一些与卓兰成个完整的小家，让小家伙能快快乐乐地成长。

人心总是善良的，尤其是那些年轻的大学生。而政治家们论断，善良是一种弊端。但在日常生活中，高尚的品质都是以善良为基础的。特古斯巴雅尔也因为善良，把爱恋和可怜这两种性质的爱融为一体，奏出了人生最美的爱的强音。

从此，他的琴声中增添了一种让人感动、让人欣慰的味道，在宁静的校园中久久回荡着。

一年后，特古斯巴雅尔以优异的成绩毕业，留在了呼和浩特医院的外科，当了一名救死扶伤的医生。因为已经立业，所以也具备了成家的条件，所以两个人分别向各自的组织申请了结婚的请求。因为结婚等事宜，卓兰刚给特古斯巴雅尔寄了封信，三天以后又补了一封，告诉他韩鑫团长要去呼和浩特的医院对他进行外调。

他俩怎能知道，团长韩鑫和呼和浩特医院巴院长两个人，早就以组织的名义共商决定：一个水兵战士不能与有地主成分的人结婚。他俩还是忠诚地等待着对方商谈结婚细节的信件。

自始至终，他俩互相了解、互相认可、互相爱恋、互相商量事的唯一渠道就是写信。但现在开始，他俩这唯一的联系已经莫名其妙地断了。刚开始，特古斯巴雅尔就像猎人脚下那惊恐万分的兔子一样，着急慌乱地等待着卓兰的回信，再后来整个成了如同进了铁笼子中的猛兽一样，再有天大的本事也已经无奈了。

半年后，他已经成了一个万事都不积极的、不着急不慌乱、常常只是毫无目的地呆呆看窗外的怪人了。这期间，他几乎每周写一封信寄出去，还和巴院长谈过几次。每次巴院长都拍拍他的肩膀说："卓兰是蒙古族唯一的著名跳水运动员，如果跟你这个地主分子结婚的话，她只能被退伍，我们有义务保护和爱护这样一个人才！再说了……"他看了看有些不高兴的特古斯巴雅尔，接着说，"卓兰已经和更适合她的人结婚了，像你这样的好医生还怕找不到好媳妇吗……"

领导的话还没说完，他已经摔门出去了。心中的委屈和愤恨无处倾诉，只好回自己宿舍弹起心爱的钢琴。

一年以后，他已经变成了一个傀儡，人不人鬼不鬼的不说，整天拉着个脸，额头上已经出现了深深的皱纹。只有拿起手术刀的时候，他才像个人，神采奕奕的，让人觉得是个充满活力的人。他本来就是个少言寡语的人，现在更是变成有时候一天一句话都不说的怪物。对所有的事情都不满，苛刻得手下护士都受不了他那古怪的脾气而经常哭鼻子。

又过了一年。

特古斯巴雅尔还是习惯性地、毫无目的地写着永远没有回复的信。他的脑海中，偶尔又闪过一个念头，卓兰真的变心了吗？但是马上又否定掉，卓兰绝对不是那样的人。有时候他久久地埋着头，嘴里无声地念叨着："卓兰不是那样的人，不是那样的人。"无助的时候他开始弹琴，唯一可以给他安慰的，就是《敕格乐高地》那融入到血液的乐曲。可是他这般煎熬地过每一天的时候，怎能知道卓兰和他一样过着痛苦煎熬的日子呢？

卓兰再也忍受不了这样苦痛的日子，决定亲自去一趟呼和浩特医院而拍了封电报。可是此电报还是像以往一样到了巴院长手中。于是巴院长马上叫来特古斯巴雅尔，通知他参加年轻大夫在巴彦淖尔的临时培训班。

虽说生活和爱情的轨迹，是有它自己的规律可循的，但有时候难免在暴风雨中被摧残，甚至是被瓦解而各奔东西。可善良的两个年轻人哪能知道这样不公平的安排呢？而且又怎能掌控这种人为的局面呢？当特古斯巴雅尔如同站到悬崖峭壁边而走投无路的时候，好朋友劝他还是亲自去趟武汉，见见卓兰她本人再说吧。

一九六六年的夏天，是卓兰来呼和浩特，听到特古斯巴雅尔去巴彦淖尔结婚消息的第二年的夏天了。

现在，特古斯巴雅尔正沉默着往武汉赶路。这也是卓兰听到他结婚的消息后，哭着回武汉的这趟火车。他自从上了火车就没说过一句话，只是呆呆地看着窗外想着自己的心事。可是周围的人也好像都有心事一样，整个车厢沉闷得让人透不过气来。

火车快到武汉的时候，特古斯巴雅尔那近乎死一般的心也开始复苏了，种种的猜测让他无法平静。卓兰是否已经收到电报？领着妹妹在出站口等着我呢？或者早就成了别人的妻子履行着为人妻的义务？不，不会的，卓兰不是那种人。肯定是早早来到车站，迫不及待地等着我，见了我会抱着我的胳膊哭诉衷肠的……如果这样，我会立即统统地原谅她这么多次不回我信件的过错。可能在感情上犹豫过，但我也会谅解她，毕竟她没见过我本人啊！这是人之常情的事情。这一切都是因为我不能忘记她的原因啊……他想着这些无奈地长叹了一口气。

火车到站了。卓兰还是没来接他，他没漏过一个穿军装的女性，站在高处站了很久也没看到她的影子。没办法去了公交站，也没有拉军人的敞篷车，更没有跟着公交车边喊边跑的女兵。

他无奈地上了开往军区的公交。到了军区站没有卓兰的影子，连小图雅也没见。上次来虽然没有卓兰的迎接，最起码还有个可爱的小图雅的笑脸相迎。特古斯巴雅尔的双眼开始湿润了。

他去传达室打听卓兰，值班人员说："卓兰去年冬天就已经复员，跟着订婚的爱人走了，她爱人叫韩石毅，是天津半导体厂的技术人员。"军区接到他的电报以后，已经安排好了说辞，等着特古斯巴雅尔的事情他是无法知道的啊。

听到她复员并已去了爱人身边的信息，特古斯巴雅尔呆呆地站了一会儿一下瘫坐在凳子上，瞪着眼睛半张着嘴巴，只有呼气而没有吸气了。传达室的几名战士七手八脚地抓住这个素不相识的客人的手，着急地喊："同志！同志!"

也许是火车上没睡好的原因吧！

不是，也许有别的原因……

……

特古斯巴雅尔接过战士递来的一杯水喝了一口，缓缓地说："谢谢！知道卓兰的工作单位吗?"

众人一起摇头。

他站起来往外走，传达室的人们奇怪地望着他。

他从车站买了张去天津的票，并给天津半导体厂的韩石毅发了个电报，告诉让卓兰接明晚的火车。

天津火车站依然没有卓兰的人影，他等到所有的人都出站了，深深地长叹一声："卓兰啊，我们成不了夫妻可以当个朋友吧？你为啥这么绝情，来车站见个面都不肯吗?"他对卓兰真是很伤心了，他决定去一趟天津半导体厂，他想无论如何也要见她一面。边问边走，等到半导体厂的时候已经是夜晚十点多了。

这个有数千人的厂子，加上又是周六的晚上，找韩石毅和卓兰是有难度的。几经波折终于找到了一个认识他们的年轻人，那个小伙子奇怪地看着他问："您是从哪里来的?"

"我是内蒙古来的。"

小伙子说声"太好了，是卓兰故乡的人"，抓起他的手就跑起来。还没回过味儿来，特古斯巴雅尔就被领到一个灯火通明的大厅门口。小伙子踢开门，大声喊："快进去吧，正好还能赶上了。"

大厅里人声鼎沸。小伙子的喊声瞬间被嘈杂声吞没了。特古斯巴雅尔往前看去，只见一对男女青年胸前戴着大红花对着众人坐着。女的秀美的身材、净白的脸颊、长长的睫毛，温柔的目光无助地盯着脚底下看着，虽然看得好像痛苦无比，但还是掩盖不住她格外美丽的容颜。

特古斯巴雅尔的手提包啪的一声掉到地上了。可是举杯欢快的人们还是没注意到他。这时候有位微微发福的军官举杯站起来，说："今天是我弟弟韩石毅的婚礼庆典，是蒙汉民族成为一家的深有意义的事情，下面邀请美丽的新娘唱一首蒙古族歌曲吧……"他满嘴冒泡，举起因喝高而不听使唤的颤动的酒杯。这位是韩鑫团长，也是今天的东家。大家都有些喝高，七嘴八舌地乱喊着：

"新娘来一个！"

"唱蒙古歌啊……"

新娘缓缓地站了起来，她的脸上没有一丝喜悦的神色，只是把酒杯举到胸前，满含着热泪唱起了《敕格乐高地》：

> 不顾一切地惊跑，
> 是未驯骏马的习性。
> 走了不懂得回头的，
> 是不良男人的习性。

这首哀婉伤心的歌曲使女孩的脸上弥漫着绝望的迷雾。

特古斯巴雅尔再也不能忍受了，使了吃奶的劲，凄惨地喊了一声："卓兰啊！"

卓兰轻轻地擦着眼泪抬头，惊讶地看了一下特古斯巴雅尔，颤抖着喊了一声："特古斯啊！"

两个人一步一步地向对方走去。

沸腾的大厅一下子静了下来。所有参加婚礼的男女老少，都瞪大眼睛看着眼前这对男女青年。两个人间隔两步远站下，卓兰显然是在最大限度地控制着自己，严肃地问："你怎么来了？"

"我去武汉找你不在，找到这里无意间碰到你的婚礼……"

卓兰好像不相信自己的耳朵，再三问："什么？你说什么？"接着说，"我苦苦地等了你两年，写了几百封信，可是你没有回，没办法去呼和浩特找你，却听说你已经去巴彦淖尔结婚了，你，你……"卓兰说不下去咬住嘴唇看着他。

"什么？我没有啊，真没有，一直到现在还是苦苦地等着你的音信，我也写了几百封信，没办法找到这里，可你，可你……"特古斯巴雅尔也气得一口气说完，看着对方。

"你还没结婚？真的等我到现在？"卓兰好像还是不相信。

"真的，我一直等你到现在！"特古斯巴雅尔清清楚楚地回答。

"啊！"一声，卓兰跑出门去……

"卓兰！"特古斯巴雅尔喊着追了出去……

"姐姐，姐姐！"当然这是小图雅熟悉的叫喊声。但是特古斯巴雅尔顾不上答应她，拼命地追着卓兰往前奔。

卓兰在一棵大树下停了下来，脸白得像个死人，她有气无力地对追过来的特古斯巴雅尔呢喃："特古斯啊！我对你……我现在怎么办啊……我……"她有些语无伦次。跟着特古斯巴雅尔跑过来的参加婚礼的人们，把他们两个人用力拉开了。卓兰拼命地向着特古斯巴雅尔伸着双手，"特古斯！特古斯！"地拼命喊道。

大家七手八脚地把特古斯巴雅尔拽到一个房间，几个人看住他。不一会儿，韩鑫把一堆他给卓兰写的信件拿过来扔在他跟前，绷着脸说："把你这些破东西都拿走吧，一切美貌的、美好的、值钱的东西都应该属于我们。"

特古斯巴雅尔没吱声，用一双发红的眼睛怒视着韩鑫。他之前从没用这样的眼神看过人。

第二天夜晚，巴院长带着一位政工干部，对韩鑫致歉的同时把特古斯巴雅尔带回了内蒙古。问题已经很严重了，已经上纲上线到成为破坏军婚的重大事情，医院决定对特古斯巴雅尔进行停职检查，让他好好检查自己的罪行。

有一天，特古斯巴雅尔靠着窗户呆呆地看着远方的天空，他觉得这个房子、这个院子、这个城市，甚至整个世界都是冰冷的。偶尔似乎能听到《赦格乐高地》那哀怨的曲调，能看到卓兰那满眼的泪水，他曾经最喜欢这首歌，但是从此再也不想唱了。好像今天开始，他所有的苦难要全部结束了，一个无忧无虑、无痛无苦的生活马上要开始了。

房门猛然被撞开了。

他头也没回，依然看着窗外。这时，"特古斯哥哥啊！"的哭叫声忽然响起。如此熟悉的声音，在哪里听到过？特古斯巴雅尔不由得回头了。

门口站着小图雅，长长的睫毛上挂着泪水，手里拿着封信。

这不是小图雅吗？她怎么会在这里？他上前疑惑地抱起了小图雅。小图雅哭喊着把手中的信给他，说："这是姐姐给你的信……"特古斯巴雅尔擦着小图雅的眼泪迫不及待地打开了信。

信中还带着特古斯巴雅尔给卓兰手抄的《赦格乐高地》。他如同第一次念卓兰的信一样，匆匆飞了一眼，但没看懂写了些什么。他开始颤抖着声音一字一句的，像念悼词一样念了起来。

我亲爱的特古斯：

　……今天我没经过你的同意，第一次也是最后一次，在你的名字上深深地亲吻了一下，你不会生气吧？请你原谅，我至亲至爱的哥哥！

　……我和韩石毅只是法律上的名誉夫妻，我们的关系仅仅是一纸"结婚证"的关系，请你相信！我没有能力或者权力撕开那张纸……我现在已经成为法律的牺牲品，与您、与我相依为命的亲爱的妹妹要永远地诀别了……

特古斯巴雅尔扔下读着的信猛地抱起了小图雅，他用袖口擦着满眼的泪水，急切地问："图雅，这封信是你姐姐什么时候写的？"

"就是与哥哥见面的那天晚上，我姐姐就昏倒住院了，醒来时候写的……"

信和《敕格乐高地》在门缝吹来的微风中不由自主地摆动着。

特古斯巴雅尔慢慢站了起来，缓缓走到办公桌前，拿起毛笔写下长长的一幅大字报：《爱情应该是自由的!》。

呼和浩特医院的"文化大革命"就从这张大字报开始了，但写这第一张大字报的主人特古斯巴雅尔的命运怎样了，谁也不知道！只有主宰现时的英雄智者们知道，或者是凡人看不到的神仙才能知道吧！

1980 年 5 月

沉默的官布

色登道尔吉 著

韩淑梅 译

色登道尔吉

1945—1988，蒙古族，赤峰市翁牛特旗阿什罕苏木人。1965年开始文学创作，发表散文、诗歌、小说等作品五十余篇，计四十余万字。短篇小说《显灵的佛龛》等被选入"二十世纪中国蒙古文学期刊精品文库"，《山里的秋天》被选入新蒙文版"内蒙古当代文学丛书"。

韩淑梅

蒙古族，1977年4月生。通辽市作家协会会员，内蒙古文学翻译家协会会员。1997年7月毕业于哲盟师范学校。2004年开始用蒙汉语创作小说、散文、诗歌。2013年开始翻译（蒙译汉）生涯，译作有《海日日记》《巴拉根仓的故事》等。翻译作品多发表于《草原》和《民族文学》杂志。

官布老人默默无闻地过了大半辈子。他在有生之年唯一一次"声名远扬"的就是苏木①和嘎查②的账簿上被记为贫困户，每次发放社会救助物品时，总是少不了他的名字。因此，旗③民政科的工作人员虽不认识他本人，但全晓得他的"尊姓大名"喽！说起来也挺可怜的，他就是这样的一个囊空如洗的家庭之主。

官布老人是个身体瘦小、驼背之人。不过他生来并非这副模样。俗话说，生活的担子压垮人。未老先衰的官布那满脸的褶皱，看上去仿佛在替他展露笑容似的。他一直以来都不分昼夜，马不停蹄地辛勤劳作，人们从未见过他与别人拉扯家常的一幕。官布老人压力大心思重，始终在不言不语中送走明月，迎来朝阳。因此街坊邻居们都称他为"沉默的官布"。与此相反，他的媳妇不但牙尖嘴利，而且还是个大嗓门儿。如此一来，一家之主的位置自然而然就属于她啦。从那以后，屋里屋外到处皆是她那令人厌烦的声音，一天到晚没完没了地聒噪个不停。为什么聒噪不休呢？骂孩子们个个都是衣架饭囊、怨自己命不好、指责老伴

① 苏木：内蒙古行政区划名"苏木"相当于"乡"，"苏木达"即乡长。
② 嘎查：内蒙古行政区划单位，相当于村、屯，"嘎查达"即村长。
③ 旗：内蒙古行政区划名，相当于县。

儿是个天生的穷酸命……不仅如此，她们家有只叫作"狮子"的猫，每每为了填饱肚子而喵喵叫着呼唤她的时候，她就气不打一处来，顺手拈来火棍子，想要狠狠地教训它而拼命地追赶哩！也许是因为前后生了九个女儿，衣食紧缺的缘故吧，或许是孩子们吵得她心烦意乱的原因吧，总之烦恼不断的女人总是不缺发牢骚的理由。

自从去年开始，人们发现杜拉噶尔老妪聒噪的声音明显减少起来，"沉默的官布"反而变得有说有笑啦。于是人们相互间都在咬耳嚼舌地议论着，也摸出了一些头绪。

可是今天早晨，杜拉噶尔老妪前所未有地高声叫骂起来啦。同时，沉默的官布也史无前例地冲老伴儿厉声呵斥着，喊声响彻屋顶，搞得院子里的鸡鸭也咕嘎地乱叫一番。到底发生了什么事呢？左邻右舍们的脸上充满了疑惑的神情。可是搞不清楚状况，怎能冷不丁地插手管别人家的事情呢？众人好奇加担忧地伸长脖子等待着。争执声越发地大了起来，人们似乎听明白了他俩吵嘴的缘由，都没当回事地扭头走进了各自的屋里。

牧民的生活向来在畜群扬起的尘土之中日趋旺盛。因此，他们所有喜怒哀乐的根源也都埋葬在其间。两位老人在卖牛的问题上意见不合便发生了口角。两人从早晨开始拌嘴一直到中午，依然不分胜负。老头的话越说越硬，老妪的嗓音愈喊愈高。

官布老人高高扬起下巴，嘴里叼着烟斗，从屋里匆匆跑出来，一口气走到牛圈跟前，用身体堵住了门口。看他那样子，好像很担心别人抢先一步对牛下手似的。

杜拉噶尔老妪紧随着追了出来，在离他稍远的地方顿住脚步，似乎在提防着男人攥紧的拳头向她胸膛捶来。风把她的衣襟吹得飘起来，她愤怒地挥动着手说道："对牛弹琴，说的就是你这个不开窍的榆木脑袋！牛贩子都找上门来了，卖给他的话最起码多赚几个钱，赚钱的买卖你不做，非要卖给国营收购站。到底中什么邪了？我上辈子究竟作了什么孽，竟然遇上了这么一个分不清好赖的呆瓜呢？"

她怒气冲冲地咒骂着。官布老人听罢，气得鼻子都歪了，一把把短烟斗从嘴里拽掉，拽得唾沫星子都喷出来啦。他用烟斗狠狠敲打着牛圈柱子："你张口闭口都是钱。我可享受不起那样的钱。再说我也不缺那几个铜子儿。你考虑个人利益，可我考虑的是恩情。哼，吃里扒外的家伙！"

他咧开嘴巴叫骂道，那难听到极点的咒骂声对他妻子来说根本不值一听。不过"不缺那几个铜子儿"这句话却把老妪气得浑身哆嗦起来了。她跺着脚歇斯底里地喊道："不缺那几个钱？这句话怎么从你嘴里说出来的？原先我们家连打灯油的钱都没有，难道你忘记了？好了伤疤忘了疼，照镜子好好看看你现在的德行！"

"什么？'破喇叭'！到底谁是忘了根的人呢？"老人厉声反驳的同时以白眼睥睨着老妪，呵斥道，"当年你得了阑尾炎，抱着前胸滚成一团的时候，是谁来救你的？是你那找上门来的牛贩子大爷吗？如果没有国家的帮扶政策，你早就在泥土里腐烂掉啦！'受人恩惠不思回报'的人除了你，还有谁？"

奇怪啊！就这一句话，竟然让喊声响彻云霄的杜拉噶尔老妪顿时张着嘴无言以对。她很不自然地嗫了嗫嘴，下巴不由自主地颤抖着。俗话说"真话如刀"，说的就是这个道理啊！何况哑巴吃饺子心里也有数哩！今天一向忠厚诚实的官布老人生平第一次冲妻子发起火来，并且掏心挖肺的言语令能说会道的妻子哑口无言。他向老伴儿狠狠瞥了一眼，清了清嗓子挺起胸膛，笔直地站立着，脸上写满了胜利者的傲气，那神情似乎在说："我看看你现在还能说什么？"

老头儿的话句句直刺心底。杜拉噶尔老妪的心里顿时觉得很不是滋味，火辣辣的感觉随即袭击她的全身，仿佛又回到了多年之前那个时候。她的手情不自禁地伸向腹部，轻轻地摸了摸旧伤疤。

不清楚究竟是何年何月，只记得那时候正值"大跃进"时期。生完第九个女儿刚满一个月的杜拉噶尔突发急病，当场就不省人事，全家人看在眼里，急在心里。当时，吃大锅饭对付日子的官布眼睁睁地看着挣扎在鬼门关的大小两条命，除了抱头痛哭别无他法。幸亏母女俩福大命大。在他们村里下乡的公社书记听说他们家是个"雇牧出身的贫困户"，立即通知好几处，备钱备车，把他们送到镇医院。患上急性阑尾炎的女人这才转危为安啦！

唉，多亏了国家的恩德啊，要不然此刻我早就……是啊，国家、公社、大队什么时候忘记过我们呢？"他们家人口多，劳动力却只有一个，缺衣少食的困难户啊！"上下级的领导们替我们考虑着，每年都按时发放救济的钱粮。想起这些，杜拉噶尔老妪凹陷在眼眶里的眼睛禁不住湿润了。她那褶皱纵横的黄脸不由自主地抽动着，皲裂发暗的嘴唇虽嚅动了几下，但还是未能说出话来，喉咙像塞满东西一样，感觉非常不舒服。

"喂，老头子，你看着办吧！"老妪最终艰难地开口说道。

此时，官布老人的表情木然的黑色脸上微微显出了笑容。像沟壑一样密密麻麻的皱纹随着唇角的勾动缓缓舒展开来，像尊喜兴佛儿。

官布望了妻子一眼，转身走进牛圈里，牵着健硕的"象鼻子"红牛走出来了。接下来他抓挠般，又像捋顺一样，从牛脊椎到腰背爱怜地反复抚摸了几下，又在晃来晃去的牛尾巴上拔掉几根毫毛，小心翼翼地放进怀里，然后把牵牛绳随意地盘绕在牛角上，便连忙备起马来。

出栏的红牛似乎明白了主人的意思，迈着稳重的步子缓缓向东边走去。官布老人急速随牛而去。杜拉噶尔老妪大喊大叫地落后于原地。

"喂，不要被一时得势冲昏头脑啦！记得存点儿钱哦！不过别忘买那个会说会唱的什物啊！"

"哦，啰啰嗦嗦的，我全晓得哩！"官布老人嘴里嘟哝着，很不情愿地回头望了一眼，督促牛走上草原土路。

正是所有的一切都镀上一层闪耀金色的中秋时节哪！放眼望去原野辽阔无垠，令人心旷神怡。在官布的心里一切都是那么的繁荣兴旺。路旁的杨树叶飒飒作响，迎面吹来的徐徐清风忽而顺着领子不时地灌进衣服里，忽而吹得衣襟簌簌地轻响。发黄的群草那既熟悉又馨香的味道直刺鼻翼。不远处，大地苍茫，青山悠悠。脚底下路径清晰宽广，头顶午阳当空，甚是惬意。

偶尔随着坐骑的小碎步略略摆动身子、偶尔又兴奋地欢呼的官布老人乐滋滋地看着不紧不慢地走在他前面的红色犍牛，眨巴着他那双眯缝眼，心里放飞着幸福生活的梦想。当他面带微笑一路前行时，多年幽居在胸中的苦闷都在无形中消散而去，感觉从心底滋生的喜悦甜到了骨头。

向来从外表无法衡量出一个人内心的善恶与智识的深浅。官布给人的第一个印象像是个紧锁眉头、衣冠邋遢、性格执拗、笨口拙舌的呆钝之人，其实他一直都心里有数。过去的二十多年里，为孩子们所累，独自一个人吃力地支撑着家里的所有重担。他永远也不会忘记国家和集体的救济帮助身单力薄的他渡过难关的情形。现如今，全凭国家的扶持政策，他的生活才迅速好转起来，终于能在街坊邻居面前扬眉吐气了。每每想到这里，感恩的笑容控制不住地在他脸上蔓延再蔓延。于是他时时刻刻将国家的政策和集体的援助铭记于心，始终探索着一个牧民能为祖国作出哪些贡献的问题，怀着一颗多多少少也要回报祖国的赤子之心，并只想着用自己的方式尽力而为。今天早晨，外地的牛贩子来到他们村庄，高价收购犍牛的消息长了翅膀似的传播开来。整个村子瞬间沸腾起来，人们开始议论纷纷。官布的妻子杜拉噶尔也早已按捺不住自己内心的贪婪之欲啦。可是官布老人的想法根本和她不一致。因此，意见不同的夫妻俩不仅发生了口角，而且吵得鸡飞狗跳。官布老人之所以坚持己见使老伴儿陷入窘迫的境地，并非没有原因。牧民大会上，大队队长那木吉乐曾经无数次强调：作为一个牧民，要是超额完成牲畜出栏任务的话，就为国家作出贡献啦！官布没有忘记这句话。这些年他虽沉默不语，但无论做什么事，事前都会经过深思熟虑才做决定。对方所说的，只要与他的心思不谋而合，就会一字不落地记下来。这也是他一贯的做法。过去的岁月里，对他来说存钱是一件比登天还要难的事情。不过，在这些年里他具备了丰富的肉牛饲养经验，再加上心灵手巧，仅仅一年就把所有的外债全部还清啦。自那以后，官布的家境有了明显的起色，并由此萌生了到银行存钱的计划。除他妻子外谁也不知道他心里的想法。

如今，他驱赶着用土方法豢养的肥牛，走在通向收购站的路上，已经猜到他的牛能卖多少钱，便胸有成竹地想着：最起码能存上五百元！

官布渐渐地走近泛起晶莹潋滟潺潺流淌的小溪。抬头向东岸望去，首先映入眼帘的便是一幢幢整齐划一的砖房，在氤氲暖岚中时而红光闪烁、时而青光闪闪。公社驻地距离村庄并不远。这里也有国营的对外贸易分社，因此买卖牛从四面八方被赶到这里，再上货车成为商品牛被运到国外。

官布横渡小溪，径直走进收购站院子里，略微等待片刻后，将牛牵上了磅秤。出乎意料，牛的价格比他想象中的高出许多，和一千整数只差几元钱的距离。是啊，可怜！官布熬心费力地赚来的钱没被别人横插一杠，分毫不差地拿到自己手里啦。他脸上的皱纹微微颤动着，手哆嗦个不停。这辈子他头一次手捧这么多钱，怎能不悲喜交加呢？

官布向公社信用社走去。之前，他非常畏惧踏入这道门槛。每每为求取月补助而万般无奈地踏入这道门的时候，都低声下气地看他人脸色，心里那无法言说的苦让他变得更加卑微。此时此刻他挺胸抬头地站在柜台前，从怀里掏出嘎嘎新的六百元钱办理存折时，心中的那一份惬意啊，真的无法用言语形容。老人终于达成心愿了。我用存款支持国家啦！老人不禁暗暗窃喜。

他走进了公社合作社。售货员小伙子笑脸盈盈地迎接的态度给老人的感觉与以往任何时候都不一样。

官布老人抱着两个小马褡子，从柜台的一角开始留意，有时用手指着货物、有时道出货物的名字让售货员拿给他，他的手在货物上或捻或摸，嘴里还啧啧地直咂舌，连看带买地一直走到柜台的另一头。这时，他的两个小马褡子早已装得满满当当的。他又让售货员小伙子反复挑选老伴儿常惦记的那个会响的什物，最后选上声音洪亮清晰、外形较大的抱在怀里。哦，别价，还有什么要买的？给老伴儿买大绒布料、给女儿们每人一身衣服……等等，那我自己——嗨，差点忘啦！两瓶烈酒……他自言自语地嘀咕着，购了几瓶白酒往褡子里一塞，可惜没装进去。老人随手将酒放入怀中，从合作社走出来了。

牵着满载的马儿、怀里抱着收音机的官布老人怡然自得地走在草原土路上，脸上充满了前所未有的称心快意。

孩子们看到父亲回来的身影，争先恐后地向父亲飞奔而去。大女儿接过收音机，五女儿牵起马儿，最小的女儿宛如幼羔般在他身旁蹦蹦跳跳，大小一伙人欢欢喜喜地走进院子里。这时候，站在门前的杜拉噶尔老妪也连说带笑地迎了上来。

"哎，走了这么久，原来抱着这物件步行过来的啊？"她藏不住喜悦，讨好地说。

"步行倒无所谓，总之，满足了一家老小的需求，我也心安理得了。你为了买这东西而天天跟我吵闹，吵得我两只耳朵差点震聋了。现在终于可以清清静静地过日子啦。"官布老人语气中夹杂着埋怨和骄傲。他上前几步，打开了收音机的开关，霎时嘹亮的歌声飘荡在院子上空。孩子们的脸上浮现出幸福的笑容，欢快的童声充斥着周围的空气。

杜拉噶尔老妪望见孩子们怀里的物品，双眼放射出喜悦之情，忍不住问了困惑她一整天的问题："喂，说说啦！牛到底值多少钱了？"

"嗯！"老人只是应了一声，没有立即回答她的问题。也许他在想：坐在热炕上，就着烈酒缓缓地说起来比较有意思！就在此时，从院外传来一个声音："满院子都是欢快的声音，原来官布回来了啊！"

大伙儿向大门望去，是大队队长那木吉乐提高嗓门说着走了进来。官布老人看见同龄人的第一时间急步迎上去，展开双臂，往屋里邀请道："喂，正如我所愿，思念中的朋友不请自来了，快上屋坐！"

西屋洋溢着烈酒的辛辣味，东屋里飘荡着优美的歌声。

"太好啦，我们村每户都有了收音机。"那木吉乐领导说着，脸上露出骄傲的神情。

"唉，在这之前就差我们家啦！"杜拉噶尔老妪有点可惜地说道。

"现在已经赶上了啊！"官布老人与那木吉乐碰杯道。

杜拉噶尔老妪向官布再次提起牛总共卖多少钱的问题。官布老人朝老妪微眯着眼睛。

"无论怎样都比卖给主动找来的牛贩子多，而且也名正言顺。"他揶揄道，然后嘲讽地闷声笑了几声，"好啦，你听着，听完后就放心啦。就当作卖了整数一千。"他说着喝了一口酒。

"哎！老不死的，还在想着早晨的拌嘴呢！"杜拉噶尔老妪嘴里嘀咕着，仿佛质疑自己的听力般愣神发呆了一小会儿，然后又拂着鬓角满意地笑开了。

"说得应该是对的，你看他走路都比平时轻快啦！不仅如此，话也多了。"队长说笑着打开背包，从里面掏出一沓钱放在桌上："都说吉人自有天相。出售的牛值了意想不到的钱。现在我又给你们送钱来啦！这是今年拨给你们的钱，快收起来吧！"

老人直瞪瞪地瞅着对方，老妪感觉有些莫名其妙。不过，他们很快就反应过来：这是国家救济他们的补贴。

就在这一刻，那木吉乐解释道："嗨！当下你们家依然是人口多、劳动力少的家庭。因此，我们替你们向上级反映问题了。"

官布听说后，眼底里划过有些着急的神情，朝那木吉乐挪动了一下，说："不是啊！现在已经不是那个给就得接着的时代啦！我们的生活水平提高到能自力更生的地步了……"他突然话锋一转，"你说呢?"他把视线移动到老伴儿身上，直接问道。

"嗯，依我看……"杜拉噶尔老妪犹豫不决。刚开始，老妪认为：钱已经拨下来了，接受它并不是什么丢脸的事情，我们也不是第一次拿到国家的救济钱。可是老妪从老伴儿的口气里，听得出他在想什么。于是她思考了片刻："这个……哦……是这样的。眼下我们的生活比前两年好多了。要我说的话，我们不收这笔钱也能过下去了。"她说着那木吉乐始料未及的话。

那木吉乐被他们的一席话弄得错愕不已。官布拍打着膝盖，赞同道："对啊！这话说得深得我心。当家的人都晓得我们一家人的心思啊！那木吉乐，拜托你写一封说明我们生活情况的信，和这笔钱一同寄到公社！"

年龄相仿的两位老人从小到老生活在同一片土地上，对彼此的性格习惯喜好了如指掌。官布是一个言出必行的人，一旦认定的事，九头牛也拉不回来。

"好啦，没办法啊！看来你们下定决心不收这笔钱了。除了上交没有其他的办法啦。"

此刻，官布老人不管他人听还是不听，一个劲儿自顾自地说着。

"这些年来我们一直都受着国家的恩惠啊！全依靠党的政策，我们才终于过上了自给自足的日子。现在生活水平提高了，还要向国家伸手要钱吗？不，我官布绝不会那么做。"官布像是向别人倾诉，又像是说给自己听似的说个不停……

老头子喝醉啦！杜拉噶尔在想。

是啊！不愁吃穿的生活使人心情愉快，减退压力。过去他从来没说过这么多话。不过，今天他终于打开了封闭多年的心扉。那木吉乐在想。

是啊！罕言寡语的官布变成了一位有说有笑的官布。

1983 年

永恒的朱日和

钢普日布　著

清·格日勒图　译

钢普日布

乌兰察布盟察右中旗人，1943年10月出生。参与编译《汉蒙大字典》，独立翻译《雪域高原上的喀尔喀蒙古人》等作品。1984年被评为自治区直属机关学习使用蒙古语文先进个人。

清·格日勒图

蒙古族，1956年生。中国作家协会会员，现任通辽市文联副主席。1985年开始文学创作，已出版二百多万字的文学作品，主要有《我所熟悉的小天地》《草原之魂》《安代》等。短篇小说《云青马》获内蒙古自治区文学创作"索龙嘎"奖，长篇小说《阴阳树》获蒙古文学"孛儿只斤"一等奖，歌曲《家乡那棵古神树》（词作者）获全国"群星奖"。

阴冷潮湿的晚风阵阵袭来，轻拂着草尖微黄的荒原，唦唦作响，仿佛诉说着什么。

　　晚风阵阵吹来，帐篷前的篝火霎时燃旺，近处景物一片通明。篝火那边，噶拉登老人仿佛不在乎秋夜的寒冷，敞开衣襟，侧身躺在地上，抚摸着满头白发，若有所思，凝视着夜幕下的旷野，一口接一口地吮吸着旱烟袋。

　　小河彼岸随风飘来一伙年轻人齐声欢唱的阵阵歌声，老人似乎有些激动，叹了一口气："多好的青春，多么令人艳羡的幸福的人们啊。"如果我也这么年轻该有多好。老人对着我说，"你听，他们似乎不是一整天打草，而是去赶了那达慕，唱得多投入啊。你怎么不跟他们在一起。他们都是些好孩子。好人总是有使不完的力量。"

　　老人久久凝视着黑暗中时隐时现的远方，又说："是啊，只有好人，才是有勇有谋，才能吃苦耐劳。就连死亡都畏惧他们，他们的心脏是永不停止跳动的。"

　　我揣测他要讲草原上英雄的故事了，于是靠近老人坐下。

"你看见朱日和①山口闪烁的光团了吗?"老人指着旷野深处问。

黑暗中耸立在两座大山间的山口频频闪烁着蔚蓝的磷光。

"您是在说坏女人山口中闪现的火影吗?那是……"

没等年轻人说完,老人似乎很反感地打断了他,朝篝火啐了一口唾沫:"什么?坏女人山口?你是从哪里听说的?那是欺压人民的剥削者妄想侮辱永生的、无所畏惧的朱日和威名而强加的辱名,而了解内情的人都叫它永恒的朱日和山口。"

老人沉默良久:"这件事情是从我们察哈尔各旗挑选的穷苦百姓初到这里,一代一代被奴役,皇家牧场太仆寺旗刚刚组建之初开始的。"

老人似乎在为追忆久远的苦难生活而心情沉重,紧锁花白的双眉,开始了他的故事。

由各旗穷苦百姓挑选组成的迁徙大军千里迢迢从塔黑塔拉指向了这里。在他们的前面,驱赶着由千万匹马组成的大马群,尘土飞扬。或许马也跟这帮人一样,是从各地聚集而成,频频有一两匹马跑出马群嘶鸣,使本来难舍故土的人们更加揪心。

三天后的傍晚,迁徙的大队人马在故乡边界高高的山坡下安营扎寨。

巍峨的高山连绵起伏,一望无际的绿色平原与丘陵在落日的余晖中苍茫沉寂,若有所思。故乡的景色隐没在遥远的雾霭之中。一时之间,马嘶牛叫声响彻空旷寂寥的大地,牵动着人们依依难舍的故土之情。

迁徙队伍虽已宿营,但疲劳与悲伤交加的人们像一座座石雕,静坐不语,甚至无心劝阻因饥饿而哭泣的孩子们。

看到这一令人痛心的场景,年轻妇女萨仁图雅特别仇恨因贫

---

① 朱日和:蒙文音译,心、心脏;勇气,胆量。

穷而受到剥削者欺压凌辱，目睹连在故土生存的权利都被剥夺，流落他乡的人们的遭遇，心想越是逆境中越要争取活出个人样才是。她轻轻咬了咬下唇，高声唱起了父亲生前每当遇到困难时必唱的，表现与敌人、与艰难困苦做英勇斗争的英雄好汉歌《草原雄鹰》。

歌声响彻在广袤的草原，犹如一道亮光射进陷入痛苦深渊的人们的心，联想起严冬暴风雪夜，破烂的蒙古包中人们围坐在火撑子①周围，在说书老人那森的伴奏下高唱这首歌的情景，宛如一阵劲风吹散了笼罩在人们心中的愁云，他们情不自禁一个个站起来高声合唱这首歌。一瞬间，歌声仿佛震撼了大地，激发了人们的自信心，提高了斗争的勇气。

萨仁图雅环视众人，俊俏的脸上泛起笑意："乡亲们，点燃篝火，准备饮食吧。"听到她的提醒，人们各自忙着点燃篝火去了。

牧民们早就喜爱这位二十五岁的少妇了。她以不怕吃苦，助人为乐而远近闻名。拥有众多牲畜、成箱金银珠宝、耽于美色的老参领迷上了在牧民小伙子当中享有草原之花盛誉的这位美丽姑娘，夸下海口，以金银、牲畜为诱饵，梦想纳她为小妾。

"与我指腹为婚的丈夫就是你的牧马人扎雅夫啊，大人，您怎么可以扰乱朝纲、破坏夫妻关系呢？"姑娘说。人们非常赞赏与自己一样穷苦的孤儿扎雅夫结为夫妇的，那森的这个孤女的诚挚的心意和坚强的意志。这位姑娘面对困难的坚强意志打动了众多移民的心，更加激起了他们对姑娘的爱戴、敬重之情。

篝火一闪一闪，烧得越发旺盛，宛若激起了人们对生活的向往，篝火照亮了空旷黑暗的原野。萨仁图雅也为众人的激情所打动，轻轻哼着那首歌，点燃篝火，做好了饭，等待着心上人回来。正在这时，不远处传来两个孩子同声哭喊的声音，她赶忙过

---

① 火撑子：放置在蒙古包中央熬茶煮饭的支架型炉子。

去一看，只见一个双目失明的老年妇女一手抱着个六七岁的孩子、另一只手抱着个三岁左右的孩子。

"我的孩子，不要在野外哭泣，爸爸这就回来。还不如咱们自己动手做饭吃。"

萨仁图雅听了老人对孩子们无奈的哄劝，眼眶湿润哽咽了，她赶忙返回来，等不及爱人回来，把自己还没有来得及尝一口的饭连锅端到老太太面前。

"老大娘，孩子们的碗在哪里？我把饭端过来了。"

老太太似乎难以相信她的话，一时支吾，明白了孩子们不再哭的原因，虽想推辞，但听到她亲切又似乎熟悉的声音很受感动，赶忙摸口袋找孩子的碗。

两个小孩子虽然见了生人有些腼腆，但因为饥饿难耐，情愿地接过了递过来的饭。孩子中小的好奇地看了一会儿萨仁图雅，问："你是我妈妈吗？"

"是呀，是，是。"萨仁图雅动情地抚摸着孩子的头说。

"多好的姑娘啊，你叫什么名字？是哪个旗的？刚才唱歌的就是你吧？"老太太不等她回答，又说，"是呀，应该就是你。我们是别的旗的。儿子叫德力格尔。因为是护军，在放马。孩子的母亲原来在佐领①家做挤奶活儿。有一天，不凑巧有两个牛犊被狼咬死，她惨遭佐领夫人的毒打，本来有身孕，导致外伤感染过世了。这已经是一年前的事情了。所以我们才如此受苦受难。我刚才从你歌声中领悟到，你是敢于为受苦的人做任何事情的人。为大家着想的人，依靠大家的力量就会更加信心十足。唉，可惜了，要是我的视力还好，看你一眼该多好，你一定是个漂亮的人。来，姑娘，坐下，哪怕让额吉摸一下。"

"奶奶，她跟妈妈一样漂亮。"大孩子说。

---

① 佐领：清代八旗行政基本单位名称。其长官亦称佐领。

"那当然。好人就是长得漂亮。"

"老大娘，您的碗在哪里？您也趁热吃吧。我丈夫也是放马的，你们或许早就认识。一会儿我再给他们做饭。干脆明天起咱们一起生活。要是等放马的人们回来，这两个孩子就遭罪了。再说，这样我也有伴儿了。"

第二天，太阳刚刚露脸，人们便拔寨起营，爬上了山坡。在初升的阳光照耀下，家乡的山水显得更加壮美秀丽。但人们没有因悲伤而呆立在那里，而是望了最后一眼故乡的远景，各自偷偷擦去眼泪，捧一把故乡的土，裹好揣进怀中，毅然继续了远途跋涉。

移民们在长途跋涉的艰难和难以压抑的苦闷中，渐渐察知了萨仁图雅的有智有勇，都觉得办事离不开她。

萨仁图雅发现，人们在渐渐适应新的环境，但马倌长巴拉登却变得寡言少语，若有所思。

历经五十年贫苦生活折磨的这位老人话语不多，能说一点蒙古语，和硕安本①衙门就指任他做马倌长，但他跟其他人一样，有事便来跟这个女人商量。发现他心里很是痛苦，从马群中依旧忧心忡忡地回来，萨仁图雅想跟他说几句，哪怕暂时抚慰他一下也好，于是迎了出来："叔叔是从马群中回来的吧？马群在哪儿？"

"是啊，马群在塔奔宝……"老人打断自己的话，疑似厌恶地，"什么塔奔宝格达山②，我在瞎扯呢。就在那个山坡上。"老人没趣地用马鞭指着说。

脱口说出故乡的山名，不难想象老人此时思绪混乱、心情痛苦的原因。萨仁图雅也不禁心烦意乱，突然间想起了一件事情。

晚上萨仁图雅烧了用山羊奶兑好的香喷喷的茶，请了巴拉登等几位长辈，他们都很高兴地过来喝茶。喝茶间萨仁图雅说：

---

① 和硕安本：蒙文音译，蒙古外藩中内札萨克蒙古爵位的第一等爵。安本：相当于内地知县。
② 宝格达山：圣山。

"咱们的人基本都安顿下来了，年久废弃的这片草场确实肥沃。但我们的人还是住不惯，可能还在思念故乡，这也没办法。连牲畜都喜欢往家乡奔，何况有情有义的人呢？但是不能回去，即使回去了又有什么好处呢？"

"是呀。"人们听了异口同声地说。

"所以我这么想，你们大家也想想看。我们离别故乡时都带了故乡的泥土。现在我们把它放在各个山头上，一一取名。针对强迫我们远离家乡的恶霸们，偏要取故乡山水的名。这样……"

没等她说完，巴拉登老人一边抽泣一边微笑着说："聪慧的姑娘，你说得太好了。明天我们跟全体人员商量，偏要这么称呼。"其他老人也都高兴地连连点头称道。

用故乡的山水名命名异乡的地名后，人们不觉得新地生疏，反而感到亲切了。他们将这方土地视为故土，开始探索生存的新路子。

人们经过艰苦的斗争，刚刚适应新的环境，饥饿与贫寒便向他们猛扑而来。

作为皇家的军人，每一个壮丁必须是护军。按规定护军人头每月发放二两银子，但一年多了，才发放了一次，且不是纯银而是掺和黄铜的碎银子。牧民将碎银子能变卖的变卖，到春季饥馑时又无力揭开锅了。

萨仁图雅送走巴拉登老人后陷入了沉思。是呀，不能不想办法克服面前的这一困难了。但是有什么办法呢？她的两只母山羊的奶勉强够德力格尔的两个孩子充饥。最近她不忍心直视这两个孩子了。他俩似乎只长头而不长个子，脖子异常细弱，全身的骨关节都突了出来。偶尔他俩趁着奶奶不在时碰见萨仁图雅就纠缠她："妈妈，我俩肚子饿……"令她的心针扎般地疼痛。

萨仁图雅后来才得知，自己只有三岁就失去妈妈成了孤儿。记得懵懵懂懂时起，父亲让她形影不离地跟着自己串门走户。那时父女俩居无定所，飘忽不定。父亲唯一的财产便是他亲手做的一把足有一人高的马头琴。但是不管哪家穷苦人的破烂毡包中，只要这把马头琴响起，就会激起人们生活的勇气和信心，因此她父亲也就成为了人们表达自己愿望和追求的寄托者了。她父亲从来不登达官贵人之门，却能使平民百姓忘却苦难，激发生活的勇气。萨仁图雅成长在这样的环境，自然愿意为群众着想了。然而此时，她为在饥饿面前想不出一点办法而怨恨自己。

萨仁图雅打开箱子，解开多层的包裹，拿出一对小小的手镯凝视了良久。这对手镯作为孤儿扎雅夫传了好几代的唯一财产，重量尚不足三两且不是足银，作为联结一对情人的唯一信物，是萨仁图雅拥有的无以替代的珍品。而现在……

门突然被推开，扎雅夫进来了。破旧褪色的长袍上打着精细的补丁。头上裹着白布，晒得黝黑的脸因饮食不良而明显消瘦，但浓黑的眉毛下一双灵动的黑亮眼睛因某种原因而快活地闪烁着。他刚一跨进门就说："萨仁，那匹棕毛色骒马死掉了。我按巴拉登老人的话把肉都分给了大家。这是咱俩的份儿。"他把死马肉如获至宝地亮给萨仁图雅看，"老是吃蝎子草真受不了。不管怎么说，今天拿它做……"他看着手拿手镯、泪眼婆娑的萨仁图雅愣住了，"萨仁，你这是怎么了？"

"没，没什么。"萨仁叹了一口气，"马不会天天死的，明天还……你的马还鞴着鞍吗？"

扎雅夫感到莫名其妙，问："那你莫非把手镯……"

"是呀，亲爱的，没有别的办法。其实我也于心不忍。将来我俩养了一窝孩子，变成老头老太婆时拿出来看看，回忆年轻时代该有多好。再说了它也卖不了几个钱。可德力格尔的两个孩子真的够呛了。你把拿来的肉煮成肉汤喝吧。我从野地里采了些蝎子草、野韭菜已经备好了。和着吃，一半给南斯勒大妈吧。那两个孩子好可怜的……"萨仁图雅说。

扎雅夫抚摸着爱妻黝黑的长发，双眼含着泪说："那就去吧，亲爱的。"

扎雅夫目送着妻子的背影，返回屋里，拿上那块肉，径直朝德力格尔家走去。

去了被移民称作"买卖场"的小据点，给手镯找买主的萨仁图雅看到小胡同的空地上聚集着一群人就走了过去。可能是在做各种物品的交易吧，地上摆放着各种手工产品、陶瓷品等。萨仁图雅心想，手镯该是在这里找到买主了，正要伸手摸怀里，见有一个老头可能给商贩卖几把马鬃，谈不拢价格而在吵架，就上前问道："这个也能卖吗？"

老头听不明白地摇了摇头，那个商贩盯了萨仁图雅良久，说："你那里多吗？收是收，但要价不高。"他用蹩脚的蒙古语说。

"有是有，像他的那么多，值多少钱？"

"一贯钱。不过都是初次相识的蒙古朋友，自然不会就那么一两把吧，所以说如果就这么多，给你三贯钱。可是这个老东西非跟我要五贯钱不可。"商贩说。

见妻子笑眯眯地进来，扎雅夫猜想可能卖了好价钱，就说："看样子一分价钱一分货啊。"

"据说这是叫我俩人畜双兴，睹物思亲，触景生情的宝物。"萨仁图雅说着将手镯亮了出来。

"什么？难道它一文不值了吗？"

萨仁图雅学着丈夫瞪大了眼睛，扑哧一笑："哪里哪里。是别的原因。好了，我想喝一碗茶，你把老巴他们叫过来吧，我有事相商。"

人们赞同萨仁图雅的想法：我们各自家里马鬃的需求并不大，价格是不是便宜不好说，到底值多少钱，我们也不清楚。先熬过这阵饥荒再说吧。

第二天开始，怀着生存希望的人们开始了剪马鬃，为了人人有食物吃，除了儿马都剪了鬃，多数的连尾巴也剪掉了。

人们勉强度过死亡关口挨到了秋天，以为有了食物而高兴之际，和硕安本衙署派人来要检查马群了。

浩特南面的宽阔盆地上搭起了硕大的帐篷。差役们前拥后簇着肥头硕耳、大嘴厚唇、面露贪色的巡检吏肖兴阿。他无精打采、毫无兴致地抿着差役斟上的酒。已经核对了死马皮张与原有马匹数额，只剩下马群尚未统计，可这里的人们却装出一副若无其事的样子，使他十分恼怒。真是见了鬼的穷酸地方，连端上来的食物都是平民百姓用的粗茶淡饭，他憋了一肚子气。

虽然职位不高，但他官拜皇家马场的巡检吏，算是托了老佛爷的福。在挂名皇家军人主事的牧场里，那些富户官家也能捞上一把，所以一旦巡检吏来检查，他们就感到恐惧，犹如皇帝巡幸驾到，拿出山珍海味、琼浆玉液招待，即便小小的马倌长也送上十两银子。这些穷鬼哪有不乘机捞一把的道理？可是到现在他们分文不出，尤其是这等饭菜。别着急，明天叫我一逼，准能逼出点东西来。想到这里，肖兴阿撇嘴阴笑，贪婪地一口干掉了最后一杯酒。

马群被赶到了大帐篷前面。牧放在多年荒废的草场上的马，一个个膘肥得流油，人见人爱。然而肖兴阿对此不感兴趣，他只期待着马匹数量有出入。这时点马数的差役前来报告："有一千三百五十七匹。"

"什么？"巡检吏大吃一惊，犹如被人当头泼了一盆冷水，浑身打了个激灵。难道每年出巡从不离身的皮囊今年将要空空如也地带回去吗？他大为光火："把马群排成行从帐篷前面赶过来！我要亲自点数。"

在很多人的配合下，才把马群缓缓赶过帐篷前面。巡检吏看到肚膘流油的群马，觉得无可挑剔，早已忘记了点数。但他总觉得哪儿不对劲，经细细观察，发现除了儿马外均被剪去鬃毛和尾巴，遂庆幸自己有疵可挑，兴不由己地说："停止点数！叫来马倌长巴拉登。"他向身边的差役交代。

巴拉登老人来到帐篷前，听候指令。

"你个老东西，竟敢破坏皇家马群的威武形象，损毁朝廷的名誉。有这样剪马鬃的吗？你一定是无视皇恩，心怀叵测，有意为之。快把这奴才拉出去挞罚一百鞭。"

萨仁图雅听了，急忙从帐篷另一边跑出来："长官息怒！即使死刑犯也要问话的吧？我们祖祖辈辈放牧当然知道剪马鬃的规矩。我们是在万般无奈的情况下才连长鬃骒马都剪了鬃，有的连尾巴都剪掉卖了……"

"这是在染指皇家马群。"

"是的，护军的薪水未发已有一年了。我们是在快要饿死的关头才这么做的。我们这些平民饿死倒是小事，但是作为护卫朝廷的护军，我们无权丢弃如此巨大的财产，只好这么做了。本来，等您一到，我们就想禀报您，只是怕耽误您的公务，才等统计完了再报的。我们趁着马群数额齐全交给长官，随时跪等剪马鬃的罪罚。这样我们即使饿死也无牵无挂。"

"是啊，萨仁图雅你说得对。趁着马数齐全交了吧。"

跟着萨仁图雅聚集到帐篷前的全体移民异口同声的喊声如雷贯耳，吓得肖兴阿面如土色，冷汗顺着脸颊滴流而下，刚刚还在胸中燃烧的金银美梦犹如风卷残云般瞬间消失了。

出巡前，过从不甚密切的一位银库大员曾来找他闲扯天南海北："看来你很幸运，要到一个不错的地方巡游了。那个地方连旗府都不曾设置，简直是穷鬼们贪腐的乐园。保你满载而归的，嘿嘿。"他冷笑着说，"那里春季三个月的军饷还没有发下去。不过这点蝇头小利他们早就不计较了吧。所以我们也商量着不发下去了。其实，是画龙点睛，多此一举了。但我还是坚持不能让你空手而归，就把这点东西给你带来了。"他说着拿出三块五十两元宝。肖兴阿见了，觉得比自己老婆的脸还要耐看，便手不由己地接了过去。

现在回想起这一切他非常恼火，原来这条贪婪的恶狗吞食了多少人一年的血汗钱，早已预料我出巡的结果，仅用三块元宝就打发了我，借刀杀人了。

看着一个个衣衫褴褛、晒得铜雕般护军威严愤怒的目光，肖兴阿不敢正视众人，结结巴巴地说："卑职……不明……事由。大家……息怒。卑职回去就禀报，立即发放护军的军饷。你们说得对。请你们回去吧。"肖兴阿频频合掌抱拳，点头哈腰。

果真从那以后，虽说护军军饷自然缺斤少两，成色不足，但毕竟按期发放了。这件事情使人们对自己的力量有了信心，打好了继续斗争的基础。

然而，第二年严重干旱，庄稼绝收，贪婪的商贩乘机抬价，使移民的生活再次濒危，无奈宰食出售屈指可数的牲畜，几近变成无畜户了。

正在这危急关头，有一天，巴拉登老人手提着满满一包银子进来，忧心忡忡地说："姑娘啊，怎能眼巴巴地看着饿死人呢。所以今天我卖掉了二十匹马。事先没有来得及跟你商量。"

萨仁图雅虽然觉得这么做不太妥当，但知道木已成舟，没有说什么。

调查日期前，满人巡检吏贺兴格到达与目的地间隔两站地的布拉格图站。当夜他失眠了。多少年来，吃皇粮办公务中他迎合上峰，威胁百姓，遇事处理起来易如反掌，凭借这点，官运亨通，步步高升，被官场推为才华难得，一遇难办公务，他就一马当先，名利双收，越发有恃无恐。然而这次的巡检，对自己而言，似乎是个难解之谜。

听说从各个旗聚集到一起的、目不识丁的这帮穷苦百姓凝结成一条绳，据理抗争不相让，连朝廷重臣都畏惧他们三分，他们真是一群天不怕地不怕的人。贺兴格想到这里，觉得毛发直竖，心里明白决不能小瞧他们，但是如何对付他们呢，想来想去一夜不能入眠。

次日早晨，差役们准备辎重骡马将要启程，刚睡了一会儿的贺兴格叫来笔帖式①巴拉干、差役森格二人："把辎重都给我卸掉。告诉他们，来消息前原地待命。传令站台备三匹好马，你们二人带上重要账簿待命出发。"

当晚夜深人静时，一身商贩装束的三个人从布拉格图站出发，早晨牲畜出草场不久便来到希拉浑迪移民居点。

护军们都出去牧放马群了，萨仁图雅给这些陌生的不速之客倒茶招待，他们显出很热情的样子询问畜群和草场的情况。其中一人问："你们这里马的售价怎么样？"

萨仁图雅纳闷道："我们是经营皇家牧场的人，我们无马可售，所以不清楚马的售价。"

知道他的计策无济于事，巡检吏贺兴格改了语气："护军们都去哪里了？"

萨仁图雅装出因不明真相而失礼的样子："您是……"

"我们是安本衙门差遣的人，因途中不安全不得不化装成这副模样。"

"巴拉干，把那套衣服拿来。"他警惕地看着萨仁图雅，"说是他们的男丁们都不在。森格你去叫护军们把马群赶过来。"

萨仁图雅感到事态严重，趁着给召唤护军的人指路，顺便在正在外边玩耍的德力格尔的大儿子耳边嘀咕了几句。

巴拉登老人迈着沉重的步伐急忙赶来，向已戴好顶戴官帽的官吏问安："护军们正在往这边赶着马群。因为还没有到调查期，预先不知而有失远迎，奴才知罪。昨夜马群受惊失散，大家清早

---

① 笔帖式：衙门里的文职人员。

出去寻找，刚刚勉强凑到一起了。还缺的二十几匹马由护军扎雅夫去寻找还没有回来。"

巡检吏贺兴格揣测出这个突袭办法不奏效，便放弃点数马群的计谋，例行检查也走了过场，带上巴拉登老人细致观察马群后赞许道："从马群的膘情就可以看出，你们护军确实效忠皇朝。"

"应当把你们的功绩上奏天子，重赏才是。"

贺兴格装出一副诚实守信的模样。

第二天早晨马倌长巴拉登来回禀："去寻找马群的人把马悉数找了回来，今天是否点数马群？"

巡检吏似乎先他知道了事情的前因后果："作为朝廷的属民，你们在亲手经营着马群，我就没必要一再点数它。都已找回来就相安无事了。"

他领着巴拉登老人观察马群时发现有几匹疑似役用马，毛发脱落，已知是怎么回事。但他明白，仅凭这点，从他们口中什么也得不到，遂装出若无其事的样子。

最后一线希望也化为泡影，他非常沮丧，耷拉着脑袋进了移民们为他准备的帐篷，笔帖式巴拉干微笑着手拿长卷折子迎上前，见四下无人便说："看来现在有些眉目了，原来带头的是个破落台吉。"他带着鼻音念道："'镶蓝旗辅国台吉那木达嘎与钦封镇国公那穆囊争风吃醋，酗酒后当着奴仆掌掴镇国公那穆囊，使他的顶戴官帽滚落在地，破坏君臣关系，违背朝政法纪，故取消其台吉名号，没收全部财产充公'。这个破落台吉是随同穷人们一起来的，他是怀恨在心，非他莫属。"

巡检吏贺兴格装作没听见，把玩着烟袋，突然开怀大笑："快叫森格来。"

夜深人静，门窗严丝密缝的帐篷内一根粗大的蜡烛懒洋洋地燃烧着。差役骑马带副骑做好了"买卖"，将拿来的东西备好一桌酒菜。贺兴格在红线白纸上细心写着什么，似乎已经写完，摘下水晶眼镜，拧好钢笔盖，对笔帖式巴拉干说："现在去吧！要倍加小心。无论如何不能叫人发现。能否立功在此一举，不要告诉他别的。就说在叫他，你要亲自带他过来。"

没过多久，笔帖式带回一个人来。只有四十多岁的这个人因伤心过度，双眼深深陷入眼眶，颧骨突出，鬓角发白，下颌犹如被无形绳索下拽，耷拉着头抬不起来了。由于深夜被召唤，吓得双手直哆嗦，破烂长袍的下摆抖动着。贺兴格从眼镜上方瞥了他一眼，欲想探知他的内心，遂装作一心书写，毫无察觉来人的模样。那个人等不及了："奉您的传呼奴才来了。"说完便下跪。

贺兴格装作大惊，赶忙扔掉笔，跳将赶来："怎么不告诉那爷的到来？"他责怪笔帖式，急忙扶起了他，"有失远迎了，那爷。请原谅有要事深夜请您来。"

贺兴格合掌点头，台吉那木达嘎不解其意，深感纳闷。

他想起被免除官衔、没收财产后，不要说和硕安本官署下派的官吏，就是佐领的小文书也不把他放在眼里的情景，不由悲从心来。

"那爷不必惊讶。我们一来，理应把要事转告您，只是朝政要事不便在平民前透露，才拖至今日。这桌酒席权当为您接风，您就先坐下喝酒吃菜，我们慢慢谈。"

贺兴格把他请到酒桌中心，亲自斟了酒："与那爷初次谋面，先干三杯！"

好长时间没有接受过这般酒菜招待，加之被巡检吏的谦虚诚恳态度所打动，台吉用发抖皲裂的手拿起酒杯一饮而尽。目不转睛地盯着台吉发抖的手不再发抖了，贺兴格便知道他已喝得热乎了，便戴好顶戴帽，站起来正色道：

"那爷请起，卑职替和硕安本传圣旨。"

巡检吏打开黄色包袱，拿出叠得整整齐齐的红线纸，又整了整衣帽，念道：

"奉天承运皇帝诏曰：镶蓝旗辅国公台吉那木达嘎因一时之误，略触朝纲，致使免除名号，没收财产，此不合吾朝慈悲臣民之规，故理当复其辅国台吉之号，还其财产……"

那木达嘎不明其故，慌忙跟着立起，愣了半天神，勉强听明白，便立即跪下，干裂起皱的脸上泪珠滚滚，接下来念了什么全然不知。

"那爷请起，承蒙天子降恩之大喜，请允许卑职敬您一杯，略表贺意。"台吉这才清醒过来，靠近酒桌，泪眼蒙眬中似乎看到了成群的牛马、成箱的金银，还有豪华宫殿和成批的奴仆。

"万岁龙恩……齐天高。"台吉支吾着，拿起酒杯一饮而尽。

巡检吏贺兴格狡黠地微笑着说："若要报答天子隆恩，那爷理应揭发有悖于朝政的言行，为皇朝立功才是。您与这帮穷鬼混了这么长时间，想必了解甚多。"

台吉那木达嘎又一口干掉了一杯，蛮有把握地说："那当然了。"

送出台吉时贺兴格说："那爷说的重要消息卑职会负责上报的。在正式的委任状下来之前，不得把我俩的交谈内容透露给平民。您刚才还说他们结帮营党到了什么程度。所以决不可贸然行动。还有，别忘了后天该做的事情。"

次日早晨，贺兴格再次夸赞兵丁们为国服兵役表现很好，又带上巴拉登去布拉嘎图站，催促他领了护军军饷抓紧发放。

次日，男丁们出工后，萨仁图雅与平日一样做家务，但觉得今天有些异样，心里郁闷，做什么都不合她的心意。那两个孩子可能出去玩了不见回来。她就想去南思勒大妈那里。正在此时，那木达嘎气喘吁吁地走进来。不知是惊慌还是心烦，脸色苍白，额头冒汗。萨仁图雅同情地问："您怎么了？身体不舒服吗？"

"没有，没有，我那唯一一只山羊在西山坡陷了泥沼。好妹妹，帮个忙，不抓紧就来不及了。"

萨仁图雅慌忙跟着走了出去。走近泥沼地，突然从泥沼旁边的土丘后面跳出四个人，直接捆绑了萨仁图雅，拖到马前，抱在胸前，跨上马就飞奔。

感到莫名其妙的萨仁图雅到布拉嘎图站，便猜出了事情的大概。经严刑拷打失去知觉的巴拉登老人被绑在站前的大石柱上，眼睛虽然睁着，但对身边发生的一切已失去知觉了。

绑架萨仁图雅的一帮人将她推搡着推进一间屋，平时花言巧语、甜蜜微笑的巡检吏贺兴格此时一反常态，三角眼底隐隐闪过一丝墨绿光芒，张嘴露出长长的门牙，皮笑肉不笑地说："失敬了，尊敬的领袖。"为了皇朝大业只好如此了。他挖苦着提高了嗓门呵斥："跪下招供吧。"

萨仁图雅冷笑道："让你们恶贯满盈的朝代见鬼去吧。"萨仁图雅仰头叉开腿站着。

"事情早已明了，你如此糊涂下去对你不利，你还是个没有走完人生三分之一的年轻人呢，要考虑好今后的生路。你把自己所做的和合伙做的事情都供出来，我就免除你的罪责，还要加赏百两银子。我拿我的这个作保证。"他摘下顶戴官帽放在桌上。

萨仁图雅怒不可遏，将咬唇过猛而积在口中的血啐向顶戴帽：

"人民为生存而进行的斗争，不要说你们头上那颗微若鸟蛋的小石子，就是高山峻岭也阻挡不了。只有你们这帮吸食老百姓鲜血的恶魔才会见财起意，甚至不惜出卖父母乃至自己的感情吧。我们可做不到。你是想从我嘴里听到点什么吗？趁早放弃你的幻想吧。"

"看样子你是个不识抬举的东西，动刑吧。"贺兴格冷笑一声。

皮鞭噼里啪啦抽打柔嫩的皮肤，萨仁图雅登时皮开肉绽，鲜血淋漓，她一声不吭，咬牙忍痛，终于失去了知觉。

巡检吏贺兴格原以为略动小刑便可易如反掌地屈她招供，功名富贵唾手可得。他依旧不死心，泼水弄醒了萨仁图雅，问："怎么样，该招了吧?"

萨仁图雅冲他的脸啐了一口浓痰。暴怒的巡检吏大喊："拿烧红的烙铁来!"

皮肤剧烈疼痛,被烤焦冒出白烟,散发出一股燎糊味,萨仁图雅随即又昏死过去。

萨仁图雅苏醒了,她仿佛与巴拉登老人一同被抛弃在野外,手脚都没有捆绑。她感到纳闷,想要起身,胸中剧烈疼痛,再次昏厥过去。过了一会儿她再次苏醒过来才发现自己与巴拉登老人用铁丝穿胸腔连一起,装在车上,似乎要拉到什么地方去。巴拉登老人没有丝毫动静,萨仁图雅以为他昏死过去,就想弄醒他,伸手摸了摸,发现他未能经受住非人的折磨早已死去,手脚都僵硬了。

萨仁图雅脑中闪现着可怖的情景。难道就这样无谓地死在敌人的手里吗?不能再见到同志们,向他们诉说我的仇恨了吗?我们的阵营里还藏匿着丧尽天良、恩将仇报的毒蛇那木达嘎。萨仁图雅回想起有好几次不听同志们的劝告,从死亡线上拉回这个可耻叛徒的往事,越发怒火中烧。她咬牙坚持,我不死,我不能死,若不把这一切告诉同志们,他们明天还要步巴拉登我俩的老路。她想挣脱捆绑,尽可能靠近早已断气的巴拉登,想放松串连的铁丝,将放松处用力折弯。铁丝牵动一下,伤口就疼痛难忍,热血顺着铁丝涌出。但她竭尽全力,加快了铁丝折弯速度。她感到浑身燥热,伤口疼痛难忍,大汗淋漓。快速的折弯使铁丝"咔嚓"一声断开,萨仁图雅也随即失去了知觉。

破晓的鸟鸣声中萨仁图雅突然惊醒,发现自己因用力过猛再次昏厥。胸中感觉异常燥热,因失血过多头晕,几次想站起来都不能。她撕下长袍的下摆,堵住胸部的伤口,慢慢地从车上滑落而下,拽住车轮辐条,一节一节往上爬,慢慢站起,费了好大力气,身体才找到了平衡,深深呼吸一下,踉踉跄跄走向拴在马桩上的马。

一箭之遥的距离,她竟扑倒三次,勉强走到马桩前,深深地呼吸，解开高大的枣红马的缰绳，踩上马桩旁边的牛粪堆上，勉强上了马。

距离站台较远了，她便策马极速飞奔。被马步的颠簸震洒出来的血液顺势而流，宛如将她焊接在了马背上。

深夜仿佛畏惧这位坚强无畏的女人，揭开了曙光的帷幕。

人们通宵寻找突然失踪的萨仁图雅，天亮时聚在一起喝茶，商量着下一步怎样找她。这时马蹄声打破了清晨的寂静，人们纷纷出来看，只见骑着枣红马的人如离弦之箭般疾驰而来。

人们难以辨认披头散发，满脸乃至全身鲜血淋漓，连同坐骑都被鲜血染红的可怕的人。"萨仁！"扎雅夫突然失声喊叫一声，推开人们扑向了她。众人内心惧怕、同情、仇恨交加，不知所措，一个个呆若木鸡。

萨仁图雅慢慢清醒了，她环视了一下众人，说："无耻的叛徒那木达嘎把我们斗争的成果出卖给了巡检吏，欺骗了大家。老马倌长没有向敌人透露半个字，像'草原雄鹰'般地壮烈牺牲了……"

围观的人们屏住了呼吸，连大地也沉静了下来。那木达嘎趁众人不注意，爬过人群脚底想要溜掉，唰的拔刀声划破凌晨的寂静，放马人德力格尔的钩刀如闪电般插进了那木达嘎的心脏。

这时马蹄声又起，秃头上没有来得及戴帽的巡检吏贺兴格带着众兵包围了围绕萨仁图雅的人群。萨仁图雅扶着鞍轿竭尽最后的力气，留恋地环视了一下广阔的草原。

"别了，乡亲们。来到这个世界上走得太仓促了，但为百姓而死是值得的。不但不能残杀少数人而扑灭大众生存的希望之火，反而会愈加燃旺反抗剥削者的人民斗争的怒火……"

贺兴格冲着被这个女人的威风所震慑而发呆的士兵们喊道："一群笨蛋，赶快动手把他们抓起来，你们不抓还等什么？"愤怒的群众表现出如有人胆敢来侵害萨仁图雅，就决一雌雄的架势，握紧拳头转向众兵。贺兴格急忙后退。

萨仁图雅放声大笑："你也够笨了。我先你一步来，把这个无耻的叛徒处死了。你的结局也跟他一样，只是时间问题。"她指着那木达嘎的尸首说。

贺兴格更加慌乱，又后退了几步。

"乡亲们，要跟他们做斗争！永远不要在敌人、压迫面前低下头。"萨仁图雅足蹬马镫站起，眼睛亮如寒星，紧握双拳，用力举手，雪白的胸部血肉模糊，鲜红的伤口大张着嘴巴，惨不忍睹，伤口深处一颗无畏的心脏在做最后的跳动，宛如要把英雄的遗言留给家乡的人民，涌出鲜红的血，洒落在潮湿柔软的土地上，在周围众人眼中亮如火星。

"你听明白了吗？连死亡都惧怕为人民而奋斗的人们。传说从那以后，那颗不死的心脏化为火焰一直在熊熊燃烧。不管怎样，从那颗大无畏的心脏滴落的最后一滴热血燃旺了反抗剥削与压迫的斗争之火，使之永不熄灭，熊熊燃烧了。"噶拉登老人深深嗟叹道，"如果那时要是有现在这样伟大英明的党该有多好。"

夜深了，但从草原深处、河对岸依旧传来年轻人们欢乐的歌声……

老人欠起身，从篝火中夹起一块火点燃了烟："唉，要是像你们这样年轻该有多好，在这美好的社会上该好好奋斗拼搏一阵子。现在心有余而力不足，只能做几个孩子的饭打发日子了。"

朱日和山口闪烁着蓝光，这片充满英勇斗争故事的草原给人以永远难以忘怀的印象。

1962 年 8 月

皑皑白雪

巴图孟克 著

照日格图 译

巴图孟克

锡林郭勒盟正镶白旗生人，自1979年开始在《花的原野》等杂志发表多部小说，先后获得内蒙古自治区文学创作"索龙嘎"奖、"朵日纳"文学奖等。2016年去世。

照日格图

蒙古族，1983年生。中国作家协会会员，内蒙古自治区文学翻译家协会副主席，现为蒙古文期刊《内蒙古青年》主编。翻译作品一百五十余万字，散见于《译林》《民族文学》《读者》《环球时报》等。出版有长篇小说《试婚》（合著），译有长篇小说《青史演义故事》《夏洛的网》等。

草原上下起了初雪。起初伴着微风像挤牛奶似的细细密密地下着，后来雪花似乎闻到了从呈德家里飘出来的奶茶香，原地驻足观瞧一阵，即刻变成鹅毛大小的碎片，纷纷扬扬地落了下来。

　　白羊专业户、今年二十三岁的呈德起床之后老练地看了看天边，他不急着放羊，给羊儿们扔了些许草料后，进屋坐下来喝早茶。

　　雪还在下。皑皑的白雪覆盖了原野。如果能坐上直升机，一览这银白色的原野该是何等的享受！这样我们就能看到呈德的三间瓦房就像雪地里还未脱落的肚脐，落在他家房顶上的雪则像敷在肚脐上的医用纱布。

　　雪停之时呈德迈着四方步从屋里走出来，他要检查羊圈是否安好。羊圈里的这些白羊产绒高，像珍珠一样在圈里滚动着。它们埋头吃着羊圈里的干草，嘴巴发出的咀嚼声像支交响乐。有一两只羊先填饱了肚子，撅起小尾巴来回蹦跶。每次看到它们，主人呈德的内心就充满了温柔的爱意。

　　羊群还没有吃饱呢，何必急着放出去？呈德看了一下天色，苍白无光的太阳穿破了厚厚的云层，正在努力地往上爬。周围没有一丝风，安静至极。看样子这雪是要下呀，呈德嘴里这样嘟囔着。他出出进进转了几圈，发现自己无事可做，突然想到要逗逗妻子，便迈腿进了屋。

拉姆素正面朝窗户蹲坐在那里忙着手里的针线活儿。她的胳膊下夹着一点布料，看不清是布还是皮，呈德来了淘气劲儿，蹑手蹑脚地向她走过去，正准备拽一下布料，没想到拉姆素一把收好，放到了自己脚下。这女人也真怪，一天到晚就知道忙这些针线活儿。收了活儿，自己便躺在那些针线和布料旁边，沉沉地睡去。

其实，她是个像兔子一样温柔的女人。结婚两年了，他们还没有一儿半女。是因为这样她才感伤吗？呈德噘起嘴凑过去，在妻子粉红的脸上啵儿地亲了一下。他以为回应他的会是温柔的嘴唇，不承想拉姆素只是微微笑了一下，便又把头扭了过去。说是微笑，其实也就是眼睛眯一下，嘴角微微上扬而已。呈德真想知道她缝的到底是什么，闷笑着再一次伸手过去，拉姆素却说了声"去"，随即拍了一下他的手。

一时的乐趣遭到冷遇，让呈德多少感到有些无聊。真是个不知趣的榆木疙瘩！难道你是在冰面上出生的吗？那么冷！当他试图再次伸手时，又觉得和女人闹腾不会有好果子吃，便转过身去一屁股坐在了沙发上。

在物质上他们家什么也不缺，可就是缺热闹和欢乐。人一旦富足，反而会吝啬自己的每一句话。一年前他们还挨着父母住时，日子过得那么快乐。拉姆素每天打扮得花枝招展，像蝴蝶一样翩翩飞舞，一步都不离开她的呈德，所到之处皆是欢声笑语。当他们在夕阳下手牵着手去东屋串门时，额吉就温柔地数落他们：你们这一天疯到晚，日子还过不过了？这样的言语背后都是满满的母爱。额吉这么一说，拉姆素就拎起奶桶去牛圈，呈德也顺势跟上去，圈里又会传来一阵阵欢声笑语。那时候他们可真快乐。

拉姆素在窗户边忙着她的针线活儿，可她处处提防着呈德，时常不安地扫视着屋里的一切。藏什么藏？夫妻之间还能有什么不可告人的隐私吗？这么一想，呈德就更觉得无聊。她不是故意在挑逗我吧？他真想跑过去一把搂住她，但他在家里的地位不允许他这么做，只在椅子上往前挪了挪身子，没有站起来。或许他就这样失去了一整天的快乐。

呈德想喝两杯。不过昨晚也喝了不少，到现在还头昏脑涨呢。他想找人打几圈麻将，可是他逢玩必输，除了过过嘴瘾再无收获。呈德是个闲不住的人，一闲下来他就想鼓捣点什么。

他掀开电视机的罩布，随手打开了那台十八英寸的彩电。荧屏上除了"雪花"什么都没出现，屋子里尽是电视里沙沙的声音。他明明知道除了周日，白天的其他时间都没有电视节目，还是不甘心地不停地换着频道。拉姆素或许是想看看她男人是怎么把电视给鼓捣坏的，也许还期待发生奇迹，也扭过头看了一眼荧屏上的"雪花"，轻轻叹了口气后，低头继续忙自己手里的活儿。她再没瞅这边，头也没再抬起过。呈德看着她的后脑勺翻了好几次白眼儿。

呈德正百无聊赖地弄着他那台没有节目的电视机，眼前突然出现了一个七彩的世界和一位妙龄的女孩。那女孩微微一笑，跟他说着什么。

呈德取了挂在墙上的棕色皮袄，套在灰色的西服上，疾步走了出去。现在他满脑子都是托迪姑娘。她前一阵子突然销声匿迹，这两天才回来。

听到摩托车发动，拉姆素把脸贴在窗户的玻璃上朝外看了看。她看到呈德稳稳地骑上他的"雅马哈100"，在雪地上渐行渐远。雪地上有了一道黑色的车辙，活像一个大大的问号。

天空阴暗，雪还在下。西边有一道亮光忽明忽灭，像一团鬼火。这道光是呈德的摩托车发出来的，现在他正在回家的路上。

这一天呈德过得异常开心，现在正兴致勃勃地往家赶。之前他并不知道人间还有这等的快乐。有一个女人无私地给他带来了快乐，他自然也把她视为女神。女神现在就坐在摩托车后座上。他想把这位见多识广的女神带回家，好好招待一番。如果亏待了她，那他这位暴发户也就徒有虚名了。

摩托车一路颠簸，托迪用修长的十指紧紧搂住呈德宽厚的肩膀，呈德感到全身袭来阵阵惬意。离家越近，呈德的心跳就越难以平静。不知拉姆素看到她会有何反应，托迪又如何应对。

呈德能感觉得到脖颈处有托迪带着花香味的呼吸。此刻托迪在讲她的所见所闻，话题冗长，声音清脆得像响动的金铃，让呈德大饱耳福。

"我们通宵玩个痛快。乡下人就是不一样，玩也不会变个花样。你看看人家深圳和香港，年轻人个个都是玩乐的高手。他们还有自己的口号呢……呈德，你在听吗？"

"当然在听，这也太好玩了。"

"你知道他们的口号是什么吗？就是玩命娱乐，拼命工作！"

"我说……他们也不怕累死啊。"

"我也没听说过谁被累死了呀，他们都说时间就是金钱，金钱就是生命。那叫一个拼命。你看我们乡下，有钱也不会娱乐，有闲工夫也不会玩，一个个都是大傻瓜！"

"哦，是吗？"

呈德想到自己的老婆，偷偷笑了。拉姆素啊，什么话都喜欢凑到耳边说，一说话就带着哀求的语气，我就是随便咳嗽一声，她也得琢磨半天是因为什么。她呀，出了门跟别人打个招呼都费劲儿。看看人家托迪，出去还没到一年，就练就了三寸不烂之舌。每说一句话都那么悦耳，像音乐一样有节奏，像奶油一样甜腻腻，还那么温柔。

"你身上总是散发着一股好闻的味道，你自己能感觉得到吗？"

"什么好闻啊！我整天和牛羊打交道，不是牛粪味儿就是臭汗味儿。"

呈德说完后，心里一直等着托迪的下文，她肯定又会说"这乡下……"他知道自己不会捌饬，一年才洗一次澡。

没想到托迪沉默了一阵，用无比温柔的声音说了一句："其实我闻着汗味儿特别舒服。人民币就是这种味儿。"说着托迪一把勾住呈德的脖子，贪婪地闻了闻他的脸颊和下巴，又啵儿啵儿地亲起来。突如其来的挑逗让呈德失掉了方寸，不小心捏紧了摩托车的刹车。

行驶在雪地上的摩托车突然来了个急刹，如胶似漆的两个人被甩出了很远。呈德像羊绒团一样在雪地上滚了几下，赶紧爬起来，看到他心爱的雅马哈低哀了一阵慢慢熄了火。托迪面朝雪地，趴在那里挣扎着，像是噩梦一般。呈德看到这一幕慌了神，赶紧跑过去扶她起来。托迪像面团一样软绵绵，眼睛呆呆地愣着神。

呈德紧张地在她的羽绒服上胡乱拍了几下，托迪这才舒了一口气，用细细的嗓音尖叫了一声，说道："我的老天啊，心都快跳出来了。我以为我就这么完蛋了。你看我心跳得有多厉害。"说着把呈德的右手拽过来放在自己的胸前。在雪天快要冻僵的手掌透过她的贴身毛衣摸到了皮球一样硬邦邦的乳房，唯独感觉不出她的心跳。每一次摸拉姆素的胸，呈德就感觉自己在绿茵上奔跑一样，幸福至极。这城里姑娘的乳房为什么就这样硬邦邦的呢？不会像我的摩托车一样往里打气了吧。这样一想，他真想扒开衣服看个究竟。

呈德刚要说些什么，托迪温柔的嘴唇贴在了他的嘴唇上。各种花的香味伴随着托迪热热的呼吸扑面而来。这些难道就是她白天所说的贵得冒泡的擦脸油和香水味？还是那个口香糖的味道？刚放下高脚杯，托迪就剥开锡纸给他递了个东西，说这是口香糖。他当时推托说自己不是孩子，从而错过了尝试的机会，真是可惜。估计我们乡下人的嘴里尽是一些烟酒的臭味，她也一定觉得刺鼻难闻。这样一想，呈德的脸上燃起一把羞耻之火。

呈德的手渐渐从托迪的胸前滑落。夜色没有取笑他，周围还是那么安静，从睡眼惺忪的天空上飘下了一两片雪花。

呈德磕磕绊绊地进了东屋。在日光灯下守着羊群的拉姆素满脸笑容地迎了过来，看到跟在后面的人又情不自禁地捂住了嘴。那一瞬间，呈德的一举一动都变得十分僵硬。拉姆素的笑不加任何掩饰，是那么淳朴。眼前的女人眉清目秀，粉红的脸蛋上还带着两个小酒窝。我们好像是在哪儿见过？三年前的敖包①那达慕上见过她一面后，他便被勾住了魂，暗自伤心了好几天呢。也是从那天起，他们的爱情开始生根、发芽直至今日……美好的回忆一一呈现在眼前，温暖他即将冰冻的内心，呈德的心仿佛被融化了。

等托迪挤进来时呈德才回过神来，想要摘了围在他脖子上挡着脸的碎花蓝色围巾。

拉姆素从宽大的木板床上下了地，提起冒着热气的蒸屉看了看，再看一眼托迪，用眼神示意她坐。托迪轻手轻脚地走过来提起蒸屉看了看，向后退了几步说："这乡下人啊，就知道包子，有肉也不会吃！如果是在深圳和香港……"

拉姆素给了她一个白眼儿，说："哎哟，那清汤寡水毕竟是别人的，妹子，咱们可都是土生土长的乡下人啊。这都还热乎着呢，怎么样？你们一晚上都在赶路，先坐下来填饱肚子再说吧。"说完准备拿碗筷。

呈德生气了。我领来的客人，怎么连个猫狗都不如！我不指

---

① 敖包：用石头、木料堆积起来的圆锥形建筑物，用来祭祀神祇、祈雨。

望你有好脸色，说几句客套话总可以吧，女人的嫉妒心还真不是一般的，难道真要掐起来？

这么一想，他往前迈了一步，想好好收拾一下自己的老婆。托迪是个聪明人，早就看出了其中的不妙，赶紧打圆场道："算了，还是去我家红火吧，嫂子肯定也不嫌远吧？"

拉姆素依旧不依不饶，说道："这俗话不都说，别躲做好的饭，别听坏人的言嘛！"

呈德就这样被夹在中间。他没想到平时少言寡语的拉姆素说起话来如此犀利。之前他总觉得自己是个顶天立地的男子汉，今天才发现自己有多懦弱。他能在这方圆几十里逞能，都仗着谁啊？这样一想，他在拉姆素面前低下了头。

"羊群都吃好了吧？如果我晚上不回来你怕不怕？"

他知道自己说的这些都是废话，说了一通还不如放个响屁呢。可是总得给自己找个台阶下啊。

此时托迪也开始翻着白眼儿，像数落熟人一样对呈德说道："你到底走不走？扭扭捏捏的，还像个男人吗？你不走我可走了啊，赶紧的！"

拉姆素也瞪大了眼睛，喊了一声："等等！"这是女主人才配有的气势，谁也拿她没办法，两个人听了只能干瞪眼。

拉姆素从立柜里拿出一顶豹纹图案的人造革圆顶帽子，思绪万千地走到呈德前面说："你耳朵本来就小，大冷天可别冻坏了。如果冻坏了，别说是别人，连你老婆都不要你了！"说着一把拽住碎花围巾，理了理她男人的头发，把刚刚缝好的帽子给他戴上。拉姆素看了一眼托迪，像是在说，你不是他的老婆，有权利动他的头吗？

呈德感觉自己的额头开始微微发烫，他这才想起自己托人给拉姆素捎来的人造革马甲。早上拉姆素那么神神秘秘，估计缝的正是这顶帽子。

"要不我就不去了吧，托迪，你打算回去还是住在这里?"呈德的口气立马转变了许多。

"哟哟，这怎么行?男人必须说话算数啊，你还是去吧……至于什么是真爱，估计你明早就知道了。"拉姆素边说边把两个人推出了屋门。

托迪可能觉得这样特别解恨，回头把门开了个缝，大声地朝屋里说道:"拜拜!"话音刚落，屋里也传来一句生硬的"拜拜"。

摩托车启动的声音传入拉姆素的耳朵，让她的心无比纠结。当那个声音渐渐消失在夜幕中时，她再也忍不住压抑已久的泪水，趴在床上号啕大哭。

第二天，雪住天晴。皑皑的白雪覆盖了这里的沟沟壑壑、乡间小路、牛羊和人的足印……也覆盖了一切理应忘记的灰色记忆。一夜之间这里银装素裹，白茫茫一片。雪后的大地为什么如此静默、万籁俱寂呢?

拉姆素很晚才起床。她出门走向灰堆，又停下来聆听着什么。片刻过后拉姆素饱经风霜的脸颊开始泛起红光，她急匆匆地按原路往回跑。

"呈德，呈德!我有了!"

初升的太阳普照着银色的世界，白色的光芒让人睁不开眼睛。

1987 年

棕骠马

色仁维扎布 著

乌云高娃 译

色仁维扎布

1922—1980，蒙古族，出生于锡盟白旗。自1949年开始创作诗歌、散文、短篇小说、好来宝等，先后在《内蒙古日报》《鸿嘎鲁》等报刊上发表。出版有作品集《司机姑娘》《色仁维扎布作品选》，诗歌集《我们的红太阳毛泽东》《二岁的花马》。短篇小说《枣红马》获得文学戏剧电影创作二等奖。

乌云高娃

蒙古族。1968年生于巴盟乌拉特前旗。曾在《内蒙古青年》《蒙科土拉嘎》等杂志发表过作品。承担完成了《美岱召博物院》《敕勒川博物馆》等的翻译任务。2016年完成了《心结》《那一年秋天》等获奖作品的翻译。今年完成了《固阳博物馆》《王震井暨城川革命根据地红色教学基地》等多项翻译任务。现居内蒙古土右旗。

小小的套日玛湖，好似水晶盘里盛满圣水，清澈见底。湖边那些丛林、树木、枝条倒映在湖水里，那样灵动，令人惊叹。丛林里，鬃毛鲜亮的棕骠马领着它那匹二岁马驹画眉，摇摆着马尾拣食着青草，那模样倒映在湖水里，活像鱼缸里的金鱼在跳跃。偶尔，枝头上喜鹊的惊飞与叫声都会惊吓到棕骠马，马蹄移动时带落的泥土和石块，噼里啪啦掉进了套日玛湖，瞬间泛起了一圈圈涟漪，慢慢变大、扩散，直到消失，圣水湖又恢复了原有的平静。

棕骠马方圆方圆的胯骨上那条凹凸不平的线条看得一清二楚，时不时会低头亲吻它那匹画眉驹。感受到妈妈呵护的画眉驹，就好像逮着了一头呼萨仁[1]，大口大口吮吸着那股下惊奶，瞬间，马尾巴也会翘得像战旗摇摆不停，惬意非常。

突然，大山里传来乒乓的回响声，棕骠马警觉地开始向上移动，伸着脖子，支棱着耳朵，时不时还会回头，闻一闻自己刚丢下的那几颗粪蛋儿，呼哧着鼻息，长嘶一声，然后，猛力用头去触碰画眉驹，暗示着什么，随即，猛然奔向了套日玛湖对岸，又戛然停了下来，回头望着什么。懵懂的二岁马驹画眉，依然懒洋

---

① 呼萨仁：蒙文音译，指空怀没停奶的乳牛。

洋地站在原地，一边哼叫着棕骠马，一边似吃非吃地捡拾着湖水孕育出的那些丰美、鲜嫩的碱草。

这匹出了名的桀骜不驯的棕骠马，别说在开阔的野外，就算是绊上马绊，除了它那主人之外其他人都很难靠近。棕骠马一甩尾巴正要飞奔，又想到了什么，回头奔向了画眉驹。支棱着耳朵贴近画眉似乎在提醒着："嘿！我的傻宝贝！快走吧！"看着画眉驹没有反应，棕骠马急得很想狠狠地咬一口画眉驹的尾巴来提醒它，又生怕弄疼了画眉驹，还是没舍得下口。情急之下，棕骠马再次撅屁打胯地奔向湖对岸，回头警觉地张望着。"呵呵！妈妈与我在斗哈哈呢！"画眉驹开心地干脆卧在那里打起了滚儿，就这样，棕骠马来来回回奔跑了无数次。

呼咣呼咣的声音间夹杂着噼啪噼啪的响声，惊天动地的声音渐渐清晰起来，越来越近，说时迟那时快，一群骑手飞奔而来，瞬间把棕骠马和画眉驹围堵在了被大山包围的又细又长的套日玛东南河谷。"吁吁！嗬日嗬日！"棕骠马听到了一种既陌生又逆耳的叫吼声，顿生一种前所未有的厌倦感。高翘尾巴的棕骠马，一边筹谋着逃脱的方向，一边像只飞鹤在保护雏鸟一样，把画眉驹紧紧贴在了胸前，迟疑地转着圈，踱着步。

枪杆子绑上了根柳条木，用粗细不均匀的驼毛捻成的毛绳做成了一款套马杆。手拿所谓套马杆的这帮家伙，摆出一副天下无敌的架势，将套马杆伸向了棕骠马，很想用这款肮脏无比的套马杆去套擒棕骠马。他们也不想想，就这套马杆还敢伸向那神圣不可侵犯的棕骠马！顷刻间，棕骠马像发怒的狮子、咆哮的洪水，横冲直撞一顿咆哮飞奔，那几个不堪一击的家伙还没来得及挥舞套马杆，就被撞得东倒西歪，重重摔在了地上，"哎哟我的妈哟！摔死我了！"发出了阵阵杀猪般的惨叫声。

"快！快！堵住！堵住！开枪！开枪！千万别让它逃掉……"七嘴八舌的嘶吼声混杂着马蹄声。混乱中有的人摔下了马，有的人丢盔弃甲，一片狼藉。

砰砰砰砰！嗨日嗨日！嗨日！嗨日！顷刻间，似乎进入了一场激战。不管怎么说，混乱中棕骠马顺着东南河谷，风一样地飞奔逃脱了。这时，像一只机敏的羚羊羔，一直紧随妈妈飞奔的画眉驹突然扭动了几下屁股瘫在了地上。

棕骠马顺着平缓的山坡慢慢往上爬，也许是感觉到后面没了追兵的缘故吧，爬到西北角一处山石陡峭的制高点回头在观望等待着。等了良久依然没有等到画眉驹，它用前蹄刨了刨土，叹息着慢慢离去。

手拿马笼头的贺喜格陶格陶老人，喘吁吁地走到家门口的西南角，重重地将马笼头摔在了墙角。谁知马笼头正好倒挂在墙上，"福神衰败"的不祥之兆油然而生。含着满眼热泪的老人家扶正了马笼头，擦拭着眼泪鼻涕进了屋。

头顶放着一枚铜钱、紧握左手、眨巴着眼睛、嘴里念念有词的老伴儿，搓扭着铜钱，问道："老头子！有消息了吗？"

"哼！消息个屁？满意了吧？这会儿你的嘴可是消停了？什么荒乱年代好马派不上大用场！再不停地念叨？这就是你这歪嘴和尚念的好经？这下好了吧！咱们家除了那两头带着牛犊的奶牛，就再也没有可起群的牲畜了！"老爷子生气地背对着老伴儿，戳在了那儿。

"不对吧？应该是好消息呀！卦象里明明看到的是'白乌鸦长出了五条腿'的上上卦呀。"

"得了吧！就你和我那两下子，能预测出个啥？如果咱们的棕骠马，被那肮脏的套马杆擒住了，早下了沸锅，成了那帮群狼恶狗们的晚餐了！哎哒！多么好的一匹马，可惜啊！可惜。"贺喜格陶格陶老人一辈子辛辛苦苦，本着积水成渊、积衰新建的生活轨迹精心饲养着他那匹棕骠马，怎么会遭此厄运呢！老爷子啪啪打着自己的脑门子，惋惜不已。

"不对呀！不是说在套日玛河谷里还出现了八路军？也在与敌人交战的吗？说不定会落在八路军手里，那不就安然无恙了。"

"那是在忽悠咱们老两口的谎言，你也信？什么八路九路？同样是大兵！一样样的不通语言，乡土不亲的一群外来户。遇到了谁，还不都是'虎口脱了险，进了狮子口'，有什么区别？"

"我的老祖宗啊！别那么八卦好不好！面都没见过胆敢这样诬陷别人！也不怕折杀了口福！"老伴儿边说边用红绳串起她那九枚算命铜钱，收了起来。

"哟嗬！你就这样空穴来风地瞎咧咧吧！真有那神力还能让咱们的马鞍躺在这黄土地上？"说话间贺喜格陶格陶老人踉踉跄跄的，一个趔趄蹲坐在那儿。

准备烧火煮口热乎饭的浩日劳阿妈，端着锅前脚刚迈出门槛，突然惊叫一声"啊呀妈呀！"手中的锅滑脱在地，浩日劳阿妈倒退了几步。

"你这添乱的老太太在干吗呢？"贺喜格陶格陶老人边埋怨老伴儿，边搓了搓自己的脚腕儿，慢慢起身往外看。

门前那个歪脖子马桩跟前来了一队全副武装的马队，穿着一身瓦灰色短褂的人们，围着马桩，有的牵着马来回遛马，有的在卸马驮。穿着一身白灰色衣服、交叉背着黄绿色的军包、背上扣着一顶大檐草帽的那位大个子，正对旁边的一个人指手画脚，像是在指挥安排着什么。

贺喜格陶格陶老人掩上家门，正要退后，又想起了什么？拉开了家门，对视着老伴儿愣在了那儿。

浩日劳阿妈嘟哝道："嗡嘛呢叭咪吽……"合掌念叨了一阵，把右手展开揣在袖筒里又是好一阵祈祷。

是想到了那句"是福不是祸，是祸躲不过"的谚语，还是感觉到院子里静悄悄，并无什么异动？无论怎么样，贺喜格陶格陶老人决定出去探探风，便蹑手蹑脚地朝着拴着马匹的马桩踱过去。

那位高个子对着贺喜格陶格陶老人说了一大堆，老人没听懂一句。从大个子那慈眉善目、言语温和的外表，老人猜出十有八九他不是坏人，不仅是好人还像个当官儿的主儿，是官爷?! 八路还有官爷吗？不是听说八路军实行的是人人平等的政策吗？老人边走边思量着。

贺喜格陶格陶老人从小就有过走南闯北的经历，看过北京，拜过五台，去过农区，也算是一个开过眼界的人。不由得想起了当年翻译官教他的那几句汉语。

当他们说："不白吃！"老人赶忙回答："没关系！没关系！"从而更坚信这位长官肯定是好人的猜测。贺喜格陶格陶老人问候道："长官大人您好！欢迎您的到来！"老人弯着腰问了安，"请到屋里做客！"老人双手展开，面带笑容，恭恭敬敬地邀请着客人们。

大个子紧紧握住老阿爸的手："赛白努！"回敬了一句蒙古语问候，"玛乃蒙古勒吾格奥愣白亏（我学会的蒙古语不多）！"笑盈盈地谦虚道。

他们围着老人家房前屋后的阴凉地歇了脚。随后浩日劳阿妈热情地提来茶壶里的热茶想呈给长官大人。长官大人坚持自己从锅里舀上凉茶喝了几口，随后吩咐了身边的大兵几句。大家马上纷纷行动起来，挑水的挑水，捡牛粪的捡牛粪，各自忙碌开来。大个子长官亲自蹲在炉口旁，拿起火剪往炉灶里添柴加火，不一会儿又走向阿妈，说道："阿妈您歇着吧！我们自己来烧饭！"大个子长官笑盈盈地谦让着。

阿妈想：真是"不看不知道，一看吓一跳"。不是说八路们都是一群"老幼不分，你我不尊"的家伙吗？"简直就是胡说八道。眼前的八路不就是和我们一样，懂礼数，尊老爱幼，想别人之想、思别人之苦的一群善良军人吗？

不过，言多必有一失！我们还是谨慎些为好！常言道："神仙不开口，凡人难下手。"就装作哑巴，静观其变吧。那个古杰希日老早就告诉我们，八路就是一群说一套做一套的言而无信的家伙。看样子不是那回事儿呀。他们不仅不抢不偷，还自己带干粮，自己动手烧火做饭吃，贺喜格陶格陶老人边观察边琢磨着。

"人亲土就亲，黄土贵如金。"贺喜格陶格陶老人慢慢靠过去，用自己仅会的那几句汉语，支支吾吾地尽可能地与他们沟通。刚走近马桩，竟然看到了他的棕骠马。棕骠马戴了一副麻绳笼头被拴在马桩上。戴着洋玩意儿马嚼子，光脊梁上背了一副没有上漆的白茬马鞍，浑身大汗淋淋，袼褙间还抹了一片黑乎乎的脏东西。

贺喜格陶格陶老人，顿时就像是被灌了辣椒水一样烧心地痛。说实话这么多年老人家再怎么骑，让棕骠马脸颊冒出大汗也只是屈指可数的几次而已。大家常常调侃老人家"看见出门时他骑马，走远了反而马拉他跑"，是出了名的疼爱他那匹棕骠马的老人。

老人家忍无可忍地质问道："你们这是从哪里抓到了我的棕骠马，竟然骑成这般模样？"

"是刘团长……"上身穿一件瓦灰色短军服的矮个子回答。话音还没落，老人怒吼道："你们胆敢抢我的马？还骑成这样？还想占为己有！"

领会错意思的贺喜格陶格陶老人就像煮鸡蛋锅里加了一勺牛奶立刻沸腾起来，瞬间生气地说道："你们说什么？这就是我的马！"伸手要去解马笼头。

"土匪……"刚才的矮个子一连串说了一大堆。

"你们胆敢诬陷我是土匪！"再次领会错意思的贺喜格陶格陶老人，更是像火上浇了油，火冒三丈，"你们才是土匪呢……"

老人那愤怒的食指刚要伸向矮个子的眼睛，就被矮个子制止，把老人家拖向了大个子身边。

大个子拍了拍贺喜格陶格陶老人家的肩膀，问道："说是你的马？有什么证据？"他用右手食指在左手手心里比画着什么。

"我不识字，是个文盲。我丢的是一匹母马带着它的二岁马驹。"老人也在比画着回答。

"你的马有什么印记？"大个子指着自己的大腿比画着。

贺喜格陶格陶老人张大嘴愣了一会儿，恍然大悟比画了一个圆圈，又伸出三根手指，在地上描画出了一个如意印的模样。接着又伸出了手指摆出剪刀的架势，比画在耳朵前，剪出一个耳记。

大个子频频点头："对！对！"连连回答了几声，转身嘱咐了矮个子几句，身边的那个小兵马上卸下了马鞍。

"小的！小的马呢？"贺喜格陶格陶老人张牙舞爪地比画了一顿。

大个子说："该死的土匪……"瞬间流露出愤怒，恨不得立即拔枪毙掉那帮土匪。

"感谢上苍的庇佑！"见到棕骠马失而复得，老人偷偷在袖筒里默默祈福了三遍，便给棕骠马换上了原来的马笼头。

先前与老人争执的矮个子拿出一个笔记本，站在那里写了几行汉字，撕下那张纸条递给了老人家。

你们到底还不还我的二岁画眉驹，也应该给个明确答复。我也不是那种不依不饶的无理人。老人正思量着，大个子开口道："放心！玛乃（我们）！不会白拿老百姓的一针一线！"说完把那张纸塞到了老人家的怀里。

"巴亚日太（再见）！"说完便策马而去。

贺喜格陶格陶老人愣在那儿还在琢磨他那二岁画眉马驹。常言道"人有头，债有主"，总不能不声不响，就用这二指宽的纸条来换走我那匹二岁马驹吧？老人家边琢磨边给棕骠马擦着汗，梳理着毛发，一直目送他们远去。

周边的牧户大部分都搬迁到了沙漠中那偏僻的戈壁滩，有几户牧民侥幸认为"漫天黄沙到处飞，能躲到哪里去！"或者也会认为"战争是政府和军队的事儿，与我们平头百姓有何干！""八竿子打不着我们这些吃干饭的老百姓吧！"种种猜测使这五户所谓志同道合的牧户没有搬迁，留下来坚守着牧场。好多牧民选择投亲戚、靠朋友寄养了牲畜，身强力壮的年轻人干脆赶着畜群迁徙搬离。得堵高勒①这片枳笈滩里只留下了几座破旧的毡包和瘸腿的、瞎眼的、老幼病残的几户牧民。就连破旧的毡房里升起的炊烟，看上去也是懒洋洋的，没有一点生机。他们每天干的活儿，无非就是链起链绳，拴住那几头秋后羔羊和牛犊，索取那点熬奶茶所需的鲜奶罢了。太阳刚落山他们就会关门闭窗，进入冬眠状态。从远处望去，就感觉是长期无人居住的破旧毡包，死气沉沉！久而久之，自然也不会再有什么人光顾得堵高勒。

贺喜格陶格陶老人每天的生活，就是赶着他那四五头牛，到周边的沟沟洼洼里放养一会儿，到了茶饭点回来吃点喝点。在这得堵高勒能够吸引别人眼球的只剩下了棕骠马。真是"一朝被蛇咬，十年怕井绳！"原本就本本分分的贺喜格陶格陶老人，经过这件事儿，更是谨慎到晚上睡在野外，天亮才返回家，成了一只名副其实的夜猫子。今天，贺喜格陶格陶老人打破常规，计划在太阳下山前返回来，安顿老伴儿准备茶饭，自己去备好了马鞍。

炙热的太阳晒出一脑门子脑油，晒得人们无处躲藏。吸食动物血液为生的饿死鬼土蜂、蠓子团团围着棕骠马不放。贺喜格陶格陶老人撩起袍子衣襟轰撵拍打了一会儿，还是躲不开吸血鬼们的侵袭，无奈只好把棕骠马牵到了马棚里，拴在了阴凉地。

浩日劳阿妈取出酥油和奶皮，添加到浓黑的砖茶锅里，反复扬了好一会儿。又取出了藏起来的那点奶酪、炒米，老两口水洗

---

① 得堵高勒：蒙文音译。村名，意即"上沟村""上湾村"。

汗脸喝了个痛快。

"这群土匪倒霉的日子快到了吧。二十多天过去了，再也没什么动静。"贺喜格陶格陶老人摸着胡须在念叨。

浩日劳老伴儿，挤眉弄眼笑嘻嘻地说道："听说八路个个都是英雄，那枪把子准得出奇，一枪撂一个。"

"人还真算是好人呢，但是……"老人边说边拿出了手绢里包着的那张纸条，翻来覆去看了个够，"这破纸条留着还有用吗？"

"肯定有用吧！那是大个子长官专门写给你的，怎么能没用呢！"

老人打断浩日劳老伴儿的话，说道："这能有什么用了？我那画眉驹也是一匹好马呀……"说着还是把那张纸条包好了，揣到了怀里。噗噗地吹了几口烟袋灰。

前院的杨吉阿妈提着衣襟一瘸一拐地急匆匆向这边跑了过来："贺……喜格！马……马！土……土匪……来了！"上气不接下气地结巴着，手指向了西南方向。

贺喜格陶格陶老人连帽子都没来得及拿，急忙跳起来就往外跑，谁知奶茶勺把儿挂在了袍子后襟上，带倒了奶茶壶，洒了一地。浩日劳像只被关在笼子里的小兔子满屋子打转，拿起这个、放下那个，手忙脚乱地收拾藏掖着什么。

贺喜格陶格陶老人顾不上分辨消息的真假，直奔那匹会意的棕骠马，跨上马背飞奔而去。这匹棕骠马实属机敏，一扯缰绳就像箭一般飞奔，故而得名"兔骠马"。早晨出发，就算磨出了马嚼疮，到傍晚回来也不需要挥动几下鞭子，真是一匹罕见地通人性的好马。

敌人开火了，随后又有十来个骑马的人在追击。骑着灰白色马的两个人并排跑在最前面，紧追不舍。棕骠马的铁骑溅起一阵阵黄尘飞奔着，就好似捕食猎物的饿狼一般，用飞溅起的黄尘把敌人的眼、鼻、嘴蒙堵得快要窒息。从贺喜格陶格陶老人耳边呼啸而过的一颗颗子弹真是考验着老人的胆略，仿佛那些子弹就在头顶处炸开了花。说不准哪一时哪一刻，哪一枚不长眼的子弹就会正中要害，不由得让老人打起了寒战。心想：只要成不了一个半死不活的废人！一颗子弹穿膛过，一命呜呼也值当……边想边趴在棕骠马的背上，左一下右一下，里一躲外一躲，像个参赛的骑手，躲躲闪闪，穿梭飞奔。棕骠马那机敏劲儿就别提了，甩掉骑兵们的追击不在话下，就连那些夺命的子弹都可以一一躲闪而过，真是一匹神马呀！骑着灰白马的那两个追兵，时远时近，依然紧追不舍。

飞奔的棕骠马，速度明显慢了下来。贺喜格陶格陶老人不由得想起了大个子军官，心想：当初真不如就那样把棕骠马交给大个子军官……贪恋一顿酥油茶差点儿丢掉了性命，得不偿失啊……老人越想越不是滋味儿。

枪声渐渐平息了，老人松了口气，调转马头仔细观察，原本紧追不舍的那两个追兵也不见了踪影。老人仔细定夺，确定自己已经穿过了几道坡、几道梁，才松了口气，擦了擦额头上的汗，缓缓下了马。看着棕骠马气喘吁吁，鼻孔张得有碗口大，老人的心就像捣酸奶般忐忑不安起来。

正午一过，枪炮声停止了。贺喜格陶格陶老人翻山越岭找到了自家的牛群。他那五头牛刚刚喝过了水，在小河边悠闲地吃着青草。老人以沟壕做掩护，遥望着远处的家。一眼望去，夏季的草原，绿茵茵的草地和远处的山坡，被烟雾涟漪绘成一幅画卷，酷似绿锦缎上镶嵌了祥云般飘逸，偶尔一只红雀陶醉在美景之中，跳跃飞翔，除此之外，再也搜索不到任何有价值的消息。

贺喜格陶格陶老人顺着沟沟洼洼半掩半护地摸索前行到自家的羊圈后面，观察了片刻，慢慢下了马。顺着灶台棚子蹑手蹑脚刚走到屋子前就看到，四眼儿大狗怀拉格①头朝屋门方向，倒在

---

① 怀拉格：狗的名字。

了那里，嘴里依然叼着一块军黄绿的布头。看这阵势，这只狗也是与敌人战斗到了生命最后的一刻。

屋门紧闭，还上了闩。进屋一看，屋子里的衣柜、碗柜东倒西歪，盘碗、厨具散落一地。看到这场景，老人顿时气得血液都凝固了，愣在那里半天缓不过气来。我的浩日劳呢？不会被那帮强盗杀害了吧？老人边思量着，边开始收拾整理刚刚被扫荡过的屋子。

贺喜格陶格陶老人那顶黑色羔羊皮帽，被刺刀捅了好几个大洞，悲哀地躺在柜子上，"我那心爱的帽子呀！真是可惜死了！"怜惜之余，眼泪禁不住淌了下来。这顶帽子是他阿妈在贺喜格陶格陶老人结婚时，挑灯夜战，专门为他缝制的新婚帽子。浩日劳夫妇格外珍惜，视为珍宝。每逢大年初一，礼节性地佩戴一次，基本就没有穿戴过，三十多年过去了，依然崭新如初。贺喜格陶格陶老人没有半点犹豫，直接捡起了帽子，揣进了怀里。帽子下面露出一张纸条，或许老人意识到了什么，一并揣进了怀里。这张纸条不由得让老人联想起求签问卦时，喇嘛们常常赐予的那些，叠成三角形或者四角形的所谓的"消灾避难"符咒包的模样。

贺喜格陶格陶老人跑到前后院那些邻居家，想打听打听土匪们的去向以及浩日劳老伴儿的消息。

"把我们像羊群一样圈在了一个屋子里，门口还站了一个挎枪的岗哨，对着我们喊：'把东西交出来！'还开了枪，差点要了我们的小命。好在把衣服都脱了交出去，才算保住了小命。"杨吉阿妈摇晃着脑袋边说边伸出胳膊和腿，让贺喜格陶格陶老人看她那被撕扯得已破烂不堪的裤子和衬衣。

有人补充道："浩日劳阿妈可是被土匪折磨狠了！我们还听到了撕心裂肺的哭喊声，夹杂着锅碗瓢盆的摔打声。"

"我们也不知道敌人是从哪里来的，来了多少，马蹄声和枪炮声连成一片，激战了片刻消失了。"

"还看到了曾经骑过你家棕骠马的那位大个子军官，和和气气地安慰我们'不必害怕！有我们呢'。"

老人听到了好多摸不着头脑的消息。

贺喜格陶格陶老人还是不死心，依然在羊圈棚、水井等地方搜寻着什么。后院的男孩额尔德尼告诉老人："我大阿妈被四个大汉抬着，驮上了马背带走了。"话音刚落，有一位阿妈急忙补充道："真是些不懂规矩的家伙！竟敢把一个大活人驮在马背上？多不吉利！愿佛祖保佑她吧！"边说边双手合十在祈祷。

他们还会不会返回来抢我的马？会不会吊起来拷打我们……想起这些，贺喜格陶格陶老人好一顿担心。又一想，我这家连看门的狗都没了，还有什么可留恋的呢？老人决定赶上那几头牛去投靠表弟。把一切安顿好后，他告别了乡亲们上路了。

乡里乡亲居住了一辈子的阿爸阿妈们，悲伤地流着泪，目送老人远去。

为了这个家，为了老伴儿浩日劳，过度担惊受怕的贺喜格陶格陶老人，到了茶不思饭不想的地步。虽说对敌人有满腔的怒火，但他生怕再生事端，不敢轻易发泄出来，整天憋着一肚子怒火，闷闷不乐。

表弟家也算是老婆孩子热炕头，其乐融融、牛羊满圈的富足人家，少不了来来回回走动的客人。特别是那个绰号为古杰希日的"大烟鬼"章京大人，硬说老人是在家乡犯了事儿逃出来的案犯，已经好几次捎信来轰撵老人，要求遣送返乡。要不就是以征收什么"军公粮"为名，隔三岔五来表弟家索要，还拉走了一头三岁苏拜牛①。一直以来，在老人的心目中，有着"人不亲土亲，草原人民一条心"的信念。可谁曾想，在蒙古族人中间也会出现

---

① 苏拜牛：未受孕的母牛。

古杰希日这样"被换了骨髓，灌了迷魂汤"的民族败类。屡次的挑唆折腾，没过多久，就连他那位表弟也开始嫌弃老人是祸端了。说来也是，要不是看在亲戚的份儿上，就凭我这老脸，带着一张大嘴就能让我进家门？倘若我是捧着羊背子、驮着家当风风光光搬来表弟家，说不定会把我恭恭敬敬地迎请在当头正面。有自知之明的老人家，主动申请搬到了东北角的棚子里，干脆和二羊倌就起了伴儿。这一举动也正合了表弟的心意。在二十多天的相处中，老人也感受到了二羊倌的正直和善良。他有意无意间告诉老人："古杰希日就是一个里外勾结，通风报信，引来敌人专门抢夺残害自家同胞的刽子手！"他还时不时地提醒老人："你那匹棕骠马早已成了他们的眼中钉肉中刺，一定要看好。"当放羊的老人饥渴难耐地归来时，也只有二羊倌才会给老人家熬上一口热奶茶。

长满红柳的沙丘下面有块草滩地。这一天，贺喜格陶格陶老人来到这片草滩，取下马嚼子，一边放马一边看护着牛群。鲜美的乳汁哺育的那两头茁壮的牛犊，憨态可掬。不过，老人一点都高兴不起来，土匪随时都会抢走这几头牛，不祥之兆始终笼罩着老人。刚想到这里，突然看见从柳树林中那条不大明显的羊肠小道蹿出两个骑马的人。

走在前面的那个，白缎子长袍上配了一件黑色的马甲，斜戴着一顶白灰色礼帽，右手拿了一根马鬃皮鞭，活生生一个狗腿子样儿。紧随其后的那个，穿着黄绿色军裤，斜挎了一杆步枪，歪戴着一顶军帽，帽顶子压得扁缩了回去，活像老骆驼般咧着嘴巴，哈巴狗一样摇摆着，向老人走来。

贺喜格陶格陶老人顿时像吃了冰坨，胸口堵得慌。不由得想起了昨晚二羊倌儿说过的那些话："当年的那个牛倌儿小子，现如今摇身一变成了章京大人，威风得不得了。"

突然偶遇，不知所措，老人按照惯例，还是请安问了好。古杰希日那几缕黄胡子，就像是长在山崖边的枯草一般翘起来，一咧嘴露出了他那两颗金牙，皮笑肉不笑地说道："贺喜格大哥您好！"问候间，难以掩盖他那奸诈与狡猾。

"欢迎您章京大人！"老人依然屈膝行礼，点头问候。

"什么时候来到我们这里的呀？"耷拉着舌头，鄙视问话的模样，活像一条刚刚舔过狗屎的哈巴狗。

"刚来不几天。"

"那怎么也不懂得去苏木报个到？是不是该定你个藏匿罪？"

"也不是不懂！是兵荒马乱的……"老人摸着后脖子回应着。

"真是骑着一匹好马呀！马鞍也不错。贺喜格大哥您真像二十五岁的小伙子，年轻气盛啊！"说话间，古杰希日就好似癞蛤蟆相中天鹅肉般龇咧着嘴巴，死死盯着那匹棕骠马，转来转去仔细打量不停，说道，"你这是一匹赛马？"

"不是！不是！大人您过奖了，我们全家只有这么一匹骑马，哪顾得上参什么赛。"

"我看在这兵荒马乱年，您这么一个老头子也用不着这么好的马！倒不如赠送给我，日后定会花既不损，蜜又得成……连驹带马归还给您。"

"使不得！使不得！它可是驮载我的唯一交通工具啊！"

"什么？还交通工具呢？我看你是想送给八路当交通工具的吧？你这老家伙，从老家逃到我们这里究竟想干啥？你以为我们这里天高皇帝远，是个没人问津的地盘吗？"听到这几句呵斥，贺喜格陶格陶老人心口像刀割一样痛。

"阿哥大人！请您开开恩！"

老人正要行礼下跪，古杰希日朝那个大兵使了一个眼色，大兵跳下马扑上去，一把抢过了老人手里的马笼头。冷不防被推倒在地的老人迅速爬了起来，抓住古杰希日手里的马笼头央求着什么。数不清竹鞭在老人背上抽打了多少下，老人被古杰希日拖拽着依然没松手。古杰希日用那双牛皮皮靴，冲老人家脑门子用力踹了一脚，鲜血顿时顺着老人的额头淌出，染红了古杰希日那件白色花袍子的衣襟。

"给脸不要脸的家伙！快把这老东西拉开！"古杰希日朝着大兵嚷嚷。

大兵抓住老人的胳膊，揪着衣领使劲拽，老人死死揪住古杰希日的衣襟就是不松手。受惊的那匹白色走马，突然咆哮发起飙来，一下子把古杰希日摔下马背压倒了老人，一起滚落在一边。这一下，古杰希日更是气炸了，他爬起来抬腿就朝着老人狠狠踢去，谁知这一踢，没踢着老人不说，一脚踢空摔了个四脚朝天。那匹白色走马一顿咆哮，踢翻了镶嵌着绿色云纹图案的牛皮鞍鞯，还踢裂了那骨头镶边的木头马鞍，驮着破烂不堪的马鞍、缰绳，一溜烟飞奔得无影无踪。棕骠马藐视了一小会儿白色走马那狼狈样儿，独自朝着东南方向飞奔而去。

"你这个没用的饭桶！还不快去把那匹马追回来！"听到古杰希日的谩骂声，大兵急忙爬起来，跳过草丛，准备去追赶白色走马，谁知却被惊吓到的几只小兔子绊倒在地，扑了一鼻子黄沙，呛得喘不过气来。狼狈不堪的大兵像一团草包一样，连爬带滚，朝着那匹白色走马追去。

古杰希日伸出拳头猛力捶打着老人，老人奋力挣扎着想逃脱他的魔爪，两人厮缠在一起根本分不清究竟谁在打谁。贺喜格陶格陶老人年轻时也算是数得上名号的摔跤能手，华丽的摔跤服算得上啥，撸着对手的肩膀一把摔你个没反应，出奇地敏捷。如今，虽说年过五十，面对眼前这个大烟鬼那魂不守舍的躯体，老人也只能好言商讨，真是难为了老人家。活到两鬓斑白，从未伸手打过人的这位老人，还是委曲求全地一个劲在央求着："我的官爷大人！手下留情！手下留情。"

古杰希日总算是摆脱了老人的纠缠，起身扭了扭胯，一瞬间拔出了手枪，顶在了老人胸膛前，咆哮道："知不知道，你这条老命就掌握在我的枪口下！"威胁声里飞溅着唾液。

"好我的阿哥大人呀！请您海涵！"老人正要跨上前去跪拜，刚撩起袍子衣襟，就听他喊道："还不快去把你那匹马给大爷我找回来！若不然，老子就送给你几颗'灵丹子儿'尝尝！真是一些不知天高地厚的家伙，还想给八路送战马……"

古杰希日刚要轰撵老人，就被老人反手扭在了一边，手里的枪掉落了不说，活像一只就要被宰杀的山羊一般号叫着。贺喜格陶格陶老人接着又来了一个绊脚飞踢，一个马趴让他与土地爷来了一个亲密接吻，灌了满嘴黄沙，老人上前将他的头按在地上捶个不停。不一会儿，古杰希日的手脚扑腾了几下，僵尸一样不动弹了。贺喜格陶格陶老人捡起地上那把手枪看了看，发现还有三发子弹。又去搜了搜身上，发现袍子里随身斜挎的牛皮弹夹里还有一些子弹。老人将子弹推上了膛，真想一枪给他个脑袋搬家。反过来一想，若是枪声一响，就会引来敌人……想到这儿，老人在古杰希日背部狠狠地跺了几脚，冲着头部吐了口唾沫，转身准备去寻找自己那匹棕骠马。

就算是在荒郊野外，棕骠马也绝不会轻易丢下主人不管。棕骠马在前方离老人不远的低洼地，拖着缰绳边吃草边等候主人。狼狈的大兵，像哈巴狗一样嗅着地皮，紧紧跟着棕骠马，每靠近一步，棕骠马就会甩着尾巴躲闪而去。

贺喜格陶格陶老人揣着手枪，走到大兵跟前，说道："你那位阿哥大人，让我来帮你把这匹马找回去。你们的那两匹马在哪里？"

"阿哥大人的那匹白色走马惊着了，驮着马鞍奔跑时，估计把我的马也带跑了，不知去向。这可怎么办呢？我的老阿爸呀！您快帮我想想办法吧！"

大兵拉着哭腔央求着老人，步枪依然交叉背在背上，艰难地前行着。

"不许动!"老人一声令下,枪口顶在了大兵后背。

"饶命啊!我的老阿爸!我缴枪!我缴枪!"大兵央求着习惯性地举起了双手。

一轮圆月高挂在夜空,与明亮的星星交相辉映。夜空中缥缈的云朵像一艘艘飞船漫无目的在飘荡。满腔怒火的贺喜格陶格陶老人凝视着前方,踏着月色,同样漫无目的地缓慢前行。远处耸立的树木、草丛黑乎乎的。乍一看,酷似骑着马匹、骆驼的人向他扑了过来,加上随风飘动的树叶发出沙沙的声响,不由得让老人联想起白天所发生的一幕幕不幸,老人的心又一次悬了起来。赤手空拳,还能从古杰希日的魔爪逃脱,这会儿手握两杆枪还害怕个啥?老人自我安慰着壮胆前行。又一想,当下自己房无一间,畜无一头,变成了名副其实的穷光蛋,自然,活命成了首要问题。特别是在这兵荒马乱的年景里,手握两杆枪,找到一处容身之地,老人真有点犯难。一想到这里,老人不由得有些后悔,当初真不如除掉那古杰希日后,撵着自己那几头牛返回老家去。忽然间,脑海里又回响起二羊倌所说的话:"你以为就古杰希日这么一个人渣?臭味相投的家伙多的是,他们拉帮结派净干那些损人利己的勾当!"此刻,二羊倌这句话感觉真像一句警告。常言道:"邪不压正!"真理总会战胜一切。是啊,蒙古人里类似古杰希日这类狼心狗肺的家伙不在少数。想着想着,前些天遇到的那位大个子军官那亲切的问话与和善的笑容,又一次浮现在老人的脑海里。

不管怎么说,事已至此,只要老头我人头不落地,一定要与古杰希日他们这帮败类拼个你死我活……想到这儿,老人狠狠地冲地上吐了一口,策马而去。

俗话说"男人发了飙,老虎都撒尿"。贺喜格陶格陶老人虽说年过花甲,但人老心不老。老人铁了心要去寻找大个子军官,寻找那支让古杰希日他们闻风丧胆的八路队伍，这一决定成了老人当前唯一的出路。老人也曾看到过，八路队伍里也有白发苍苍的老同志，还有那些朝气蓬勃的有志青年，一想到这里，老人兴奋得不得了，就好似马上会将古杰希日他们那帮吃里爬外的家伙一锅端了。那么，大个子军官在哪里？究竟去哪里才能找到那支队伍？我这老头能否顺利加入八路队伍？漫无头绪的一大堆问题，再一次困扰着老人。但是加入八路军的想法成了老人坚定不移的信念。再不下决心，别说在得堵高勒家乡抬不起头，就是自己的脑袋都会朝不保夕啊！还犹豫什么呢？常言道"男人语出，一言九鼎，驷马难追"……想到这儿，老人坚定信念，策马扬鞭，飞奔而去。

早些时听别人叨咕，小庙子附近有八路军驻扎，究竟是不是八路军老人也不敢确定。夏夜很短暂，这会儿老人却忽略了，以为黎明还很远，就下了马，决定歇息一会儿，也好让马吃点草充充饥。

远处听到动静的狗在不停地叫，和老人家那红毛狗的叫声很相似。浩日劳老伴儿咋样了？咋样才能如数追回他那几头牛，保自家的小光景？直到前两天，老人的担心，还只停留在那点家庭琐事上。一晃眼，老人一门心思想着的都变成了"如何保全性命，与敌人战斗到底，报仇雪恨"。

是啊！让大家妻离子散无家可归也好，掠夺牲畜断了生活来源也罢，不只是针对我贺喜格陶格陶一个人，他们毁掉的是整个得堵高勒乡亲们的家园、全旗人民的幸福，乃至国家的利益，岂能放过他们！"馒头都会从里面发霉"，这句话说得太对了。如果没有古杰希日他们这帮吃里爬外的民族败类，怎么会落到如此境地？马，边走边吃；老人，边走边想。

我的那位救世主浩日劳老伴儿呀，看来我们的缘分就此结束了吧。静默了一会儿，老人决定放下这些牵挂，用自己毕生的精力与敌人决一死战，斗争的火焰立刻在胸中燃烧。老人重新整理了行囊，挎上了那杆长枪。

是啊！生命不息、战斗不止！士气高涨的老人，望着远处微微放亮的天际，向着明亮的启明星策马扬鞭而去。

不远处，一位中等身材的妇女急匆匆地赶着一群牛，大大小小算起来有十来头，牛群大概也是在野滩过的夜。一看她那惺忪的眼睛布满了红血丝，就知道妇女也在野外熬了夜。妇女身穿一件衣襟和袖口已经磨成麻丝的破旧挤奶袍，与老人家相向并行。她用柳条使劲抽打着牛群，试图避开老人。贺喜格陶格陶老人扯了扯马嚼子正想走，又拉住了马，心想，胡日黑！看来也是个和我一样逃难的人？别惊吓着人家！想了一会儿，还是下马步行靠近了妇女，问候道："妹子赛白努？"

听到问候声，那位妇女盯着老人看了一会儿："赛！赛！欢迎您的到来！"回应完了便继续沉默前行。

"小庙子离这里还有多远？你去哪里？"老人又追问道。

"我也不知道。我去找这些在野外过了夜的牛群……"

看着牛群大汗淋淋、牛犊举步维艰，老人早已猜出，这位妇女也是赶着牛群长途跋涉而来。

"别害怕！我是来找八路军的。妹子行行好，能否帮我指指道儿？"

妇女用疑惑的眼神看着老人说道："您是军人？"

"我不是军人，我要找八路有事儿办，我们那里已经匪患成灾了。"

"您是哪里人？"

"家住得堵高勒。"

"离浩日劳额吉家远吗？"

老人心里咯噔一下，怔了怔神，回应道："在一起住。你认识浩日劳额吉吗？"

"认识。您的尊姓大名?"

"贺喜格陶格陶。"

"那不就是浩日劳额吉的老伴儿吗?"

"是!是!"

"什么时候从老家出来的?"

"出来已经二十多天了。"

"在哪里游荡了二十来天?"

"漫无目的……找八路……"

"我这就带你去,我也是要赶往军营。我爱人叫桑布,就是八路军。我们也是在老家无法生存,才逃出来的,这不,我专门回去找牛群去了。您这么早去了也没用,军营纪律严格,岗哨看着咱们俩这般模样肯定不会让咱们进去。再说了您还带着枪弹更是不可能让您进入军营,那样连我都会被拒之门外。"

老人下了马,边聊边帮妇女赶着牛群。

护士小秦端着一壶热茶和炒米走进来。一进门看到额吉拿着那件浅灰色军衣,在肩膀上补了块补丁,捣鼓着,似乎想处理掉袍子上那些斑斑点点的血迹。小秦看着心事重重的额吉,摸着额吉那双手说道:"来!额吉!趁热喝点茶!大夫说您需要好好静养呢。"

"孩子啊!虽说额吉的腿还不能动弹,但是上半身已经恢复得像个健康人。"说话间还在捣鼓着手里的那件衣服。

"想喝肉粥吗?我给您去做。"

"孩子啊!别说额吉我喝过了早茶,就是一天不吃不喝也能扛得住,不担心。"

"瞎说!额吉您不吃饭怎么能恢复健康呢!我一会儿去邻居家,挤些牛奶给您熬奶茶喝。咱们就不喝它这锅砖茶了。"

小秦不好意思地边说边帮老人一起处理衣服上的血迹斑点。

这件衣服就是在套日玛山谷里受了枪伤的刘团长那名护卫侗嘎日的衣服。侗嘎日为了从敌人手中抢夺棕骠马，冲杀中手臂受了重伤，和浩日劳额吉同住一个病房医治，今天刚出院，就接到了护送刘团长的命令，准备一同跟随刘团长出征。因此，浩日劳额吉昨晚洗好了这件衣服，亲自叠好抱在怀里用自己的身体烘干，缝补好，就是想给侗嘎日出征前穿上。

其实，古杰希日那帮走狗勾结土匪，再一次抢夺牧民牲畜的消息，也是今天一大早情报员才送到。浩日劳额吉怎么也没想到，侗嘎日这么快就会动身去参战！二十多天的相处中，额吉也看出了他们是支说走就走、说战就战的纪律严明的好军队。就在昨天，侗嘎日把枪擦得铮亮，摆出了一副"一声令下，一触即发"的架势，真是那样我就……额吉脑海里又一次闪现出侗嘎日背着枪在她面前来回踱步的自信模样。

昨晚，就连桑布长官看到他那调皮样还说道："你这调皮鬼！吵到老额吉的休养了吧！"挤眉弄眼地批评着侗嘎日。

"不碍事儿！闲着没事儿干，侗嘎日在给我讲故事解闷儿呢。"额吉在袒护着侗嘎日。

突然，传来一声马的长嘶，浑厚的声音和棕骠马的嘶叫声一模一样。

"额吉！看！阿爸回来了……"小秦指着窗外的政治指导员桑布喊了一声，随后又咽回去半句，吐了吐舌头，捂住了嘴。

"这位同志是和桑布政委的夫人一同来的……"

刘团长解释的话音刚落，热泪盈眶的贺喜格陶格陶老人哽咽道："想也没敢想，还能再见到你！"紧紧搂住了浩日劳额吉的肩膀。

等老人再次反应过来时，刘团长用他那双温暖的手，在给老人擦拭着眼泪，随后清洗了老人额头上的血迹，敷上药，包扎好伤口，说道："您先喝茶吃饭，休息休息！"随后安排小秦赶快去拿来碗筷。

"这就是我们的救命恩人刘团长和桑布政委啊!"浩日劳额吉把这句话反复念叨了好几遍。

刚吃过饭,浩日劳额吉便迫不及待地对丈夫诉说了那天的遭遇。

"二十三那日,你刚刚逃出去,土匪就进村扫荡了我们的家园,并逼迫我们:'老实交代,骑马向东逃跑的是谁?如若不老实交代,小心把你的舌头连同喉咙一起拔掉!'说完一把拽住了我的头发……"说到这儿,额吉那攥紧的拳头才慢慢松开。"接着就是对准衣柜、碗柜一顿扫射。我已经猜到了,他们肯定会拳脚相加,皮鞭伺候我。那真是叫天天不应、叫地地不灵。能咋地,命不终人不屈,只能咬紧牙关挺着,就算搭上这条老命,也决不向他们求饶!就这样,宁死不屈总算挺了过来……"

额吉握住了面前站着的刘团长的手,说道:"他就是我们常说的那个'大救星'啊!当我睁开眼睛时,几个土匪把我抬到了院子中央,迎风吹醒了我,正要扒我的袍子。狗杂种!还想强暴民女!我倒要看看你们谁敢,靠近了就赏你们一拳!咬牙切齿的我,鼓足了劲狠狠地给了一拳,谁知这一拳打的竟是我们的大救星……"

刘团长脸上顿时露出了笑容,说:"我们给您留了纸条,特意告诉您,我们带走了浩日劳额吉去疗伤。您没看到吗?"

贺喜格陶格陶老人从怀里掏出了叠得整整齐齐的那两张纸条。桑布打开一张字条看了后说道:"这是借了你家马鞯的借据。"

八路军有严格的军纪,如果借用群众的粮食、马匹、饲料必须留下借据,当作将来偿还的依据。贺喜格陶格陶老人将这两张纸条揣了一个来月,也没琢磨出纸条的内容,只想"就算不归还我那匹小画眉驹,也千万别把我的棕骠马充了军!"所以想方设法在躲避着。后来,对于借条的事儿也就忘得一干二净。不过一路走来,也的确没遇到一个可以探讨纸条内容的可靠人。这会儿，对于眼前这两张借据，老人没什么可辩解的。给他们三个人一一叙说了他近二十来天的遭遇和想法。

"看看我阿爸搜缴的枪！"小秦挎着手枪，端着步枪，做着鬼脸说道，"报告团长！饭菜马上就热好了！"说着小秦便收回了调皮的鬼脸。

贺喜格陶格陶老人向大家表明了参加八路军的决心，桑布和刘团长激动地上前握住了老人的双手。一旁倾听的浩日劳阿妈仿佛像一个二十岁的清纯少女，目光中充满了敬佩之情，流露出了无法掩盖的激动。

冲锋的号角已吹响。首次参战，正整装待发的贺喜格陶格陶老人，这会儿才想起与古杰希日搏斗中丢掉的自己的那顶帽子。随即小秦递给老人一顶瓦灰色帽子，刚戴上，调皮的侗嘎日笑着对旁边的人调侃道："戴着孙子的帽子，背上缴获的步枪，刚刚入伍的'二十五岁'白胡子新兵贺喜格陶格陶报到！"

为了夺回那把自由平等的金钥匙而奔赴战场的英雄们出发了。小秦和桑布的妻子一起搀扶着浩日劳额吉走出屋子，目送着他们远去。浩日劳额吉久久凝视着远方，依然默默地用心在祈祷着……燃起希望之火的贺喜格陶格陶老人，为自己能够与志同道合的战友们一起并肩作战感到无比欣慰。老人依然骑着他那匹勇猛善战的棕骠马，奔向了希望的春天。

1957 年

欲圆的月亮

特·布和 著

莫德格 译

特·布和

本名布和，蒙古族，1939年生。中国作家协会会员，自1959年开始在《昭乌达报》《内蒙古日报》《花的原野》等报刊发表诗歌、小说、散文三百余万字。小说《欲圆的月亮》获首届内蒙古自治区文学创作"索龙嘎"奖。

莫德格

蒙古族，1955年出生于内蒙古赤峰市巴林左旗。内蒙古文学翻译家协会理事。蒙译汉作品先后收入辽宁民族出版社出版的《蒙古族民间故事选》、中国对外翻译出版公司出版的《苍狼文丛》及《百柳》杂志等。短篇小说《欲圆的月亮》，获首届内蒙古文学翻译一等奖。现居呼和浩特市。

你如果相信生活的真相，就更应该坚信文学作品的真实。

——偶然想起的话

　　远在城里谋职的贺什格达来走进自己家的小院，已近黄昏，到了做晚饭的时候了。

　　俗话说，"好春下雪，赖秋下雨"。今年秋天阴雨连绵，夹杂着雪片，弄得到处泥泞不堪。虽然刚刚九月中旬，寒冷的气候却早早降临到北方大地。

　　一进院，只见只身支撑着一家生活的妻子德力格尔其其格跟刚满五岁的儿子迈拉苏正忙活着往屋里抱柴火。

　　"快点儿抱，孩子！淋湿了受罪的是看家望门的咱娘俩，有能耐的都出去了，咱娘儿俩能上哪儿去呀？"她背起用井绳捆着的荞麦秸边往屋走边催促儿子。

　　"阿妈，我已送屋里两大抱柴火了。"小迈拉苏人小鬼大地向妈妈摆功。

　　"看着老天爷的架势，非让咱们吃生小米不成。夏天晴着不下雨，入秋了，下得倒来劲儿了。"德力格尔其其格像是怨天，又像是怨什么人似的在嘟哝。

她突然发现贺什格达来回来了。

"我的天，你这贵客怎么驾临了？"她背着柴火停在那里，脸上的表情有惊喜，有委屈，也有气愤。

"你还回来干什么？太阳从哪边出来的，让你想起还有这么个家？"她那被冷雨淋湿的脸此时充血泛红，全身也在不由得颤抖着。

比她的亲生父母都了解她的贺什格达来一言不发，只是露出洁白的牙齿微微一笑，作为与妻子的见面礼。

"你和孩子们都好吧？"他问。

"生来就命苦的人结实着呢，阎王爷都嫌弃我们。"她摆出一副水火不容的样子。

小迈拉苏开始还愣着站在那里，转而将抱着的柴火扔到一旁，飞快地跑到阿爸跟前，不顾满身的泥水，紧紧地抱住父亲的大腿。

贺什格达来抱起儿子，抚摸着他那被雨雪淋湿了的茸茸的头发，频频亲吻着粗糙中透着稚嫩的小脸蛋儿，又朝妻子笑了笑。

"还笑呢，你可……"话说到半截儿，她转身开门把丈夫让进了屋。

虽然见到走了半年才回来的丈夫，她表现得厉声厉气，但实际上这是她日日想、夜夜盼，满腹的心里话等着对他倾诉，盼望与他共同驾驭生活之舟的一种特殊的表达形式。这是纯洁的，更是神圣的、无法掩饰的爱恋之情的自然流露。贺什格达来不在家的日子里，德力格尔其其格既做母亲又当父亲，繁重的家庭生活担子落在她一人肩上，默默地承受着个中的苦衷。对于这些，贺什格达来清楚得很，她的话千车万石都得听。他不在家的时候妻子是这个家的"主人"，一旦他回来了，她就把这个位置自然地让出来。

贺什格达来进了屋，先把儿子和带来的东西放下，再帮妻子把柴火抱进来。

德力格尔其其格虽然还皱着眉头绷着脸儿，态度显得很强硬，但她还是不声不响地给丈夫递过干毛巾叫他擦脸，找出衣服叫他换，又端来一盆热水放在他跟前，然后使劲儿瞪了他一眼。

"洗脸吧，我去点火做饭。大冷天步行走了这么远的路，一定是又渴又饿了。"说着她挽起袖子忙活起来。

"饿得肚子都瘪了，可是一进院就听'尼姑'念经，早气饱了。"丈夫幽默地回答。

"你呀，你等着！"德力格尔其其格装作生气地咬住下唇，又忍不住扑哧一声笑了。

德力格尔其其格憋闷了几个月的心，顿时敞开了，就像河水决了堤一样痛快。贺什格达来深知，这装了半年对父母姊妹都不曾讲的话，此刻全都掏出来专门给他听，是把如花似玉的青春年华交给了自己的人的深深爱情的无可置疑的证明。此时贺什格达来的心也豁然开朗。小迈拉苏瞪圆了眼睛看着阿爸和阿妈哈哈笑。

淋湿了的柴火不好烧，加上灶嗓眼儿堵得没有抽力，浓浓的黑烟顺灶门往外冒。德力格尔其其格被烟呛得直流泪，费了好半天劲儿才把火烧旺。不一会儿，随着吱啦吱啦的响声，一股腊肉葱花的炝锅味儿扑鼻而来。接着又不时地传来锅碗瓢盆的撞击声。

火呼呼地燃烧，暖融融的屋子和着饭菜香味儿，驱散了贺什格达来一身的寒冷，解除了赶路带来的疲劳。机关大楼的椅子虽说松软舒服，但它怎能与家庭温馨和谐的气氛相媲美呢！

"儿子看着火，阿妈和面。"德力格尔其其格说着从里屋拿出留了好长时间的那点白面。

迈拉苏看来肚子也饿了，往灶里填着柴火，随手拿一块干巴巴的玉米窝头，送进火里烤烤就啃了起来。

"迈拉苏，阿爸从城里给你买回糖包了，一会儿蒸蒸给你吃。"贺什格达来不叫他啃玉米窝头。

"宝贝儿，阿妈给你擀白面条吃，不要凉吃那东西，当心吃坏了，那'黄金塔'干了能把狗打个半死。"德力格尔其其格道。

"白面条?"迈拉苏高兴极了。

"是的，这是八月十五供应的，我傻呵呵地留着等你阿爸回来全家吃一顿，一直没动。"德力格尔其其格说着瞪了丈夫一眼，以示这话是故意说给他听的。

"我就喜欢你这样傻呵呵的，这才是真正的贤妻良母。"贺什格达来接过话茬儿笑着对妻子说。

"你得了吧，别净拣好听的说。"德力格尔其其格和丈夫边斗嘴边切着擀好的面，刀撞击着面板发出当当当的有节奏的声响，手指随之均匀地移动着，切出的面条又细又长。

贺什格达来看着妻子熟练而快捷的动作及越发红润的脸膛，深情地注视着她那在十几年前让年轻小伙们痴迷的酒窝。

德力格尔其其格小贺什格达来四岁，他俩从小在一个村子长大，同在一条河里嬉戏，用路边的细沙和河卵石盖"房子"过"家家"玩儿。夏天，到了中午他们就在河里游泳，把抓到的鲤鱼和面条鱼装在盛了水的鞋子里。有一次，德力格尔其其格玩得正起劲儿，不小心掉进深水中呛得乱喊乱叫。一向水性好的贺什格达来像黄鳝一样，一跃钻入水中，将她拉上岸来。惊慌失措的德力格尔其其格吓得啼哭不止，他用手为她揩去脸上的泪珠，耐心劝她："别哭了，阿爸阿妈知道了会生气的。"说着将深酒窝里的泥轻轻地擦出来，然后背着她，端着盛着鱼的鞋子送她回家。

"他俩这么对劲儿，怎么没托生到一个娘胎去呢?"父母们常这么说。

"小孩儿长得可爱了招人稀罕，美跟美相依相恋是天经地义的事儿。"老人们也这样讲。

后来，贺什格达来上了大学，德力格尔其其格没念完初中就辍学回家务农。她那脸上格外深的酒窝不知牵动了多少村里村外年轻小伙们的心，让他们魂牵梦绕。渐渐地，"酒窝"成了德力格尔其其格的绰号。贺什格达来和德力格尔其其格长大后两家的父母及乡亲们开始考虑他俩的婚事了，觉得他俩是天生的一对，但都拿不准主意：在冲出山沟第一个迈进大学门槛儿的贺什格达来眼里，乡村姑娘德力格尔其其格能称心如意吗？飞出去的鸽子还能回到乡村的屋檐下搭窝吗？

德力格尔其其格抿着嘴，显出她那深深的酒窝，开始对她儿时的这位好友产生疑问。她想，铁被锈腐蚀了还会变样，何况在姑娘堆儿里混着的贺什格达来呢？

月圆了又缺，缺了又圆，贺什格达来从遥远的青城呼和浩特陆续寄来两封信，第一封信的后面附了题为《酒窝》的一首诗作为结束语：

　　　　这个酒窝跟别的酒窝不同，
　　　　是用手指摁出来的。
　　　　手指摁出来的轮廓中，
　　　　装着的是我的心。

半个月后的第二封信中寄来他在呼和浩特高等院校游泳比赛中获得第一名后穿着游泳服照的照片。德力格尔其其格将这照片拿出来同她最亲密的姐妹们一起欣赏，分享他的光荣。这张照片使她不由想起和贺什格达来一起捉黄鳝的孩童时期，也明白了个中的用意，深信他没有变心。信的后面又附了题为《心》的一首诗：

　　　　花无百日红，
　　　　人无千日好。
　　　　用容颜相恋花谢情尽，
　　　　用心相爱生死相伴。

青城的鸽子落在乡村的屋檐下。是年冬天，这对有情人终成眷属……

突然，听见外面孩子们吵嚷，原来是放学了。小迈拉苏往灶膛里填了把柴火就跑出去迎接哥哥姐姐："阿爸回来了！阿爸回来了！"说完又跑了回来。

十三岁的哈达叫了一声"阿爸！"背着书包就往屋里跑，这时九岁的朱兰格日勒也喊着"阿爸"，像黄羊赛跑似的飞奔进来。

儿子跑到屋里首先给阿爸敬个礼，然后才把书包放下。

女儿先从门缝看准了是阿爸才进了屋。贺什格达来第一眼看到的是女儿微笑时脸上出现的酒窝。心想，多像她阿妈小时候啊！

"你俩快把书包放好，准备吃饭。"德力格尔其其格用命令的口吻吩咐道。

早已懂得料理家务的孩子们一起动手忙活起来，哈达把火盆挪开，放下桌子擦干净；朱兰格日勒擦碗拿筷子，端咸菜和韭菜花；迈拉苏蹲在灶坑旁，一边填柴火，一边剥蒜，人虽小还知道把蒜皮小心地堆在一边，以防弄到灶子里。

贺什格达来把迈拉苏抱到炕上说："迈拉苏，你剥蒜，阿爸替你烧火。"

"得了吧，你不在家我们娘儿几个也没吃生米，照样过来了。你有福，快坐那儿享你的福去吧。"

"你行了，咳，不要敲打没完了，你说什么我都听着，行了吧？"贺什格达来光顾说话，把烧火棍弄着了，他赶紧踩灭火接着说，"我听说组织上正在考虑咱们'牛郎织女'的问题，我估摸着咱们长期两地生活的事儿也快解决了。"他当作一种新闻说给妻子听。

"这话我听得多了，俗话说'求佛还得上供'呢，不找那些说了算的明白明白能行吗？"

"咱们拿什么东西打点他们？再说我压根儿就不认那一套，这你也不是不知道。"

......

屋里的火盆散发着热气，一家五口人今天得以团圆，贺什格达来和德力格尔其其格首先对面就座，三个孩子也围桌坐下，一家人有说有笑、热热闹闹地吃着晚饭。

大儿子吃完饭像是突然想起什么："我明天请假跟阿爸上山打柴去。"

"行了，行了，阿妈累点儿、苦点儿都没啥，可不能耽误你们学习，学文化是一辈子的事儿。明天锁上门，你阿爸我俩领上你弟弟上山。"

"你们谁都不要去，我自己去。"贺什格达来从中阻拦。

"按理说，上冻前应该抹抹这北墙，不然刮起风来吹得灯都打旋儿，一上冻屋里挂霜，到春天就掉泥片儿。就凭今年秋天这样子，冬天我们娘儿几个等着挨冻吧。"她看着丈夫，又说，"咱们又不是安着暖气、烧着煤块的人家。"

"阿爸，羊圈棚也得好好搭一搭了，阿妈上不去，我们又够不着，人家哈日夫家羊圈棚盖得像房子似的。"哈达在一旁提醒阿爸。

"吉亚图他阿爸，嗯——也搭了羊棚，我们也，嗯——搭上该多好啊。"迈拉苏也凑上来讲小伙伴家的事。

"唉！上边整天号召我们致富，可像咱们这样没能耐的人家有什么用？门口堆着金子也收拾不进来，顶多能抱回两抱干草就不错了。"

"这几年和以前大不一样了，国民经济开始恢复，物资供应也丰富了……"

贺什格达来话音未落，德力格尔其其格接过话茬儿："哎呀！我的老天哟！"她看看孩子笑着说，"我再也不信那些只开花不结果的话啦。凑合着让阎王拉去之前把孩子拉扯大，就算烧高香了。我生来就没那个福分。"她又变着法地撒怨气。

晚上，把几只羊赶进圈后，骨碌一身泥水的德力格尔其其格端来一盆温水洗洗脸，擦干。然后，她打开结婚时的红匣子，掏出一小瓶雪花膏，用手指挖出，轻轻地往脸上搽。

"看，阿妈今天搽起雪花膏来了！"哈达大惊小怪地喊。

"是不是看阿爸回来了，你才搽它？"姑娘在一旁问。

"平时不搽吗？"贺什格达来问孩子们。

"哼，别说晚上，早晨都不搽。你给阿妈买去，我也要。"姑娘歪着小脑袋，竖着羊角辫，笑出小酒窝撒娇。"我们班的益日呼、德力格尔呼她们天天搽。"

贺什格达来这时才想起特意为妻子买的护肤霜，从包底拿出递了过去。

"买这玩意儿干什么？得多少钱？"

"不贵，才三毛钱。"

"还不贵呢？三毛钱能买一尺平纹白布、八两灯油。"

"行了，行了，看来让你去当会计就对了。"

"俗话说得对呀，不管家务事，不知油盐贵。你知道我们娘儿几个有多难吗？"

贺什格达来深深理解妻儿的难处，一家五口人的吃穿用等全部费用单靠他一个月五十来元的工资支付，其中月月还得偿还单位和个人的欠款，时常还得给不在身边的父母及兄弟们一些零花钱，特别是到了打完场结算的时候，一次性缴纳在家四口人的粮、菜、油、盐、肉等费用，平均每人近二百元。前些年分粮、分肉、分油，大队广播喇叭里命令："地富反坏右和干部家属必须交现款，再领东西！"所以，如果手头没有钱，妻儿谁都不敢去，就是准备了钱，也像偷了人家东西似的缩手缩脚的。现在虽然不跟"黑五类"相提并论了，但被人称为"活银行"的干部家属不拿现钱照样领不来粮食。由于长期受经济拮据的困扰，德力格尔其其格变得动不动就发脾气……

"阿妈，我要搽护肤霜。"

"已经买来了，搽吧。"她说着往姑娘脸上轻轻地抹着，然后看着丈夫，"我也得搽点儿，不然我这身上泥一把、水一把的，脸又晒得黝黑的，说不准哪天让你给休了。"边说边不停地往脸上搽，又故意瞅瞅丈夫，看他有什么反应。

"常言道：'衣服是新的好，人是旧的好。'就凭这满堂儿女，个个生得活泼可爱，也不能休了你呀！"

"整天在外面转悠的男人可说不准啊！"

"没有爱情还有旧情嘛，咱俩从小就如影随形，爱得如痴如醉的，现在又谁跟谁呀。"说着他朝妻子笑了笑。

妻子觉得在孩子面前不好意思，红着脸，抿着嘴，目光扫视着丈夫和孩子。

贺什格达来此时特别兴奋："我不喜欢那种栽在花盆里的虽名贵但根儿浅的娇嫩的灯笼花、金钟花。我喜欢扎根田野、经得住风吹雨打的单瓣的打碗花、双瓣的玛瑙花、雪白的杏花、火红的百合花、金黄的金针花，原野上的德力格尔——其其格。"他一口气说出一串花名。妻子那渐渐变长的酒窝又深了，眼眶也湿润了……

外面的雨变得淅淅沥沥。

孩子们各自钻进了自己的被窝，盖上虽然打了补钉但还干净的被子。大概是看阿爸回来了，孩子们兴奋得嬉嬉闹闹，没有睡意，议论起谁家买收音机了，谁骑自行车上学，谁家的柴火堆高，谁背上新书包了……村里的事，学校里的事，邻居的事……哥仨抢着说个没完。

大儿子哈达转过身去："扎，今晚可以睡个安稳觉喽。"

"什么时候不能安稳地睡觉？"阿爸问道。

"阿爸不在家，阿妈我们几个能睡安稳觉吗？每晚老早就闩上门窗，都不敢出去撒尿。"哈达说。

"上次院子里进来一头牛，站在窗户下，可把我们吓坏了——它就像醉鬼似的喘着粗气。"朱兰格日勒瞪大眼睛说，把她阿妈和哥哥、弟弟都逗乐了。唯独贺什格达来不声不响地躺了一会儿说道："那今天晚上你们放心地睡吧！"

"过日子的人家说不准什么时候遇到什么事儿，啥事考虑不到都不行，真遇到这样那样的事儿，我们娘儿几个有什么能耐呀？"说着德力格尔其其格把油灯挪到既够得着又不容易碰翻的地方，然后上炕。

"嗯，奶哑。"迈拉苏光着屁股钻出被窝，抓住了阿妈的乳房。

孩子们在热炕上进入了梦乡。

德力格尔其其格轻轻松开迈拉苏的小手，给他掖好被子，把灯吹灭。

平常很少修饰的德力格尔其其格，今天脸上散发着护肤霜的清香味儿，还有那熟悉的汗味儿，沁透了贺什格达来的心扉。不知在听还是在数他的心跳次数，她把脸紧紧贴在了丈夫的胸前。中外著名文学家都称"爱情是永恒的主题"，那么这飘逸着草原杏花般香味儿的美满结合，理应成为纯真爱情的结晶。贺什格达来把妻子经受生活磨炼而长着老茧的手握得更紧了。

世上的幸福究竟有多少种，多少类型，多少内涵，恐怕谁都未曾统计过。此时此刻，对他俩来讲是最幸福的时刻，这种幸福是用黄金换不来、用银子买不到的真正的幸福。

他俩谁都不言语，谁都不忍心将雨后的宁静打破。突然，大队的喇叭沙沙响，随之传来了牧兰委婉忧伤的歌声：

　　身穿绫罗绸缎，
　　嫁给皇太子享清福也罢，

若是两个人不和睦，
是苦难的深渊啊嗨咿。

肩扛锄头镐头，
跟着穷小子干累活儿也罢，
若是两个人能相爱，
是幸福的乐园啊嗨咿。

贺什格达来突然感到胸口上一阵热乎乎，这是从妻子眼窝里流下来的热泪。

男人心狠的时候像万年坚冰，心软的时候则如汤融雪。贺什格达来激动之际，不由自主地想起：

离别时的一滴泪，
遥系心头滚千里。

继而又随口低声诵出：

相逢时欣喜的泪，
热浪沸腾沁心扉。

妻子对这些置若罔闻，仍依偎在他的怀里，脸贴得更紧了。

此时，他俩并肩漫步在幸福之桥，比翼翱翔在理想天空。德力格尔其其格作为千千万万个妻子和母亲中的一个，她有权享受这幸福的时刻，而且具有永远拥有的权利。

贺什格达来虽看不见妻子那美丽的眸子，但是她长长的睫毛表露出女人的靓丽。成为大多数蒙古族妇女共同特点的宽阔的脸膛，显示出经过田野清风吹拂的天赋的健康。在贺什格达来眼里，她越来越红润，越来越迷人。

看啊！外面的雨不下了，月亮已经升起。孩子们今晚看来是"放心"地睡了。迈拉苏在睡梦中，像在吮奶，小嘴一动一动的。女儿的脸上露出了母亲年轻时迷人的酒窝。大儿子哈达伸直双腿酣睡着。"没妈的孩子瘦弱，没爹的孩子胆小"，说得有道理啊！

贺什格达来紧紧攥住妻子的手，倾听着那熟悉的呼吸声，细细品味着乡下人绵长的生活道路，他奇想着半圆的月亮即刻升起，照亮人间。

他把目光从妻子脸上移到户外，只见秋雨后的月亮正从南移的云层中悄悄露出，像窃听这对情侣的枕边私语。乌云带来黑暗，可星斗和月亮却将光明洒满人间。

不久，云消雾散，星光灿烂，半圆的月亮挂在了天空。

1981 年 3 月

白骨岩

嘎·希儒嘉措 著

那顺德力格尔 译

嘎·希儒嘉措

蒙古族，1954年生。中国作
家协会会员。曾出版诗歌、
中短篇小说、散文集四部，
编著、译著六部。作品多次
荣获内蒙古自治区文学创作"索龙嘎"奖、"敖德
斯尔"奖、李儿只斤蒙古文学奖、全国少数民族
文学创作"骏马奖"。五篇作品被选入初中、高
中、大专院校课本，部分作品被翻译介绍至国外。

那顺德力格尔

1929年出生在科尔沁草原的
一个牧民家庭。致力于搜
集、整理、翻译和出版蒙古
族有文字记载以来的文学作
品。翻译出版过多部汉译蒙作品，荣获全国第六
届少数民族文学创作"骏马奖"翻译奖。主编
《历代蒙古族文学作品选》。

一

呼日乐终于登上了他朝思暮想要攀登的那座叠嶂的峻峰。

他离开鹿群出没的山梁来到山巅迎风处，放下背包，坐在一块磐石上歇脚。半个时辰之前，他从家出来的时候，觉得这座被当成第一个征服对象的峻峰并不高。可是现在低头俯视离地万丈，抬头仰望离天不远，自己是怎么上来的呢？不免有点后怕。

山上的早晨是寂静的。只有从山那边的赤杨林中传出来的山雉的啼啭声在巍峨的群山间回荡。呼日乐知道，对登山觅物的人来说，碰上这样晴朗的好天气，是个吉祥的征兆。他相信，如果不失足滚下坡去，午前就能按计划进入那个岩洞。但是，如果不能从峻嶒的山梁正面攀登上去，不仅进不了岩洞，而且难以回返。这个山梁，正是前人们丧生的地方，想到这里，死神的阴影像雾一样钻进他脑海里。

呼日乐是三十出头的人了，从来不信神鬼。他常想，要想当一名好猎手，没有敢于冒险的胆量、眼观四路的目力和百步穿杨的枪法，那就连一只兔崽子也抓不到。可是，现在自己要踏着前人坠落险谷的遗骨攀登这个陡峭的山梁，心里不由得紧张起来了。自从扎巴以后，确实没有几个活着回去的人，因此，人们把这座峻峰叫作白骨岩。关于这个峻峰，流传着各种令人毛骨悚然的神秘传说。过去呼日乐是不相信这些的，可是眼下真的难辨真妄了。

呼日乐心里确实有点胆怯。但多年来决心登上岩洞的强烈欲望，压过恐惧的浪潮。他从磐石上站起来，走到了峻峰顶端的一个豁口上，沿着参差嶙峋的山石往下看。峻峰东侧有一条见不到底的深谷。深谷对岸是个由平到险伸向远处的大山脉，看上去好似一条被砍断头颈的大蟒。深谷里有一片白森森的骷髅，任凭风吹雨打，其中包括他爷爷的尸骨，令人心怵胆寒。

多少年来，国内外的冒险者不惜生命来攀这座峻峰的目的，不像攀登喜马拉雅山的登山队员们那样为了考验意志，掌握科学数据，而是相信这里储藏着比他们的生命还宝贵的东西，渴望拿到自己手里。呼日乐的家住在峻峰西侧的一个山坡上。从那里眺望，白骨岩屹立群山之巅，看上去从哪一边都可以登上来。可是，实际上却是艰难得多。这座峻峰在海拔两千多米高的伊玛吐山的顶端，峰南是黑黝黝的森林密布的深谷，当地人称之为黑沟。在白骨岩上岩羊成群，岩葱遍地，自从有了各种神话般的传说以后，很少有人涉足其间。白骨岩是黑沟之上的层峦叠嶂，从来没有一个人试图从沟底往上攀登，也不可能攀登这个几百米高的绝壁。主峰顶端西侧的耳峰上有一个豁口，好像有人曾从它的背后登上来，通过这个豁口到过峻峰东边的岩洞。从峻峰南边的山梁上可以清楚地见到并排的两个岩洞。东边的洞口比西边的高，有横物遮挡，上边放着马鞍子模样的东西，在阳光下放射出奇异的光彩。那边还有一个车辕似的东西，用望远镜看，堆放着很多块状的东西。人们估摸这些东西，不是珠宝就是金银。实际上，也可能是比金银珠宝更贵重的稀世珍宝。如果不是这样，扎巴为啥把它放进人迹罕至的这个岩洞里边去呢?! 可是，也有人说可能存放着咒文或史书。又有人说，把大蟒的脑袋砍下来放到里边去啦，老人说那个大蟒的两只眼睛是一对水晶珠，所以，人们都认为这是祖先的神祇，降妖伏魔的镇山之宝。到底是什么东西呢? 对此，民间流传着很多的神话传说，描述的重点是一个英雄的故事。

这个山脉原来是一条无沟无壑的圆骨碌的山梁，里面有一个黑蛇精挖洞盘踞，经常吞噬大人小孩。成吉思汗的开路先锋将军扎巴南下讨伐金国的时候，路经这里，想杀掉这个妖精，为民除害，可是，等待好久它不出来，扎巴军务缠身，只好等回程再作计较。蒙古军到达金国之后，攻城占地，在攻克最后一个城镇时，几名将军被一个使妖术的敌军杀害，扎巴大怒，亲自出战，交战三天三夜，敌将体力不支往后逃窜，跑到黑蛇精盘踞的这个山梁就不见了踪影。扎巴连续多日辱骂挑战，但是仍然无人迎战。扎巴怒不可遏，用成吉思汗赠送的宝剑怒劈这座山梁，一刀下去，山梁被砍成两截，原来敌将便是黑蛇精，露出原形而死，变成了这个黑沟。眼前这两个洞，是蛇精的宫殿。扎巴将蛇脑袋割下来放进东边的那个岩洞，为提防蛇精跑出来闹妖，宝剑上搭金鞍子作镇符，横放在洞口上。

这个传说虽属神话，但人们都笃信不疑，人们怕拿开这个金鞍子，蛇精跑出来扰害人间。后来，国内外的探险家预测这里有奇珍异宝以后，这个洞虽然吸引着发财者的兴趣，但是，除了呼日乐的爷爷，此地的人们谁也没有来过。呼日乐不完全相信那些神话，也不是被那些珍宝吸引而来这里的。真正促使他来的是他叔叔。

呼日乐的叔叔是蒙古史学家，研究北方少数民族史，在国内外很有名望。去年，他到国外参加一个国际蒙古史学年会，返途中回乡探亲。他阔别家乡四十载，除了有数的几个老头老婆外，其他人都不认识了，但他一直没有放弃对这个峻峰的研究。他结合各国研究的情况，向家乡的人们简单地讲述蒙古史以后说：

"蒙古人有自己丰富的历史文化，但是有些史籍在乱世中已经被毁坏。现有的除了蒙古人自己撰写的《蒙古秘史》《元史》和阿拉伯人拉施特阿丁写的《史集》等几部大作外，其他的都是些零碎之物。蒙古人除了《蒙古秘史》外，并非没有别的史书，而是在元朝覆灭以后，明朝的徐达等人屡犯北方，把《青册》等重要史书收缴起来焚毁了。清朝年间，统治者再一次收缴古籍拿到北京焚烧，剩下的残篇断简又在'文革'中遭殃。所有这些，给我们的研究工作造成了不可弥补的损失。尽管外国人在这方面下了大力气，但自己的历史应该由我们自己来研究。现在的问题是没有可作依据的历史资料。在白骨岩东边岩洞里，扎巴隐藏了很多东西，其中可能有戡平金国时期的珍贵的历史资料，或许还有珍藏起来代代相传的安邦大计哩。"

这席话引起了呼日乐极大的兴趣。叔父走后，闯岩洞的念头越发强烈起来。过去，他从好奇探秘的心理出发，有过一点进岩洞的萌念，但被父亲制止了。现在，不仅有了进岩洞的明确的目的，而且树立了坚定的信心。他想，不管有多少奇珍异宝，我也一文不动，那是祖先的福禄、家乡的徽记，应该原封不动地密藏。如若是像叔父说的那样有什么文献资料的话，就取出来送给他搞研究。但这不是他闯白骨岩的唯一目的，另外还有一个隐秘的想法：生长在故土的人，应该是这里的主人，应该熟悉家乡的一草一木。人们在这个悬崖峭壁附近生活了几千年，但是，除了扎巴以外，谁也没有在白骨岩上留下过足迹。先人没有攀登过的高峰难道我就不能攀登吗?!

呼日乐无比珍惜眼下的时光，瞭望美丽的世界，站在主峰之巅向四处眺望。但是，并没有什么动人的景物映入他的眼帘。呼日乐仇恨地俯视着黑沟，充盈的怒气，使他像喝了一口烈酒一样胆气倍增，激起攀登峻峰的新的欲望。

"可恨的黑沟！你忘记了我们祖先跨越过你吗?！你难道还想欺负七百年以后的蒙古人吗?"他差点喊出声来，尽管横亘在他眼前的不是什么大蛇，而是自然形成的连绵起伏的山岭。

二

太阳跃上山头，山峦还是那样平静。在清晨的凉爽中啼啭的山鸡，一见到曦光就钻进桦树林中，悄无声息了。几只好动的岩羊噼噼地打着响鼻，在岩石上跳跃戏耍。受惊的岩鸽，扑棱棱飞起来，从这边的山峰，飞往那边的岩洞。呼日乐走到山口迎风处的残碑跟前，把皮绳的一头拴在上面。这个石碑劈岩而成，不知原来多高，倒塌之后，只剩下离地一尺高的底座。老人们关于扎巴的那些传说，呼日乐心中存疑，但相信扎巴真的来过此地。据爸爸说，这个石碑倒塌之前，上边雕着不同于蒙文和古汉文的方块字，爷爷曾经亲眼见过。爷爷在清朝时候当过苏木章京①，文化修养深厚，但没看懂全文，只认出了碑文的落款："四海圣君成吉思汗麾下先锋将军扎巴"几个字。民国十四年，旗改为县，设立开垦局，一个叫苏孝明的人率军垦荒，发现这里有珍宝，就强迫爷爷当向导，带兵上了这座岩峰。但还没到岩洞，几个士兵和爷爷一起掉进了深不见底的黑沟。苏孝明气急败坏，在返回的途中，滚来巨石撞断石碑，把上半截推进了沟底。光绪初年，两名南方来客想进这个岩洞，但没从这边的山口进去，而从那边的山顶放下绳子往下滑，结果，又掉进了黑沟。

呼日乐知道，从那边的山顶上放下绳子往下滑是个妙法，但并不奏效。这个岩洞虽然在离山顶不很远的地方，但岩洞深陷在

---

① 章京：清代官名。

山里边，抓着绳索滑下来只能悬在空中进退无路，最后，难免要掉进黑沟，因此，呼日乐此刻所在的山口，是唯一的进口。当年，扎巴一定是从这个山口进去的。但是人们说，当年石碑的东侧有过石阶，扎巴返回的时候持剑将其凿坏，现在还隐约有些残迹。呼日乐想，我们的祖先的确伟大，不仅创造了人类前所未有的历史，而且有方法把这段历史永远保存在人间，把世上那些考古者的灵魂都拴在了这里。但他们不想隐瞒自己的历史，若想隐瞒，为啥在岩洞这边立一个碑呢？他估计，石碑上一定刻下了岩洞里存放着什么、怎样取的方法。于是，他俯瞰石碑掉下去的那个悬崖，但除了黑沟，什么也没有看见。人们说，伪满洲国的时候，几个日本人来到这里，想从岩洞里掏出一点什么东西，费了很大的劲儿，除了摔死了几个人，还是毫无收获。后来，架上无后坐力炮轰击岩洞，然后把黑沟里的半截石碑拉走了。这样，石碑上到底铭刻着哪些碑文，除了他爷爷，谁都没看见，谁都不知道。若是那个残碑还在就好了，叔叔准能看出碑文的内容，也好取得进洞的门径。呼日乐痛恨那些日本鬼子，但这毕竟是历史的封尘，而今没什么用了。

呼日乐把皮绳套在残碑上，打个活结，来回拽了拽，心里不踏实，又搬来一块大石头压在皮索上面，这才放心了。需要准备的就是这些，现在就要攀登白骨岩了。他俯下身子刚刚往里爬，却感到绳索好像在脱落。他琢磨这会儿要是有个人拽着绳索，即便失手摔下去也能拉上来。但是村里没有一个敢于跟他做伴的人。叔父走了以后，他曾经鼓动过年轻的伙伴们，可他们的父母听后大惊失色地说："切莫贪财送命！"他讲解了一番攀登岩洞的意义，同伴们讽刺他："找到那些史书你能认识吗？真是不自量力！"现在这些话，又在他的耳边响起来了，说来也怪，讽刺、挖苦这个东西有时候促使人建功立业。呼日乐当时咬牙发誓：我一定闯进那个岩洞，把史书拿出来交给看得懂的人，为研究我们祖先的历史做一份贡献!

这些情景在他脑海里回旋着,他深责自己刚才的种种怯懦。而后把长袍和皮靴脱下来放在石头上,用皮索一头捆腰,把铁钉挂在身后,身子紧贴陡壁,两手死抓岩缝,脚踏岩层,慢慢地攀登起来。脚下是看不见底的呼呼生风的深谷。如果这时候向下看,立刻就会头昏眼花,失足坠入山谷。呼日乐多次攀登过危险的峭岩,由于过去没有过摔死人的记录,登的时候能够毫不悚然,可是现在,每攀登一步,都严峻地考验着他的登山技术和胆量。

三

山巅上是幽静的。呼日乐每走十步就钉上一个钉子。在这个世界上,亘古以来悠然自得的峥嵘岩石,虽然是坚不可摧,但铁钉、铁锤,以及它们主人的手,比岩石还要坚硬。叮叮当当的声音和早年凿台阶的声音一样,在山谷悠然回响。

离西边的岩洞越来越接近了,呼日乐钉下第五个钉子,套上皮绳的套环,脚刚刚接触一个凸出的岩层时,岩层哗啦一声塌下去了。幸亏呼日乐一手抓皮绳,一手钩岩缝,才没有掉下去。坍塌的石块呼啸着落到沟底,发出了山崩地裂的回响。他觉得接着又发出一个嗡嗡的声音,一种不可知的力量在往下推他。这个声音,既像敲鼓声,又像崩裂声。呼日乐用眼角往下瞟了一下,好像在黑沟里有很多人在舞蹈,其中还有爷爷的笑容。他闭上眼睛,把身子紧紧地贴在崖壁上。过了一会儿才明白刚才的那个声音是自己的怦怦的心跳声。忽然,有什么热乎乎的东西顺鼻梁流下来。睁开眼睛一看,钩崖缝的手指甲已经脱落正在淌着血。这时他才感觉到手指头火辣辣地疼。啊,血!是通红的鲜血!有的人见了血就跪下来哭泣,而有的人见了血却挺胸站起来。呼日乐笃信自己对血缘构成的想法,他从小喜欢读书,尤其爱读研究蒙古历史的书，这也许是受了他叔叔的影响。高中毕业后报考大学历史系落榜，使他很懊丧。从过去读过的书里得到了一些历史知识，他常常想，我的血液里是否还有孛儿贴赤那①的血呢？后来听叔叔说蒙古人的血液里都有孛儿贴赤那的血。从那以后，他身上好像有一个滚滚澎湃的洪流。他深信，不仅祖国受到外来侵略时挺身而出的人身上有这个洪流，而且在平时生活中遇到困难的时候不屈膝的蒙古族人身上也有这个洪流。可是，他爷爷和爸爸的血液里有没有孛儿贴赤那的血，这就很难断定了。人们都说他爷爷给黑军②当走狗，触犯祖先的神祇受到了上帝的惩罚。但是，呼日乐不这样想。爷爷一定是在敌人屠刀的威逼下上这个山来的。话虽然是这么说，可是，谁能保证这种害怕敌人的屠刀的人的血液里还有孛儿贴赤那的血呢！爸爸更是胆怯得厉害，一有人提白骨岩就簌簌发抖。呼日乐高考落榜回家以后，为了解除心里的烦闷，背一支猎枪到处逛游，竟离不开家乡的高山峻岭了。特别是产生解开岩洞之谜的想法以后，哪里也不想去了。他的父亲虽然不阻止他上山打猎，但决不允许提这个岩洞。起初，他认为父亲之所以这样，是为了不让别人冒犯祖先的神祇，也就没有提这个事。但是，叔父走后，当他提这个事的时候，父亲坚决制止他，说："不要为没用的东西惹祸，对我们来说，安分守己是最好的选择！"他父亲不仅是一个有名的猎手，而且在登山技巧方面远近驰名。可是，自从从这个嶙峋的峻峰上往下看了一眼以后，就再也不上山了。难道怕死？怕死的人身上一定没有孛儿贴赤那的血！然而，若是父亲身上没有孛儿贴赤那的血，是什么赋予了我这种基因呢？缺少这种勇敢的基因，对他来说比什么都耻辱。现在，虽然无法用科学的方法来鉴定从指缝里流出来的血里所含的成分，但是能否爬过白骨岩进到岩洞，肯定是检验有无孛

---

① 孛儿贴赤那：成吉思汗祖先的名字。
② 黑军：指穿黑制服的奉系军阀的军队。

儿贴赤那血缘的试金石，想到这里，呼日乐身上又增添了一股巨大的力量。

他窥视着那边的岩洞，有一只岩羊可能是被刚才的坍塌声惊动了，站在岩洞上面的一个山坳上，好像是想了解这边发生的事情，凝视着呼日乐这一边。呼日乐非常佩服岩羊这种天生的翻山越岭的本事。他想自己如果是只岩羊就可毫不费劲地钻入那个岩洞。但动物虽有令人咋舌的能力，但没有思想，因此人类远比它们要强。想到这里，对岩羊的倾慕便在心里消退了。一只鹰隼掠过天空，如飞镝一般呼啸着冲向岩洞，在岩羊周围盘旋良久，无从下手，旋又飞回天空。岩羊在峻峰里自由，鹰隼在蓝天里自由，它们的疆域是辽阔的长天和无尽的山峰。生活在土地上的人们是否也有如此畅快的自由呢？呼日乐思绪翻涌，追视着渐渐远去的鹰隼。一朵白云荡来，更激起呼日乐对自由的渴盼，它不分民族，没有国界，任意翔游。但这朵没有祖国的白云，却连岩羊也不如，只随着风儿飘荡。他想着，突然发现天上的白云并没有动，而是他贴身紧抠着的山崖在逐渐崩塌，向黑沟移动着……呼日乐赶紧闭上眼睛，抑制了脑中由晕眩带来的错觉。

他用从指甲缝里汩汩流出的血，在溜光的石壁上画下一个打活结的标记，继续向上攀登……

四

近午时分，呼日乐走进第一个岩洞。这时候，他两个膝盖发麻，浑身的血液向头上涌，心脏高频率地跳个不停。这倒不是出于害怕，而是为自己涉入了除扎巴以外任何人也没来过的这个岩洞而自豪不已，这种男子汉实现了自己目的之后所产生的自豪感，使他全身都失去了平衡。

他坐在满是岩羊粪层的岩洞内部向外瞅，只看到洞口那一块圆圆的蓝天。好像大自然的险境已经离他远去了。他犯了烟瘾，摸摸怀里才想起烟袋连同长袍皮靴都放在山顶上了。他心里兴奋地想，现在走出岩洞顺着古老的石阶向上爬，很快就能到达目的地。但呼日乐并不急于进那个岩洞，而是想考察一下这个岩洞里究竟有没有东西。于是他把视线移向黑黝黝的岩洞深处。

这个岩洞的洞口很小，里边却宽敞。由于新鲜空气进得少，洞里湿乎乎的气息几乎令人窒息。现在是中午时分，洞里微微地透出些许光亮，可以看得出洞壁很平，有砍劈的痕迹。从这一处就可以断定，从前有人在这儿下过气力。这些铺地的平坦的石块，被岩羊的粪便覆盖住了，他隐约发现上面有坐卧的印记。呼日乐仔细审视石壁，发现了一些雕刻上去的文字和图案，事实上什么也没有。这时，突然有一个东西绊了他的脚一下，呼日乐弯腰捡起来打量，原来是一只一拃长的绿白色的玉石烟袋嘴。

呼日乐猛然想起父亲曾说过爷爷有过这种烟袋嘴，它是爷爷担任苏木章京的时候用一匹两岁子骒马换来的。那么，烟袋锅子是否也在这里呢？呼日乐奋力扒拉着岩羊的粪层，果然掏出一只已经变朽的烟袋杆和一个银制的小烟袋锅。呼日乐高兴极了，珍惜地用裤脚擦擦，走到洞口仔细观察起来。烟袋锅上呈现出造型精美的云彩图案。特别是这只绿白色的烟袋嘴，在终年潮湿的岩洞里埋藏了这么多年，一下子暴露在阳光下面，有如一枝盛开在碧水之上的荷花一样招人喜爱。呼日乐望着这些珍贵的遗物，极力揣摩着爷爷当年探险的英姿。

从眼下的情景看，爷爷在坠命山谷之前，曾经到过这个岩洞。但并不是像呼日乐一样用铁钉和皮绳，而是在没有任何辅助工具的情况下徒手攀登上来的。想到这里，他心里油然生起一股敬意，自己在爷爷这种非凡的胆识面前太渺小、太微不足道了。但是令人不解之处在于，既然爷爷到这个洞里都没遇到危险，为什么不进入那个岩洞却失足峡谷了呢？

这时，呼日乐眼前浮起当年的情景：一个胡子雪白的蒙古族老汉，和几个黑军共同来到白骨岩上。他避开强硬的山风和众兵士，独自一人爬上了这个岩洞。他站在岩洞旁边，朝那个埋着宝物的岩洞凝视良久，然后进入这个岩洞的深处，拿出烟袋抽了起来。少顷，他把烟袋靠着石壁立起来，说："是非且由后人评说。"接着站起身，沿着原来的路返回山顶。

两个持枪的黑军扭住老汉的胳膊。

"如果你不把那个洞里的东西取出来，就上这条深沟的沟底下躺着去吧。"

老汉一言不发，和黑军扭打起来。他拼力把身边的两个推入深谷，这时枪声响起来了，一颗罪孽的子弹穿过他的胸膛。老汉站立不稳，跟跄着大叫："你……们永远……也……拿不到……"随着山鸣谷应的回音，老汉坠入了悬崖之下。

呼日乐攥着手里的烟嘴，情不自禁地大喊一声："爷爷——"身子一晃，差点掉到沟里去。他的惊慌的喊声，响彻灰蒙蒙的群山峻岭，一群受惊的岩鸽，从山下扑棱棱地飞向那边的白桦林，恐惧地咕嘟咕嘟叫个不停。过了一会儿，山里又平静下来了。呼日乐发现自己过于激动了。

历史与现实究竟是共存于一个不可分割的整体之中，还是相互分离的两个链条，一个消失之后，另一个才能诞生？呼日乐认为，但凡有价值的东西，是只有开始而没有消亡的，就像这个岩洞和孛儿贴赤那的血，具有永不消亡的生命力。爷爷虽然坠崖而亡，但他的血液仍在我身上流淌着，而且还会子子孙孙永不停止地流淌下去……

呼日乐站在岩洞边上，面对这苍莽的群山和低沉而又撼人心魄的林涛沉思少顷，稳住神儿决定继续攀登。他前倾着头向上瞧，看到左上方那个洞口敞开着，但看不见里边的东西。一行石阶由西南方向伸入洞口，如果能爬到石阶跟前，进岩洞就不成问题了。但是接近石阶并不像呼日乐想象的那么容易。他置身其中的这个岩洞东侧有一条五尺宽的很深的裂缝，裂缝对面是一丈多高的光溜溜的石壁，中间有一个桌面大小的隆起的岩层，可以跳上去落脚。但是，那边的岩壁太光滑了，只有死死贴着才能接近石阶。如果能够闯过这一关，就大功告成了，但事情往往是在最后的节骨眼上前功尽弃。呼日乐心里清楚，跃过裂缝跳到那块岩层上，再越过光滑的岩壁是玩命的活计，稍有闪失，后果将不堪设想。

前面的障碍似乎是不可逾越的，但是如果这座峻峰没有这些难以逾越的障碍，那里的岩洞也藏不住东西，扎巴也不会上这里来了。想到这里，呼日乐信心百倍，思考着跨越障碍的切实办法。他想在裂缝这边钉上一个大铁钉子，套上皮绳荡过去，即便失足也没有多大危险。可是皮绳已经用完了。还有一卷留在山顶上没有带来，他懊悔极了，站在原地久久不动。眼下，除了返回山顶取皮绳之外，想不出其他好的办法了。但是这又是一段极其艰险的路程。

呼日乐望着嶙峋的山崖，全身的力气似乎都消失了。

五

呼日乐爬回山顶来。在回来的路上，因为拽着原来套好的皮绳，所以没用太多的力气。

他用长袍裹好爷爷的烟袋，坐下来抽烟。天已近午，风停了，山野悄无声息，阳光晒得人浑身冒油。看来这里的动物还没有养成日光浴的习惯，连顽皮的岩羊也躲进了阴凉的地方。呼日乐身上大汗淋漓，他早上估计中午时分就可以进入那边的岩洞，可现在仍然在山顶上游荡，真让人着急。但是不论怎么着急也无济于事，对他来说，此刻最需要的是一壶浓浓的奶茶。早上吃的食物，到现在已经被消化得差不多了，饿得心里直打哆嗦，嗓子渴得直冒烟，可山顶上连一滴水也没有。他站起来，顺着原来的路径走下去，走到桦树林边上，像那些经常上山打猎的老猎手一样，挖义分蓼啃了起来，义分蓼的酚汁引出了他的满口津液，似乎解除了干渴。他回到山口，把皮绳系在腰间，做好了向岩洞冲刺的准备，刚要挪步，耳畔响起了一声呼唤："阿杰——"

这是一个小孩在尖声尖气地呼唤着自己的父亲。呼日乐不敢相信自己的耳朵，站在那里仔细谛听。呼唤声仍然在深山里铮铮回响。呼日乐心里乱极了，好像预感到什么不祥的兆头。难道是老天爷怕我在闯进那个山洞的时候遇到危险，通过我儿子的声音来警告我吗？过了一会儿，那个声音又响了起来，这确实是儿子的喊声。

他跑到山巅迎风处一看，发现儿子果然背着小马褡子朝这边爬上来了。呼日乐高兴地失声大喊，跑过去搂着儿子亲吻起来。

"孩子，你为啥上这儿来？"

"给你送茶来了……"

"你怎么知道我在这里？"

"是爷爷领我来的。他走到半山腰，给我指明这个地方以后就回去了。"

儿子向下指着。呼日乐拿出望远镜瞭望，看见一个蹒跚的黑影在山梁上移动，这是自己年过花甲的父亲。一股感激的热浪涌遍全身，呼日乐热泪涟涟。他继续瞅着，但是那个黑影终于消失了。

"你爷爷怎么知道我上这儿来呢？"

"你不是搓皮绳了吗？所以爷爷让我给你送茶饭的。这座山真高，阿杰，这里可真好玩儿！"

呼日乐在搓皮绳的时候，儿子曾经问道："阿杰，你搓这么多皮绳干吗？"

"当拉柴的煞绳网，那几条是别人的。"

他用这句话打发了儿子，也瞒过了父亲和妻子。为了避免好事者的纠缠，他在昨天夜里就把皮绳和铁钉悄悄地埋在上山的路上。他在上山之前，从来没有考虑自己会遇到什么危险，等到踩落松散的岩石、差点丧命之际，脑海里曾经出现过一个念头："应该跟儿子说一声。"

呼日乐凝视着刚过十岁的儿子，这个能在酷热的正午爬上高山的小东西身上，一定有着他祖先的血液。就是我这辈子不闯这个岩洞，儿子长大了也一定会闯的。呼日乐应该多养几个儿子，但是第二个孩子却在三个月的时候流产了。

当儿女的永远不了解父母的心，等自己当了父母之后，就多少能理解一些父母的心情了，这可能就是人的心尖为什么对着下边的缘故。消失的事物都已死亡，现存的事物都存生机，但人们应该切记：如果没有土壤，嫩芽怎么会生出来呢？

呼日乐过去一直以为父亲胆小怕事，是个冷冰冰的不理解儿女心情的人，今天才感觉到他那深沉的父爱。

"阿杰，你怎么哭啦？"儿子的问话打断了他的思路。

"没哭，孩子。天气太热了，阳光刺得睁不开眼睛。"

"那你喝茶吧，阿杰！"

儿子说着从马褡里把茶壶茶碗掏出来。呼日乐斟满茶大口大口地喝起来，满身增添了难以言表的力气。这种力气和奶茶一道，发布到他的全身各处。我决不在儿子面前失败。他想。

儿子正瞪着黑亮的眼睛扫视森林和峻岭。

"这里多美呀！你领我进入那个岩洞吗？阿杰。"

"不怕摔下去吗？"

"不怕！"

呼日乐觉得儿子给自己增添了一种安全感。心里豁亮多了。

"好孩子，你长大以后再闯那个岩洞吧，现在你坐在这儿看阿杰怎么闯那个岩洞。"

呼日乐边叮嘱，边把皮绳系在腰上。

儿子又说："你拿木头当梯子不是更好上吗？"

可不是咋的，如果把一丈长的白桦树横放在岩峰上当桥，比跳跃容易多了。他亲了儿子一口，到白桦林砍了一棵结实的树木，横着系在自己腰上。

山风阵阵吹来，使人身爽神清。林中的山鸡高低啭啼，好像是为呼日乐祝福。呼日乐挺直高大的身躯向白骨岩走了下去，又站住脚，默默地向站在峻峰豁口处的儿子摆摆手，像是向他倾诉许许多多的话……

1985年6月

天 河

魏巴特尔 著

魏巴特尔 译

魏巴特尔

1945—2008，蒙古族，1945
年1月出生于阿拉善左旗。
出版多部著作，先后荣获
"全区学习使用蒙古语言文
学"先进个人、首届内蒙古自治区民间文化"阿
拉丁"杰出贡献奖、内蒙古自治区文学创作"索
龙嘎"奖。

1

　　我要被发配到戈壁西边的大沙漠去了。

　　小时候常听老人们讲，那个大沙漠是流放犯人的地方，一旦被送进去，就别指望活着跑出来。真是天有不测风云，人有旦夕祸福，谁能够料想得到被流放的厄运现在竟落在我的头上。我恨透了巴颜阿哈，恨透了敖其尔巴图。然而，就是恨死了又有啥用？我只有承认和顺从命苦的份儿，却没有反抗和摆脱苦命的能力。

　　押送我的是一个五十多岁的老狱卒，名叫笋布尔，腿有毛病，走起路来老是一瘸一拐的，像一只三条腿的老山羊。老头子有一峰骆驼，我却没有乘骑，心想让他给我也找一峰骆驼骑，但最终还是没敢开口。犯人就是犯人，不能有跟平常人一样的要求。我把零碎东西装进一条破旧的驼毛褡裢里，捎在老头儿的骆驼上。快到小晌午的时候我们上了路。老头儿穿上狐皮领子的青布面旧大氅，骑着骆驼在前边走，我便踏着他骆驼的蹄踪跟在后边跑。

　　大概走了五六十里地，日落时分我们到了一户人家。

　　原来，笋布尔老汉与那家主人是老相识，吃饭的当儿指着我对家主说："这后生是我的一个侄儿，不小心惹了点麻烦事儿，我要把他送到沙漠里去。因公务紧急，没来得及再找个乘骑，俩人只有一峰骆驼，就仓促上了路。不知从您这儿能不能借个乘骑，叫这孩子捎捎脚。有个半月二十天我就带回来奉还。如何？"

家主把头掉转过来瞅了我一会儿。之后，搔着头慢腾腾说道："不知道这几天外边有没有闲便骆驼，待我看看再说吧。"

这是什么话？自家的情况自己不清楚，天底下哪有这等怪事儿？分明是家主已经看出笋布尔在扯谎，才说这样推诿的话了。可到了第二天早晨起来一看，却有一峰鞍屉齐全的骆驼早已拴在那驼桩上。

有了两峰骆驼，我们赶路的速度就跟头一天不一样了，我的情绪也比头一天好一些了。第五天上，我们走进了大戈壁的边缘。雾霭弥漫的苍茫空野，平展展伸向遥远的天际。没有一点声息，只有死一般的静寂，使人产生无尽的愁闷和毛骨悚然的恐怖。连一只小鸟一只野兔都见不到，倒是偶尔能碰见三个五个一伙十个八个一群的戈壁滩野黄羊，但是不等你看个明白，早已隐没在迷茫的原野深处去了。

"看见了吧？这就是有名的大戈壁啊！从现在起，七八天之内我们就甭想找人家寄宿了。"笋布尔这样说。因押送犯人往返多次，老头儿对这戈壁的地理情况是十分了解的。

我们走上了冷蒿、油蒿和冬青丛生的一片高台地。太阳像一轮沉重的铜盘，正在缓慢地坠向西边天幕混浊的下摆里去。

老头儿扯住骆驼的缰绳，向远处眺望了一会儿，说道："就在这儿过夜吧。这地方草长得不错，快让骆驼吃上几口草，天黑以前还得拉回来拴在跟前儿。戈壁滩的狼群可不得了，千万不能疏忽啊！"

我们下了骆驼，取下褡裢，给骆驼上了腿绊放开让吃草去了。

我拾柴火，老头儿蹲在一棵大冬青的避风处，打着火镰生了火。一壶茶很快就烧开了。老头儿从褡裢里拿出熟肉、炒米、干馍和奶豆腐等食物，摆放在火堆旁。老头儿鼓囊囊装了一褡裢，原来多半都是些好吃的东西。

不多时天就黑了。我去把两个骆驼拉了回来，拴在离火堆不远的一棵冬青树上。夜幕渐渐地笼罩了一切。没有月亮，星光也很微弱，大地像一座盖上天窗幪毡的蒙古包。一阵寒气袭来，我禁不住打了个冷战。初春的大戈壁之夜仍然像隆冬三九那样寒冷。

老头儿烤着火，一连抽了几锅东生烟，又拿起他那老木碗呷了两口茶，然后慢慢地抬起头来看了看我，问道："你这后生到底犯了什么法？是不是惹翻了一个什么人物？"原来，这老头儿只知道奉命把我押送到沙漠里去，却不晓得我因为什么事儿成为一名被流放到沙漠里去的犯人。

我说："我们那里有一个叫巴颜阿哈的人，是个特有钱的人，您也许听说过他。他夺走了我的媳妇，还让巴格达木勒①把我抓起来送到了旗衙门。"

老头儿没有往下追问，也不说认不认识巴颜阿哈，只是低着头抽他的东生烟。因为一提起这事儿就伤心，所以我也就不再说什么了。

巴颜阿哈那副气得一塌糊涂的丑恶样又闪现在我的眼前。这个老家伙是个头顶光秃、胡子稀疏、身材中等的黄脸胖子。那天他确实气得一塌糊涂，指头戳入我的眼窝里，却说不出半句像样的话，只是一个劲儿地喘大气，最后干脆抡起臂膀往我脸上甩了一个带响儿的巴掌。当时我也是气得昏天黑地，但不敢还手打他。人家有银子，有面子，地方上有势力，衙门里有依靠，想干啥就干啥，想怎么办就怎么办。因此，不知是使了银子，还是使

---

① 巴格达木勒：巴格为内蒙古旧行政区划单位，相当于乡，巴格达木勒就是巴格长。

了面子，反正给了我一个无期流放，害得我离乡背井，走到今天这等痛苦的地步。但对我来说，这一切倒也算不了什么。我没爹没妈，也没有兄弟姐妹，无依无靠，势单力薄，可我是个男人，虽说眼前困苦，但只要一息尚存，说不定有朝一日挣扎着翻起身来也未可知。真正可怜的是其木德。女人到底是女人，再坚强也坚强不过男人。如同天下所有的女人一样，其木德的命运也是始终被别人所控制的。谁知道今后其木德还会遭什么样的灾难，受什么样的痛苦？

突然，从远处传来阴森森的一声长嗥。我感觉到整个身子猛烈地颤抖了一下。那声音非常可怕，听来确实使人心崩胆裂。

"害怕吗？"老头儿问我。

"哪能不怕？"我说。

老头儿将手伸过来，说："把枪给我。对付狼，就得靠它！"

我把枪递给了他。这是一支破旧的79式步枪。开始上路时老头儿自己背了一天，可是从第二天起就一直让我背到现在。看来，这枪不是为了震慑犯人，而是专门用来对付野狼的。

又传来一声长嗥，好像比头一声靠近了些。等到第三声更靠近的时候，老头子站起来往前跨了两步，朝那发出嗥声的方向给了一枪。枪声炸破夜空的沉静，带着轰雷般的咆哮传向漆黑的戈壁深处。

狼的嗥叫戛然而止，四野恢复了宁静。

我问："狼可能是吓跑了吧？"

老头儿说："吓倒是够它吓一跳的，但它不可能走远。再说，这来的又不是一两只，说不定是七八只，或许还会更多些。多了，它也就不怎么怕人了。"

果然，不一会儿狼又从另外一个方向开始嗥叫了。再稍后便从四面八方一声接一声地嗥起来，弄得人摸不清到底来了多少只狼，只觉得已经被狼群包围得严严实实似的。不过我们有火光和枪声，所以狼群始终不敢收缩它们的包围圈儿，只是从远处发威恐吓，一直闹腾到天快亮的时候才渐渐地收兵回营去了。

我们在喝早茶的当儿再让骆驼吃了一会儿草，太阳出来之前又匆匆地上了路。

照旧是雾霭弥漫，望不到边际的旷野。

"戈壁这么大，啥时候才能走到尽头?"我问。

"这算什么?"老头儿拿鞭子指着西北方向说，"我们现在所走的路线只不过是擦过它的南头边际而已，要是从它的中心穿过，就是骑上再好的骆驼也要走一个月啊!"

又走了七八天，我们才到达大沙漠的边缘。

那里有一所守边哨卡，两间土屋里住着十来个士兵。笋布尔从怀里拿出一封信交给其中一个蓄着大胡子的人。看样子，大胡子就是这里的长官，把信看了，叫过一个士兵，说："明天你把这个家伙送到秃耳丹巴家里去。路上要多加小心，不能让他给跑丢了!"他所说的"家伙"就是我。因为，他在说话的时候就用食指指点着我。

笋布尔完成了他的差事，第二天早晨就要回返了。我心中难受到了极点，早茶一口也没有喝进去。我真正感受到了孤独和悲痛的滋味。笋布尔把我叫到拴驼桩边，说了一阵安慰的话，又再三嘱咐我到了丹巴家里一定要听人家的话，好好干活，千万不可做出逃跑的蠢事。

笋布尔刚走，士兵们就用黑布条儿蒙上我的眼睛，又把双手捆在背后，抬起来放到骆驼脊背上，由一个士兵牵着驼缰，没命地奔跑起来。那沙漠地方最不好走，简直就像是波涛翻滚的水面，忽高忽低，七颠八倒，骆驼走势又不同于马步，脚下更没有镫可踩，颠得我五内七上八下，辨不清在朝什么方向走，也不知道走了多少里路，最后到了一个地方下了骆驼，揭掉蒙布一看，早已是傍黑时分了。

2

秃耳丹巴是个五十多岁，紫黑脸膛，肩宽体壮，脾性暴戾的老头儿。不知是因为什么缘故，右耳朵没了耳轮，只存留着半截。老婆子倒是个爱说话，性格既开朗又温和的人。老两口有一个女儿，名叫古木达，小我两岁。姑娘长得真漂亮，我感到非常的惊奇。因为，这个偏僻荒凉的鬼地方，同它这位年少貌美的女主人太不相称了。

丹巴居住的这地方是一个宽阔的大洼地，四面环绕着连绵的高大沙梁，很像一个巨大的沙盆。洼地的中央有一面大湖泊。丹巴的蒙古包就坐落在湖泊的西北边上。湖泊的四周生长着茂密的沙竹、芦苇、冷蒿、油蒿、芨芨、马兰等杂草，还有一片片的红柳丛和胡杨林。这里也有梭梭树，不过没有我们那里的梭梭那么高大、稠密。这真是个牧羊最理想的地方，对牛羊骆驼来说，简直就是世界上独一无二的天堂。丹巴的羊群早晨下去绕湖走一遭，回来也就是夕阳西坠，最后的一丝光线从蒙古包东边哈那顶上抹去的时候了。

我来的时候，丹巴的绵羊已经下完羔，山羊下羔正处在最紧张的阶段。所以，我的到来自然就受到丹巴一家三口人的欢迎。

丹巴对我特别留心，时时刻刻都在限制着我的行动，稍走远点儿就把我喊回来。我只能在蒙古包附近和羊圈里干这干那，真正成为名副其实的"犯人"。老婆子解释说，这一切都是为了我，因为我初来乍到，不熟地情，又辨不清方向，怕我走远了会迷路，会走失的。这都是胡说。我又不是三岁小儿，老婆子这话还能哄住我吗？我也是个生长在牧人家里的孩子，和古木达有什么两样？再说，就这样一个沙坑里，就这么一面湖泊，就这么一座蒙古包，怎么会迷失方向，怎么会走丢活人？就是拿块布条把眼睛蒙住，不撞在蒙古包也会撞在羊圈墙上的。

有一天刮了一场大风，把地面上所有的脚印和蹄踪全都擦拭了个干净。自那以后，我才获得了行动的自由。丹巴对我的态度渐渐转向温和，开始问这问那，表现出关心的样子，我心里也就不再那么紧张和愁闷了。

"走，上沙梁顶玩去！"古木达拉着我的手登上了洼地北面的大沙峰。沙峰高得吓人。站在沙峰顶往下看，整个洼地就像一个深深的大铜盆，丹巴的两顶蒙古包简直就是盆底里的两粒骆驼粪蛋儿了。四面八方尽是连绵起伏的层层沙梁，望不到边际，使人感到这个世界上除了沙漠什么都没有。

"那个大沙漠是流放犯人的地方，一旦被送进去，就别指望活着跑出来。"我突然想起了从老人们那里听来的那句可怕的话。空虚伴随着失望无情地向我袭来，我不由自主地闭上了眼睛。

"您家离这儿很远吧？"古木达问我。她一定是揣度到我内心的忧伤了。

"我没有家。"我轻声说道。

"爹妈呢？"她又问。

"都不在了。"我又给了她一个简短的回答。

大概是看出我的情绪不怎么好，古木达也就不再追问什么了。

日子一天天地过去。我同丹巴一家也熟稔多了。这老两口儿人品非常好，善良正直，勤劳朴实，跟我作古的父母一模一样。古木达更是一位难得的好姑娘，不但漂亮，也很聪明，说话做事极有分寸，稳重谦和是她永远的风格。从她的身上我常常看到其木德漂亮的外貌和美丽的内心。越是这样，我对家乡特别是对其木德的思念也就一天比一天地强烈起来。

一天早晨，我在羊圈门口看见一只山羊用角挑起一个小山羊羔摔在地上，山羊妈妈见那情景，就像一头愤怒的公牛猛扑过来，把挑了它羔儿的那只山羊狠狠地顶翻在地，那惹事儿的山羊惨叫一声，连滚带爬地夹着尾巴逃走了。我心里一阵难受，差点儿掉下眼泪来。羔羊受到外力的欺压，有羊妈妈出来保护，我被恶人欺凌迫害，却有谁人敢于出面替我说过一句袒护的话？

"您怎么了？"有人在我身后轻轻问了一声。是古木达的声音。

我急忙揩去眼泪回头一看，不知是什么时候来的，古木达已经站在了我的身旁。

"没有什么。就是……刚才有只山羊用角把那个小山羊羔挑起来摔在地上……那个小羊羔真可怜……"我说。

"不对吧？"古木达单刀直入地说，"您是牧羊人家的孩子，刚才的那种景象，按理说您是从小看惯了的，所以也就不可能把它当作一件大事来为之动容伤感的。您说，是不是这样？"

古木达的细心和精明使我大吃一惊。我无奈地望着她笑了笑。

湖面解冻，冰凌消退，芨芨草首先发出了浅绿色的嫩芽。羊群开始喜新厌旧，争先恐后地追逐起新的风味来。

一天，丹巴牵着两峰鞴大鞍的骆驼，绕过湖边，向东南方向走去。我心中一动：要不要踏着他的驼踪跑他一家伙呢？但是，我却不清楚老头儿到底去什么地方，做什么事情。再说，老头儿走得也太突然，路上的吃喝我一点也没有准备。考虑半日，最后还是放弃了逃跑的念头。后来听老婆子讲，我才知道老头儿是去外地买米面去。可是那米面的买卖在什么地方，老婆子却说不上来。

"不知道。那是老头子的事，每次都是老头子从外地买回来的。活了五十多年，这沙漠外的世界到底是什么样子，直到今天我还不知道呢。"老婆子这样告诉我。

可能是古木达把那天羊圈门口的事儿告诉了她的母亲，有一天晚上老婆子劝导我说："孩子啊，对一个人来说，他的家乡就是他的生身父母。思念家乡是无可非议的。但是，已经到了这个地步，现在你就什么都别想了，就把这个家当作自己的家好了，千万不能想那些跑啊飞啊的傻主意。有人讲，只要能够跑出沙漠，穿过戈壁，活着走回去，就能把罪赎了。那都是哄人的鬼话。自古以来就没有出现过那样一个人。反正我是没有听说过。"

说话者无心，听话者却有了意。老婆子最后这段话在我心中点燃了一盏希望的明灯。"只要能够跑出沙漠，穿过戈壁，活着走回去，就能把罪赎了。"这不是希望是什么？我反复背诵着这句话，登上最高的沙峰，眺望着日出的方向，祈祷上苍保佑我平安地跑出沙漠，穿过戈壁，活着走回去。甭说是穿越大戈壁，就是经历十八层地狱，我也在所不辞，绝不灰心。只要能够见到其木德，就是渴死饿死，或被狼群生吞活剥，我都心甘情愿。但是，为了其木德我必须要活着回去！

天气开始闷热起来。成群的水鸟覆盖湖面，没早没晚地鸣叫喧哗，闹得整个盆地日夜欢腾，热闹非凡。看着那水鸟双双飞翔，对对嬉游，我心里常常生发出无限的忧愁。人要是跟飞禽一样自由自在，能够同心爱的人共享天伦，白头偕老，那该是多美多好啊！如果真能那样，就不会有恶人出来拆散其木德和我，也不可能把我发配到这千里之外的沙漠深处来，而是每个人都将幸福美满地欢度一生。

逃跑的念头时时刻刻在鼓动着我，也在毫不停顿地折磨着我。越是这样，对其木德的思念也就越发强烈起来，有时甚至还大有死去活来的感觉。

"孩子，你这是怎么了？怎么就成这副模样了呢？快拿镜子照着看看！"忽一日，老婆子对我这样说。

我拿过古木达的小圆镜子一照，不禁大吃一惊：眼窝凹陷，嘴巴瘦削，面色惨白，神情沉沉……难道这就是我吗？我怎么会变成这个样子呢？

老婆子责问我："我不是给你说过吗？再不能这样折磨自己了。这个家就是你的家，我们就是你的亲人，这还不可以吗？整天忧伤，损害身体，最后找弄个病灾什么的，值得吗？"

秋天的一个傍晚，两个骑马人沿着湖边的羊肠小径，撒着快颠步来到丹巴家的马桩上。原来是守边哨卡的那个大胡子长官，一同来的就是押送我到丹巴家的那个士兵。

丹巴老汉在蒙古包门前的沙地上铺了条大毡，与客人促膝而坐，天南地北地聊起天儿来。我和古木达按照老婆子的指示，噼里啪啦三下五除二地放倒一只大绵羯羊，煮了一大锅肉。

大胡子询问我听不听家主的话，干活踏不踏实，态度十分严厉。但是听了丹巴的话，马上来了一个大转弯，变得声音温柔，面带笑容了。丹巴夸赞我是个有礼貌，守规矩，干营生也很卖力气的好后生。老婆子又从旁边插嘴道："真没说的。要是有这么一个儿子，我们老两口儿就知足了，死了都无怨恨！"

丹巴拿出好酒来招待客人。看样子，大胡子是个好酒的人，接过酒杯就一定要让它空回，三大杯下了肚，话题也扩展得更加广泛了。听大胡子说，内地整天在打仗，打得连天上的飞鸟都无处藏身，一个叫"共军"的队伍非常厉害，一个个都是拼命的家伙，所以越打越勇，占领了很多地方，还有一个叫"国军"的队伍，好像是我们这边的人，但处处被那个"共军"打得焦头烂额。形势十分吃紧。

"不得了啊！如果打到这个地方来，我们可就遭殃了。"大胡子叹了一口气，又摇了摇头。

"不会吧，我们有佛爷保佑，还有大戈壁和大沙漠，外边的人能走过来吗？"丹巴问。

"那可说不定。听说人家双方都有飞机啊。那玩意儿可了不得。天上的云彩飘得够高了吧，可那家伙飞起来比云彩还要高啊！只要人家想来，一个人骑上一架飞机，用不了抽一袋烟的工夫不就飞到咱这里来了吗？"大胡子说。

"共军是坏人吗？"我悄悄问古木达。

"不知道。我还是第一次听说呢。"古木达回答。

第二天早晨临走的时候，大胡子把我叫过去教导说："人家说你不错，这样很好。今后呢，还是要好好干活，安心住下去。两位老人的话，丝毫不能违逆。依我看，你就干脆给他们当赘婿算了。这户人家不错，人缘儿好，家产也丰厚，还有这样一个聪明漂亮的独生女，你小子算是捞着了。待我寻个时间再来给你把事儿办了吧!"听那口气，简直就是个指教儿子的严父。

这事儿来得太突然，惊得我一时想不起说什么好，直愣愣望着大胡子飞身上鞍，撒着快颠步，沿着昨天的来路渐渐远去。

麻烦了，这事儿真麻烦了。我知道，大胡子的话实际上就是丹巴老两口儿的话。如果丹巴两口子亲自对我表示这个意思，我不会感到如此紧张。可今天却由大胡子出面赤裸裸地倾盆倒出，而且又让它变成不可违抗的严肃决定，确实使我惊恐无比，如坐针毡。说实在的，古木达是个非常讨人喜爱的好姑娘，容貌、身材、性情、劳动，不管是从哪一方面讲，都是无可挑剔的。我想，凡是见到她的小伙子，无一不为之倾倒。但我却不能。我是个已经有了心上人的人，是一个接受了别人诚挚爱情的人。我没有权利站在岔道口东张西望。我将终生不忘这一家三口人对我的情意和恩德。然而，如果有人要求甚至强迫我丢弃其木德而娶古木达为妻，哪怕是圣旨，也不可能使我老老实实地去顺从。可怜的两位老人太天真，太善良了。难道说，能够把戈壁滩上的野黄羊捉了回来圈在羊圈里饲养吗？这个道理，他们是应当清楚的。

我原来打算在秋末冬初不凉不冷之际逃出去。因为到了那时候就没有必要带很多的茶水，可以减轻穿越戈壁时的背囊。但现在却不能再推延了。于是，我便趁着一个大风之夜偷偷地跑了出来。

3

天亮时分风住了，却下起雨来了。

我爬上高高的沙峰顶向四处眺望，除了弥漫的云雾和越来稠密的雨丝外什么都看不见。不大一会儿，衣裳便湿透了。我一面啃着干奶豆腐，一面不停地往前跑。但一直跑到天黑还没有跑出沙漠去。雨后的沙漠空阔宁静，寒气逼人。没有烧柴，沙坑里只有沙竹和芦苇。就算有烧柴，在这被雨水泡透了的天地里还是无法生火取暖。我只得走一程休息一会儿，休息一会儿再走一程，咬着牙跑了一整夜。

第二天又走了一天，既困又饿，到了实在支持不住的地步。日落前爬上一道大沙梁往下一看，发现彼面坡下的盆地里住着一户人家。我惊喜非常，好似在绝望中见到了救星一般，但又怕是不是迷向失途转回到丹巴家。我趴在沙梁顶上，仔细观察了好一会儿。有蒙古包、羊圈和刚刚牧归的羊群，只是不见那湛蓝的湖面。这才放心地走下了沙梁。

算我运气不错，碰上了一个好人家。我吃饱喝足又美美睡了一夜，恢复了原来的精神和气力。第二天中午我便走出沙漠来到平展展的原野。沙漠和戈壁是回乡路上的两大难关，而现在沙漠已经走出，只剩下穿越戈壁，与其木德相会总算有了希望，心中那个高兴劲儿自然就不用说了。

小河芦苇齐人高
顺着风向左右摆
日思夜念盼君归
谁曾料想今朝来……

我禁不住放开嗓门儿唱起了家乡的长调民歌。

然而，一路上的地形地貌却越来越使我生起疑心来。因为，眼前的这个地势与我同笋布尔老汉一起走过的那个戈壁滩无论如何也对不在一起。我问路上的人家：这里是不是大戈壁？都回答说：不是。又问：戈壁在哪儿？答复也都是一样的：听说是在很远很远的地方。

这里的人都不知道戈壁究竟在什么地方，甚至有的连戈壁是什么地方都不知道。我不由自主地打了个哆嗦，只好朝着日出的方向走。可是，有一天早晨我惊奇地发现，那太阳却从西边的地平线升起来。我立刻意识到自己已经迷失了方向，只觉得两腿发软，浑身无力，痴呆呆地瘫坐在地上。但我清楚地知道，焦躁和绝望是最危险的，尤其在这样的情况下，可以说它就是通向死亡最便利的捷径。于是我挣扎着站起来朝着自己认为是正确的那个方向继续走去。

一天，我来到一个更为陌生的地方。到处都是一行行或者是一片片的树林，不知道都是些什么树，反正不是我老家的梭梭林。地面大多被人用铁锹或别的什么家伙翻过。有的地方虽然还长着一些各种各样的植物，但同样都不是我老家牧场上生长的野草。再抬头往前看，发现树林中有很多错落不齐的泥屋，还有很多人影在那里急急忙忙地来回跑动。我从来没有见过这种奇怪的地方，可不管怎么样，只要有人就是希望。我便顺着尘土飞扬的小路来到那些泥屋跟前。

突然，迎面跑过来五六个男人，都穿着一模一样的灰色短衣，个个手里都提着一杆杆的长枪，一看就明白，都是些当兵的人。我正要上前向兵哥哥们问好，却没有想到那些人直扑过来，也不问青红皂白，直接就左右开弓地连连给了我好几个耳光，同时在脚下又来了一个扫堂腿，还没等闹明白是怎么一回事儿，就把我仰面朝天地掀翻在地，再一翻给了一个嘴啃泥巴，用细麻绳五花大绑捆了个结实。我说我不是小偷，也不是什么坏人，是迷了路走到这里来的。兵哥哥们一听，有点奇怪地相互对视了一会儿，紧接着就不由分说用皮腰带劈头盖脸地狠狠抽打了一顿。打完之后，就推推搡搡地把我带到那些泥屋中间的一个小场地上。我战战兢兢地偷偷往四下里一瞅，原来，除了我之外还有十来个后生也是和我一样被捆绑着，垂头丧气地站在那里。

那些当兵的都是心狠如狼，没有一个人怜悯我们。我听不懂他们在说些什么，但也看得出是在喝骂着我们。我们被长绳索穿连起来赶着上路了。一路上经过的地方全都是一样的，树木、泥屋和翻过的土地连成一片，总也走不到尽头。蓬头垢面、流鼻涕淌口水的小孩儿们鼓胀着锅底般乌黑的肚皮，从各自的泥屋里跑了出来，站在路旁，用惊异的目光看着我们，还指手画脚地嘟囔着我听不懂的那些话。我还看到一些穿着破旧的小脚老太婆。看起来她们都很可怜，可她们又像是忘记了自己的可怜，却望着我们一个个都哀叹不止，有的甚至还不停地用破烂的袖口擦拭着自己的眼睛。

我忽然想起了古木达的妈妈和我已故的母亲，心中好一阵难受，差点儿掉下眼泪来。原来，天底下所有养儿育女的母亲都是一个样，时时刻刻都在为自己的和别人的骨肉揪心、伤感，好像她们就是专门为了把爱心全都倾注给下一代人而来到这个世界上似的。

一个老太婆跪在一个当兵的面前，擦鼻涕抹眼泪地说了一阵子话。当兵的听了，朝我们这些被赶着走的人喊了一声。我前面的人闻听口令立即都停住了脚步，我因为弄不清那一声喊叫的意思而撞在了前面的人身上，前面的人回过头来白了我一眼。

老太婆吃力地挪动着她那双可怜的小脚，摇摇晃晃走进一间矮小的泥屋，不一会儿工夫又摇摇晃晃走了出来。所有人的视线一下子都集中在老太婆的身上。她身后跟着一个年轻女人，一手拿一个黑瓷老碗，一手提着一个看不出原来是什么底色的破茶壶。看到有了喝水的希望，我才意识到了自己的干渴难耐，恨不得立刻冲上前去，夺过茶壶，一口喝它个底儿朝天。但那些当兵的却把年轻女人叫了过去，你争我夺，不一会儿工夫就把一壶茶水喝了个干净。

女人又提来了一壶茶。这一回才轮到了我们这些被捉来的人。当女人从最前面的人开始挨个儿给倒茶的时候，老太婆躲过众人的注意颤巍巍来到了我的面前。我感到非常奇怪，猜想着一定是因为我的穿着打扮与他人不一样，引起了老太婆的好奇心。老太婆对我上下打量了一番，又说了几句话，好像在问什么，可惜我一点儿也听不懂，只好无奈地摇了摇头。老太婆又向左右看了看，然后从衣兜儿里掏出两颗鸡蛋塞入我的手里。一阵强烈的震动滚过我的全身，我情不自禁地双膝跪倒在这个萍水相逢的老太婆面前……我已经是两天没有吃东西的人了！

可我却没有口福吃那两颗鸡蛋，硬是让那个喊口令的兵痞从怀里搜出，眼睁睁看着他塞进那令人憎恨的狗嘴里去了。

我们就这样被捉去当了兵。我的顶头上司叫张班长，三十出头，是个暴戾异常的坏家伙。打骂班里的士兵是最常见的事儿，尤其对我更为残暴，老叫我是"牲口"。我最头痛的事情就是语言上的障碍。由于我听不懂他在说啥，挨打受骂总是比别人多一份儿。同班的士兵们见我受罪深重，一个个都痛心有余，可就是没有解救的办法，只好你一言他一句地教我学汉话。我无时无刻不在打算逃跑，就是因为不知道家乡在什么方向而不敢轻易下决心。

这样熬过三四个月，我也就几乎变成了一个痴子。

有一日，兵营里突然来了一个大官模样的人，后边跟着几个带枪的护兵，威风真不小，把张班长叫了过来，首先给了几个响亮的耳刮子，又声色俱厉地骂了一顿，便交给护兵捆起来带走了。

啊呀，平时的张班长是何等样人，在我们这些士兵面前他就是太爷，就是老祖宗，可到了大官面前他又变成了比我们这些下等士兵还要可怜的没有妈妈的小羔羊。我虽然恨透了张班长，但看到他那连一口大气都不敢出的可怜样儿，却又反过来为他心酸得不得了。当他耷拉着脑袋反剪着双手从我们面前走过的时候，我赶忙来了一个立正姿势，又从心底里郑重地行了一个新近才学到的军人注目礼，算是对班长的敬意和送行了。

张班长到底犯了哪门子王法，全班士兵无一人知晓。我们都很惊讶，也很害怕。张班长走了之后，来了一个叫孙班长的人接替了他。这个孙班长四十多岁，瘦高个儿，有点儿驼背，脾气倒是挺好的。我用十分别扭的汉话丢三落四地回答他的问话，他不像张班长那样破口大骂或者拳打脚踢，而是露出被东生烟熏黄了的满口黄牙大笑不止。

突然，上边下来命令，队伍向南进发了。

听说，我们这是在开赴前线，就要和共产党的队伍开仗了。我想起了守边哨卡大胡子长官在丹巴家里说的那些话。共军不是在很远的内地同国军打仗吗？怎么就这么快轮到咱们去打共军了呢？一定是内地的国军打不过共军，需要咱们开过去给内地的国军帮忙了！

因为正值正月热闹期，人们的反感实在太大，一路骂声不绝。都是步兵，一个跟着一个接踵行走。到底有多少人谁也数不清，前面望不到排头，后面看不见队尾，行列长得吓人。敢于同我们这么多人打仗，看来那共军的人数也不比我们少多少吧，我心里这样想。

走了七八天，到了陕西地方的边缘。上边又传下话来，队伍就地驻扎，听候命令再行动。

我问孙班长："怎么又不走了？啥时候和共军开仗？"

孙班长笑了笑，反过来问我："怎么？你就不怕打仗吗？"

我说："咱们人多，怕啥？"

孙班长摇了摇头，说："嘎拉桑，不是那么回事啊。真打起来，咱们根本就不是人家共军的对手。你娃娃没有见过共军，所以就不知道共军的厉害。这个仗打不得，要多为自己的后路着想。冲锋的时候，千万不能跑在前头。如果共军反扑过来，老远就用双手把枪举在头顶，老老实实跪下不能动。那样才能保住自己的性命啊！"怕我听不大懂，孙班长还比画着做了示范动作给我看。

听了孙班长这番话，我心中一愣：原来班长也怕共军，不愿意打仗，说明那共军就是厉害了。既然这样，我为啥还不打算给自己留条后路呢？共军又不是巴颜阿哈，跟我无冤无仇，我打他们干啥？再说，我自己都被捉了来当兵，为什么还要替别人可劲儿卖命？不小心被共军打死，岂不是对不住其木德？

然而，我们既没有前进，也没有打什么仗，就在那个陕西地方屯扎到三月底，便又顺着旧路撤了回来。听别人讲，共军在内地与国军激战，暂时还没有空儿前来跟我们开仗。因此我心中暗自庆幸，祈祷苍天保佑，平安地回家同其木德团聚。

这期间，我的汉语有了较大的进步，虽说尚不能完全表达自己所想的一切，但对别人在说什么基本上还是能够听得懂了。孙班长叼着他那铜锅木杆儿的小烟袋给我们讲故事，我们以为班长所讲的都是人世间曾经发生过的真事，都被深深地吸引着。牛郎和织女、许仙和白娘子、李甲和杜十娘，都曾经结为恩爱夫妻，但结局都很悲惨，无一获得美满。不知什么缘故，孙班长净讲这些令人心酸的故事。还指着天上的银河说，那就是隔绝牛郎和织女的天河，波涛汹涌，浩渺无垠，没有桥梁和船只可渡，唯有喜鹊怜悯牛郎和织女，每逢七月七日便成千上万只的飞临天河，搭起一座鹊桥，让那苦难可怜的夫妻得以见一面。听着听着，我总是禁不住悲伤起来，认为班长讲的就是我和其木德的事儿。

到了秋天，又传来内地战事吃紧的消息，说共军已如剃刀刮毛般地将内地国军消灭干净，现正在向我们这边压过来。

"这可怎么办好？"我问孙班长。

"别着急，听我的就是了。"孙班长说。

时隔不久，又传来消息说，共军锐不可当，已经逼近省城，当官的和有钱的都携家带口纷纷逃往大海那边的一个叫作台湾的地方，时局急转直下，西北国军已成为暴风骤雨来临前的几片残叶了。

舆论哗然，人心浮动，队伍里开始有人逃跑了。我想，老爷们都各自顾命去，队伍也已经成为秋后的蚂蚱，我为什么还傻呵呵地待在这里不走？来吧，我也给他个一走了之算了！

但为时已晚，难逃厄运了。我们奉上峰的命令，被逼着走上了生死难卜的战场。

"紧跟着我，一步也不能离开！"孙班长给我下了一道严令。

突然枪炮声大作，子弹呼啸着从头顶掠过，刚才还晴朗明媚的天空，一刹那间变成了浊浪翻滚的一潭泥水。我穿过浓密的烟尘跟在班长的后面飞跑，一阵喊杀声喧腾而至，整个大地连根儿颤抖起来。

"卧倒！"孙班长竭尽全力地大喊一声，拉着我滚进一个深深的弹坑里去。同班的兵友们早已不见了踪影，弹坑里蜷缩着的只有班长和我。

"缴枪不杀！"一声断喝，天摇地动。我慌忙抬头一看，原来是顶天立地的五六个共军站在弹坑的边沿上，那威风劲儿简直就像从天而降的天神一般。班长和我哪有敢跟天神较量的勇气？于是就规规矩矩地举起了双手，当了人家的俘虏。后来才知道，缴了枪的不光是班长和我二人，而是我们的人都当了俘虏。据说，有的人还喊"共军爷爷饶命"呢。

我们马上被转送到后方去了。因为不知道到了后方还会有什么样的遭遇在等待着我们，我心里一直很不安。可是，我们却得到了料想不到的温暖，每个共军都很和气，让我们吃饱喝足，还安排住处叫我们好好休息了两天。后来给我们上课，讲时事政治，又讲革命道理，还教我们学唱革命歌曲。老师们得知我是蒙古族，越发变得亲热起来。半个月后我们结束了学习。我提出回家的要求，立即得到了允准。正好解放军一个团要开往我们的旗，我便跟着他们登上了归途。

4

我不但活着而且还平平安安地回到了家乡，这引起了人们极大的好奇。人们一个接一个地询问我到底是怎么走出沙漠的，怎么穿过大戈壁的，还问共产党的队伍是不是已经打到旗里来了。我把自己在外的经过如实地告诉乡亲们。我说，共产党解放军很快就要来解放我们了，他们是天底下最好的人，我们应当热烈地欢迎他们。我又把新学到的歌曲《东方红》唱给乡邻们听。乡邻们都用惊异和奇怪的眼光看着我，认为我见多识广，差不多跟旗札萨克王爷一般聪明和有知识。老人们说：这是对的。俗话说，周游各地的愚夫，就是胜过坐穿垫子的智者嘛。年轻人一伙又一伙的奔我而来，学唱《东方红》和《三大纪律八项注意》等革命的新歌曲。

我最要紧的事儿就是尽快同其木德见面。可是，巴格达木勒敖其尔巴图却抢先了一步，捎信儿过来要我去见他。也好，这个事情有何不可，我还正想见他一面呢。人家解放军已经到旗上来了，他敖其尔巴图还能把我怎么样？说不定见了我就点头哈腰的也未可知。

我单身独骑来见敖其尔巴图。

这个老家伙是个富人脚下的哈巴狗，穷人头上的阎王爷。威逼其木德的父母，强行将其木德送给巴颜阿哈当小老婆的是他；后来把我抓起来抽了二十五皮鞭，送交旗衙门并发配到大沙漠的也是他。我觉得，就是扒了他的皮，抽了他的筋，也不能够解我心头之恨啊！

"你的流放期满了吗？如果期限已到，旗衙门一定是开给你一张证书的。拿出你的证书来吧！"没想到老家伙一见面就这样质问我。

不知是怎么回事，听到他这一声喝令，我心里猛一阵紧缩。来时那天不怕地不怕的勇气和一路上准备好了的严词激语早已荡然无存。

　　"是解放军把我送回旗里来的。"我只好老实说。

　　"什么解放军？你说的就是那个借人家房子住的借房军吧？"敖其尔巴图以浓重的鼻音发出几声冷笑，"这么说，你这是在倚仗那个借房军来威胁我的意思了？我告诉你，那都是一些有早没晚、有今日没明天的过路客，到了时间就得退还人家的房子，拍起屁股要走的。那样的人能靠得着吗？不过，既然从那流放地把你开释出来，他们总得开给你一个开释凭据吧？给我拿出凭据来！"

　　这又是一件麻烦事儿。人家没有给我什么，我从哪儿弄什么屁凭据？

　　"没有凭据……"我说。

　　"没有凭据可不行啊。都像你这样目无王法，肆意乱来，这天下不就成混沌一团了吗？因此，本达木勒只好公事公办，把你交回旗衙门去了！"

　　我第二次被送到旗衙门去。

　　笋布尔老汉照旧干他那个狱卒的老差事。

　　我有些不好意思，说："又给您老添麻烦了吧……"

　　老头儿摇着头说："你是说流放的事儿吧？那是旧社会的事情，都已经过去了。如今旗衙门不再那么威风，管不了那么多了。依我看，你的事儿也就没有人再追究了吧。"

　　事情果真被老头儿言中了。别说是再往流放地押送，就连犯了什么事儿的话也没有人来问我。这样过了半个月之后，有一天突然把我带到外边的一个地方去。

　　有个穿中山服的首长对我说："扎，你的问题是属于旧社会遗留的事，所以，随着旧社会的消亡而消亡是理所应当的。现在你没事了，自由了，回家参加劳动，努力生产，好好过日子去。就这样，去吧！"

首长的这一席话就是对我未来的美好祝福，使我感动得不知怎样感谢才好。然而，事情却没有向首长所祝福的那个美好方向发展下去。不久，我第三次被送到旗上来了。

中山服首长见了我，禁不住笑问："你怎么了？又捅出个什么事儿来了？"

我赶忙回首长的话："不是我捅出什么事，而是巴颜阿哈那老东西他死活不讲理……"

一阵问答结束，我又蹲我的班房去了。但这次却不同于前一回，进监后不到一个月的工夫，就被提审了好几次。

事情的原委是这样：我和其木德是从小在一起耍大的一对。我们两家从来就住在一道沙梁的两边，吃的是同一口井的水，虽然不是亲戚，但关系比最亲的亲戚还要密切。后来我爹妈双双去世，其木德父母就把我接到自己的家里一块儿住。两位老人只生其木德这么一个女儿，所以打算招我入赘，继承家业。其木德和我自然是没有意见的。本来准备在那年正月办事儿，却没想到巴颜阿哈那老东西突然横插进来，抢走了其木德。当时其木德才十七岁，而巴颜阿哈已经是快六十的老头儿了。娶亲队伍刚一启程，我便偷偷跟着去，就在男方的婚宴之夜领着其木德逃了出来。但是，第二天我们就双双被拿住，厄运便毫不客气地降临到我的头上，我被流放到大沙漠里去。这次则不一样。我找巴颜阿哈去讲理，还没有说上两句话，老家伙就暴跳如雷，扑上来要打我，我抄起一根梭梭棍，照老家伙的光脑袋砸下去，可能是用力稍猛了一点，打断了他的右胳膊……

我将这一切一五一十作了交代，但没有得到宽大处理。

原来，巴颜阿哈虽然强娶其木德做了小老婆，但那是旧社会的事儿，与新社会无关；说他娶了两个老婆，可那也同样是旧社会的事儿，与新社会还是无关。这一切只能说是旧社会的封建残余，而封建残余只能逐步地去清除、消灭，却不能也不可能一朝一夕就消除干净。这样一来，虽说我自己一直认定其木德应当是我的老婆，但因为没有正式迎娶而不能说是我的老婆，应该说是巴颜阿哈的老婆，所以我带着其木德从巴颜阿哈家逃出来，不能算是领回自己的老婆，而是成为引诱他人老婆私奔的勾当。尤其这次抡棒打折人家的胳膊，旧账加新罪，我的问题就变得严重了。

没有什么东西比理大，理是至高无上的。我诚恳地认罪伏法，接受了两年的劳动改造。两年共计七百多天，说起来，天数也不算太多。但对我来说，这两年比十年还要长。劳动改造有个好处，就是能够天天出外劳动，风吹日晒，跟野外放牧差不多，只是被持枪的警察看管着，没有自由。如果，七百多天全都关在班房里度过，说不定我可能会因烦躁难耐而发疯的。

在我劳改的这两年内，家乡的变化可真不小。原来的巴格达木勒敖其尔巴图成为新成立的巴格人民政府代巴格长。宣传员们一天到晚忙忙碌碌地宣传共同纲领、选举法和婚姻法。中苏友好活动和抗美援朝运动轰轰烈烈地进行着。家家户户都张贴着写在红纸上的《爱国公约》。特别是我同辈的男女青年大多胸前都别着时兴的"金星"或者"新华"牌的自来水笔，白天参加生产劳动，晚上集中开会学习，嘴里还哼着好多新曲儿，那神气劲儿简直叫人刮目相看，也叫人眼热嫉妒。

关于其木德的消息，使我大吃一惊。人们告诉我，其木德已在半年前同巴颜阿哈离异，现住在自己的家里。据说，巴颜阿哈不同意离婚，软的硬的万般手段都用过了，就是不能改变其木德的主意。其木德的态度异常坚决，好几次要寻短见，把那个老东西吓得心惊肉跳，日夜不安。同时新婚姻法也给其木德撑了腰，迫使巴颜阿哈只好搔着光脑袋请人写了离婚书交到巴格人民政府去。

我高兴得差点儿哭起来。流放、抓兵、关押、劳改，以及其中的惊恐、忧愁、苦难、悲哀，一切已经都成为过去，也就没有必要去追忆，去伤感。男人到底是男人，受点儿折磨也无所谓。女人可不一样，尤其是其木德更可怜。含苞待放的黄花闺女，却被抢去做人家的小老婆，成为比自己大几十岁的肮脏老头儿手中的玩物，还要承受大老婆的嫉妒与虐待，真可谓是饱尝了人间的巨创深痛！但其木德又是幸运的。人民政府挽救了她，婚姻法又为她做了主，她终于摆脱了苦难，走向自由和幸福。

我立刻动身到其木德家去。

因为父亲在一年前去世，家里只有其木德和她的老母亲。我的突然到来，使母女俩惊喜万分，忙乱不知所措。喝茶间，我意外地发现东北哈那脚下睡着一个襁褓中的婴儿。原来，其木德已经是一位母亲了。

"才四个月……"其木德用极低的声音说，避开我的目光，低下头去用指甲抠袍襟下摆上的油斑。她那可怜的模样，一下子揪住了我的心。毫无疑问，她是在担心我会说出什么尖刻的可怕话来。

蒙古包里顿时变得鸦雀无声。可能是认为自己在妨碍着我俩的谈话吧，其木德的老母亲悄悄起身走出去。

趁这机会我对其木德说："不要胡乱猜想。我虽然恨巴颜阿哈，却没有权利去恨一个无辜的孩子。孩子没有错，你也没有错。只要是你的骨肉，我就像疼爱你一样去疼爱他。你要相信我，我可是从来没有说谎话哄骗过你啊！"

5

要结婚，必须先到巴格人民政府办理结婚登记手续，这是新中国成立后新立的规矩。按照这个规矩，我和其木德便来到巴格人民政府。

由于政府没有专门的办公室，代巴格长敖其尔巴图就在自己的家里办公。当我们走进他的蒙古包时，巴格长独自坐在火撑子北边，手拿一张纸，用食指逐个指点那上面的文字，正在聚精会神地认真阅读。

我向巴格长报告了我们的来意。

巴格长抬起头，再一次从架在鼻梁上的眼镜框上面冷冷地扫了我一眼，然后对着其木德厉声说道："你这个小婆姨究竟是怎么回事？跟着野汉子私奔有你，死去活来地闹着离婚也有你，样样丑事都干够了，还不甘心，还要领着这个流放犯来搞什么结婚登记。你是挣断了缰绳的马匹？还是打折了鼻棍子的骆驼？眼里到底有没有纲常王法？我且问你，你的事儿啥时候才有个完结？闹得本政府一天到晚就忙你一个人的事。岂有此理！快回去，好好孝顺你的老母亲，规规矩矩地参加生产劳动。没有去信儿叫，不得再到这里来！"

"如今不是在宣传婚姻自主吗？"其木德壮着胆子反问巴格长这样一句。

"婚姻自主？"巴格长用他那浓重的鼻音冷笑两声，从公文包里又拿出一张纸，不耐烦地说，"这上面在说什么，自己看吧！"

其木德没有去接那张纸。其实，其木德和我都不识字，因此也就都没有必要向那张纸伸手，给自己找多余的麻烦。

"不看？那我来念给你听吧！"巴格长用右手食指从上到下逐字指点着高声念了一遍。

原来那是巴颜阿哈写给巴格政府的一封信。信中说，其木德是他巴颜阿哈明媒正娶的合法妻子，婚后二人恩爱超常，亲密无间，只因有犯人嘎拉桑从中插足，极力挑拨离间，其木德年少无知而受其蛊惑诱骗，一时心迷情乱，跟从贼人，以致最后越发昏沉糊涂，虽百般劝导而不肯回头。所以他只好遵照人民政府的婚姻法，并依从其木德的要求，同意与其木德解除夫妻关系。今后，其木德嫁给什么人他都不反对，但如果不思悔改前非，仍与犯人嘎拉桑继续勾搭甚至结为夫妻，他将撤回此书，至死不吐"离婚"二字。希望巴格政府为他做主，使犯人嘎拉桑的罪恶企图不能够得逞，并以此为戒，教育日后的效法者，杜绝破坏和睦家庭的淫乱根源……

谁人能够料想得到巴颜阿哈竟有如此的黑心毒肠？来时的高兴劲儿早已被敖其尔巴图的喝骂声扫了个精光。一路上其木德不住地揩拭着眼泪，我也想不出几句像样的安慰话，双双被笼罩在沉重的愁云悲雾之中。开始变黄的草尖儿在随风摇摆，好像也在为我们的苦命而沮丧。

"逃出这个魔掌，要远走高飞，不行吗？"其木德突然这样问我。我看见其木德的泪眼中闪现着一种不常见的希望的光芒。逃走是可以的，但毕竟不是件容易的事。拉家带口的怎么走？家当和牛羊骆驼怎么办？走到哪里去？如果说保险，那就要到戈壁西边的大沙漠里去。可我们现在有可能走到那地方去吗？

大概是看出我们的希望已经成为泡影，其木德老母亲没有多问什么，只是轻轻叹了口气，从其木德的怀里接过孩子，悄悄坐在一边哄她的外孙女去了。我和其木德自然都不愿多说什么，无精打采地去把羊奶挤了，也没有心思做饭吃，傍晚时分喝了点炒米茶，我便在外面铺了一条小毡独自躺下。

秋夜的天空清澈如洗，密密麻麻的无数颗星斗横空托起一条宽长无比的银白色哈达，两端分别垂向遥远的南北天际。但它却不是象征吉祥、纯洁和尊贵的哈达，而是隔绝牛郎和织女的罪恶的天河。

我突然想起了孙班长。

孙班长是个好人，是个顶好的好人。如果没有同孙班长相遇，我的命运将会是怎么样呢？我这个人本来就是个顾前不顾后的愣头青儿，说不定一时心血来潮，瞎驴随着大溜跑，端起手中的烧火棍，迎着人家解放军胡乱"乒乓"几下，便脸贴黄土背朝天，比谁都先来个一命呜呼也未可知。假若真是那样，这时候骨头也早该散了架了吧。自从那次解放军学习班上分了手，别说是再见他一面，就连关于他的一丁点消息也没有听到。临别时他曾对我讲，他要回老家种地去，而且把自己老家的地名也告诉了我，让我抽空去他家做客呢。好人啊，想起来真不是滋味儿！说来也奇怪，那时候孙班长为啥给我们净讲那些生离死别的悲惨故事呢？是不是知道了我和其木德的遭遇才讲了那样的故事？不可能。因为我从来没有向他透露过我们俩的事。孙班长说，天上有个叫王母娘娘的老婆子，坏得不得了，天河就是她为了拆散和折磨牛郎织女，拿自己的玉簪画出来的。现在联想起来，孙班长说的那个王母娘娘就是巴颜阿哈，天河就是专门破坏他人幸福的巴格长敖其尔巴图。

从蒙古包方向传来孩子的哭闹声。

这孩子是巴颜阿哈那老东西的骨肉啊，我心里这样想。但我不会歧视她，更不会虐待她。因为她归根到底还是其木德的亲生女儿，所以我一定会像疼爱其木德那样去疼爱她，像保护其木德那样去保护她，绝不存二心。那天给其木德讲的那些话，是我最真诚的心声，没有丝毫的杂音在里面。我可以对别人扯点儿小谎什么的，可是对其木德却终生不说半句假话。孩子是无辜的，只要我真心实意地爱护她，抚养她，孩子也会把我当作她生身父亲来看待，甚至见了巴颜阿哈说不定还真不认他是亲爹呢！

孩子的哭声停止了。可能是把小肚肚填饱了，又安详地睡她的觉去了。

其木德走出蒙古包径直朝我这边走来。我知道，这阵儿她也和我一样被愁绪折磨而不能入眠。

“夜里很冷，您会受凉的。走，到蒙古包里睡去吧。”其木德坐在我的身旁，用细微的声音这样说道。

“不要紧，盖这么厚的被怎么可能着凉呢？”我说。

新月的斜照下，其木德面容显得更加憔悴，完全被忧伤的阴影笼罩着。

我想起了其木德的童年时代。

那时候的其木德是个没有烦恼，没有忧愁，美丽的脸蛋儿上永远存留着早晨的太阳一般幸福的微笑，令心情再不好的人见了也都立刻转悲为喜的姑娘。然而，现在的其木德脸上已经看不出当年的那种微笑了。难道说，生活就是应该这样折腾和煎熬人的吗？

既然从巴颜阿哈的控制下摆脱出来，为什么还要把自己的命运继续交给巴颜阿哈去掌握呢？我和其木德商量再三，最后还是决定结合在一起了。但心里总是觉得不够踏实，就怕有朝一日会生出什么麻烦事儿来。果然，事情确实没有出乎我的意料，不到一个月的工夫，就有麻烦找上门来了。

原来，"人"这个玩意儿有时候真能充当下贱货。分明是别人家的事儿与他毫无干系，可偏偏有人就是喜欢狗拿耗子，想方设法去打听、了解，表现出非常关心的样子。之后，便来一个"郑重其事"的议论。这一议论可不得了。本来是沙坑里的一只小兔，经过一番议论却要变成山顶上的一群盘羊，而且由一传十，由十传百，不用几天时间就传遍全巴格。结果呢？气急败坏的巴格长敖其尔巴图有一天突然来到其木德家的拴驼桩上！

一旦决心下定，女人是不可小视的。面对巴颜阿哈的淫威，这次其木德进行了针锋相对的争辩。"巴颜阿哈大，还是政府的婚姻法大？""我究竟有没有享受自由和婚姻自主的权利？"……其木德一连串的质问令巴格长张口结舌，脸上红一块青一片的十分难看，只是因为新社会不允许抢马棒、挥皮鞭，所以也就不敢像以前那样胡作非为，无奈中只好咬牙切齿地狠狠瞪了我几眼，便骑上骆驼连连抽了几鞭，一溜烟儿地走了。

这一下事情不好了。时过不久，公安局来了两个背枪的人。

"这个人没有错，更没有罪，为什么要抓这个人？如果一定要抓一个人去交差，你们就把我抓走好了。我情愿替他去坐牢！"其木德哭喊着下跪求告公安，弄得两个公安非常为难。

公安再三解释说，谁犯罪就抓谁是政策的规定，没有犯罪的人不能替犯罪的人去坐牢，政策里没有这样的规定。可是，不管他们怎么解释，其木德就是听不进去。

"这是我的家，是我把这个人接到家里来同居的。如果说犯了政策，那是我的事，跟这个人没有关系。我跟你们去！"说着，其木德把女儿扔给老母亲，收拾衣物准备要走。

但是公安哪能听她的摆布？最后还是把我捆起来带走了。这样一来，我第四次被送到了旗政府所在地。

这一回，中山服首长不但没有笑，反而大骂道："已有前科，还不悔改，竟敢再度触犯法律，难道说，不干坏事你就过不成日子吗？本人搞法律多年，还没有见过你这样顽固不化的坏分子！"

6

七年之后，我又回到自己的家乡来。

乡亲们见了，都说我头上有了白发了，脸上有了皱纹了，一句话就是说我变老了。

有可能不变老吗？两千五百多个日日夜夜，而且是枪杆子底下的、被剥夺了自由的两千五百多个日日夜夜啊！我的变老是应该的，人们的惊奇也是应该的。然而，比起他们来说，我感觉到的新奇东西就更多了。特别是家乡的变化，确实是使人感到有些陌生。原先的苏木、巴格等行政区划单位已经被人民公社和生产大队所代替，凡有大小水源的地方差不多都被开了荒，叫作生产大队的饲料基地。

我被安排在大队饲料基地干农活。这倒难不住我。因为我在外地接受劳动改造期间就干过田间的营生，虽然算不上是个有经验的农民，但比起没有接触过农业的牧民还是强多了。

听说其木德已经成为大队的一名牧民，正在放牧大队的一群羊，我找了一头毛驴准备去见其木德，却被饲料基地的队长拦住了。

"嗨，哪里去？谁给你准的假？"饲料基地的聂队长显出愠色，厉声喝问。原来，饲料基地还有个请假制度，哪怕走一天，也必须向队长请假。

"那就请你给我准两天的假，我要去见其木德。"我说。

一听这话，聂队长却摇起头来了："啊呀，这我可做不了主，你还是去问大队长吧！"

但大队的顾队长是个没有一点人情味的家伙，不管你怎么求，怎么解释，就是不给你准假。我又气又急，恨不得一拳头砸扁那个姓顾的家伙。可是我想起中山服首长骂我的那句话，只好强忍怒火，悄悄作罢。

不料，有一天其木德却突然来到大队部。

我不禁大吃一惊：这就是我的其木德吗？如果是在他乡人多之处不期而遇，我还能认出这个又黑又瘦的老婆子就是我的其木德吗？常年的风吹日晒，吃苦劳累，尤其是超负荷的内心痛苦，使其木德完全失去了昔日的光彩，过早地变成了一个与其实际年龄不相称的老妪。本来，其木德是小我两岁的，可现在十个人中有八九个人肯定要说她比我至少大五六岁。

"为啥直到现在还不去家一趟？"其木德说着用破旧的袖口不住地揩眼泪，引得我也差点儿掉下泪珠来。出工下地的饲料基地社员们用异样的眼光注视着其木德和我，妇女们还唧唧咕咕议论个不停。但其木德却置之不理，只顾说自己的话。

"你给这个人准几天假，让他跟我一起回趟家吧！"其木德对顾队长说。

"回趟家？"顾队长掉过头看了我一眼，就问其木德，"这么说，你们二位是一家人了？"

其木德一听，立即反问顾队长："怎么？直到今天你仍然把我看作是巴颜阿哈的小老婆吗？而且是不是还觉得那样才合理呢？"

这一问，把个顾队长给镇住了。因为顾队长对这里以前的事儿知之甚少，只好坦白说："啊呀，这个事情……我……我还不大了解，确实不大了解……"

"不是不了解，应该说是不知道！"其木德指着我说，"这个人走了六七年才回来，现在回趟家看一看还有什么不可以的吗？"

顾队长没了办法，最后同意给三天的假，可是又把我叫到一边儿去，警告道："三天啊，听清了没有？必须在限定的期限之内赶回来！别忘了，你跟平常人不一样，你是个劳改释放犯啊！"

"咚！"一声巨响，我的心犹如断了绳儿的秤锤，沉重地坠落在地上！本以为按照党的政策，国家的法律，接受了七年的劳动改造，已经把罪行都赎尽了，现在看来压根儿就不是那么回事，是我想得太天真、太幼稚了。"劳改释放犯"是个什么样的概念呢？是说，这个人虽然刑满被释放出来，但依然还是个"犯人"，只不过是一个身在监外的"犯人"罢了。正因为是这样，才把我专门安排在人口比较集中的大队饲料基地，好在众人监督之下继续实施对我的劳动改造啊！

"劳改释放犯"这个令所有社员群众都十分惧怕接近的臭帽子，看来我大概要一辈子戴到底了。可我还是抱着一线希望，老老实实接受改造，拼命参加生产劳动，争取有那么一天摆脱这个比狗屎还要臭的坏名声，在光辉无比的阳光普照下，同那些无罪的好人一样呼吸自由的空气，过上一个真正的人的生活。然而，这一等就是好几年，"摘帽子"的事似乎成为永远的梦幻。

在这个漫长而又悲苦的期待中，只有可怜的其木德领着她的小姑娘，隔几天来一回饲料基地看望我，夏秋天送来甜酸奶子、奶油、奶豆腐，冬春季节便想着法儿多弄些牛羊肉给我，而且每次来都为我洗刷缝补，用女人特有的细心和深切的情意照料着我的生活，安慰着我的心，使我获得了生活的勇气和对未来的希望。时间一长，无论是大队的顾队长、饲料基地的聂队长，还是其他社员群众，也就不再奇怪和议论我和其木德之间的关系，逐渐都习以为常，甚至有时还准许我请几天假去其木德家看看。

有一次，公社开了一个特殊的会，名称叫作"思想改造座谈会"。参加座谈会的人都由公社来指定，而且，被指定的任何一个人不管有什么事情，哪怕是什么特殊情况，一律都不能请假，更不得悄无声息地随便不到会。巴颜阿哈和他的老婆、敖其尔巴图和他的老婆、阿拉腾席热庙的大喇嘛确吉加木苏、外号叫"枣骝马大人"的朝格图格日勒、喇嘛医生罗布桑等二十三个人，再加上我共计二十四个人参加了这个座谈会。如果你稍一留心就会发现，这二十四个人里就没有一个"好东西"，不是"有钱的"就是"干坏事的"，一个个都是"黑名单"上的坏家伙。

这个会开了整整十天。白天听干部们讲时事政治，晚上谈自己的心得体会。有专门记录员跟班做记录，只要有人说话，便一字不落地全记在本本上面。参会的人一个个都必须谈认识、讲心得，挖落后思想的根源。老头儿老婆子们被逼得不但大伤脑筋，而且心惊肉跳、如坐针毡，虽说当时正值隆冬季节，却都被汗水泡得快要变成煮烂了的面条儿。要说谈认识、挖根源最好的，在我们二十四个人当中就数能说会道的"枣骝马大人"和油嘴滑舌的喇嘛医生罗布桑二人了。

自从那次打折胳膊以来，我一直没有再见到过巴颜阿哈。这次相见，老家伙比以前瘦多了，也老多了，当年那个神气劲儿已经再也见不着了。座谈会的第一天，老头儿主动前来问我好，我没有理睬他。为此老头儿可能心中难受，一天夜里在谈认识的时候作自我批评说："过去我仗着自己有点财产，干了许多对不住党和政府、对不住人民群众的坏事。就拿这位嘎拉桑同志来说，本来人家其木德的父母亲就决定招嘎拉桑同志为赘婿，守家承业，我却从中作梗，硬是把其木德抢去做了小老婆，而且还让嘎拉桑同志背上罪名，流放沙漠，吃尽了苦头。后来，当其木德跟我离婚的时候，我又给巴格政府写信，阻挠嘎拉桑同志和其木德同志的结合，犯下不可饶恕的罪行。今天，我愿意当着各位首长和众乡邻的面，向嘎拉桑同志赔罪，并表示我痛心悔悟和重新做人的诚意！"说着便勉强站起来，向我做了一个九十度的鞠躬。我压根儿也没有想到他会来这么一下，感到突然和困窘，反而觉得很不好意思和有点儿不知所措。

会后，我请了两天假来看其木德，将巴颜阿哈赔罪一事告诉给其木德。

其木德默不作声，半晌才叹了一口气，喃喃说道："晚了。不要说鞠躬，就是下跪磕头又有什么用？一切都过去了，让我们也都忘记过去的一切吧！"

夜里，等老母亲和女儿都睡熟之后，我和其木德谈了很久，当然也就谈了很多。

其木德问："不管那老东西怎么悔恨，怎么赔不是，现在说来都是无关紧要的事了。倒是咱们两个到底怎么办？就这样各自单独过，过到啥时候才有个了结呢？"

其木德向我提这个问题已经不止一次了，只是我一直到如今还不曾给她一个明确的答复而已。但这次我却觉得再也不能像以往那样含含糊糊、东躲西闪了。

我说："再等一等吧。我想，我的问题总会有个明确结果的。现在跟以前不一样，登记结婚不会有什么大的麻烦。可是，我这个'劳改释放犯'的帽子怎么办？对你们不会产生政治影响吗？尤其对孩子，我考虑的就更多些了。我虽然不是孩子的亲父，可咱俩成为夫妻之后，我就当然地成为孩子的继父了。众人的嘴巴是堵不住的。当孩子的同学们都说她父亲是一个劳改释放犯的时候，孩子会怎么想啊？所以，我认为咱们还是再等一段时间，看看形势的变化为好……按理说，我是个已经按照政策和法律接受劳动改造、把从前的罪过都赎尽了的人，不可能戴一辈子犯人的帽子。再不犯法，不违反政策，安分守己地过日子，我相信总有一天上边会给我一个公道对待的……"

然而，在我心里就不是这个话了。因为，"座谈会"已经清楚地告诉我：情况正在发生变化，形势的发展越来越不利于"只占全国总人口百分之五的人"，而被指名参加"座谈会"的二十四个人正是属于那个可怕的"百分之五"啊！

7

"无产阶级文化大革命"证明了我的猜度和担心完全正确。

"文革"风暴刚刚刮起，我便以"劳改释放犯""二流子""坏分子"等多种罪名，同活着的十来名"座谈会成员"一起被当作第一批牛鬼蛇神揪了出来。大队部召开了规模空前的批斗大会。我们饱尝了野蛮的人格侮辱和残酷的肉体凌虐。由于严令每个畜群点必须来人参加大会，我从人群中看到了其木德。其木德不敢抬头，而且把脸掉转过去，用她那破旧的袖口不停地擦着眼泪。

其木德不会也被打成牛鬼蛇神吧？我最担心的就是这个问题。我算是已经见过世面的人了，被流放过，被劳改过，这还不够，还成为永远的劳改释放犯，现在又变作什么牛头鬼蛇身妖，反正这张不争气的脸已经被涂抹得不能被称之为人的脸，所以我也就不怎么在乎光荣不光荣和可耻不可耻的事儿了。至于他人怎么样，对我来说都没有大的关系，只要其木德能够平安度过这场大灾难，别的问题包括天塌地陷、宇宙毁灭都好办。

我的担心也许是一个凶兆，人群中又出现了第二批的"百分之五"，其木德成为第二批"百分之五"的成员被揪了出来，为牛鬼蛇神队伍中的女成员又添了一个数儿。

不知是哪个王八羔子出的坏主意，从"有钱人"家中没收来的衣物堆里拿出一件绿缎面子的绵羊羔皮袍，硬逼着让其木德穿在身上，又从饲料基地社员家里找来十几双破鞋烂袜子，用细铁丝穿连成一个长串儿挂在其木德的脖颈上。由于天气热，又穿厚厚的皮袍，再加上惊吓羞辱和各种残忍的折磨，其木德真有些支持不住，有几次险些晕倒在批斗会场里。

我们被分成几个组，分别住在几顶破旧的帐篷里。我和巴颜阿哈、敖其尔巴图住在一处，其木德同巴颜阿哈的老婆和敖其尔巴图的老婆住在一起。这是大队造反派们有意的安排。那两对夫妇年迈体弱，经不住造反派的折腾，已成为有今日没明天的棺材瓤儿。这样一来，我和其木德也就无可推诿地成为服侍他们的人。然而，我们本身所受的劳苦却远远超出人所能够承受的程度。我们干最重最苦最脏的活，干起来两头儿不见日头，中午又不得休息，啃点儿干饼继续干活。造反派的监督非常严厉。直到天黑才能回到各自的帐篷，饭后还要被押到斗争会会场接受批斗。因此，只能趁着出工前和收工后的一点时间给四个老牛鬼蛇神做点吃喝的东西。除敖其尔巴图老婆外，其余三人都不能自理大小便，其木德还要为他们料理屎尿，洗洗刷刷，缝缝连连，倒把自己累得几乎承受不了。最怕的事儿就是老家伙们的病痛疾患，而他们偏偏又疾病缠绵，伤痕累累，疼痛难当，叫苦不迭。大队赤脚医生和公社卫生院对牛鬼蛇神都持十分冷酷或者至少是非常谨慎的态度。我们只能弄到几片去痛片、安乃近一类的药来给他们分着吃。

后来又兴起"早请示""晚汇报"的一套规矩。这个规矩最麻烦，也最可怕。"早请示"倒还可以稍有松动，就是那个"晚汇报"特别叫人头痛。无论你怎样敬畏，怎样请罪，都很难使造反派们满意。真正听我们汇报请罪的主席挂像倒挺仁厚，永远带着慈祥的微笑，对我们的忠心表示着肯定和满意。可恨的就是站在一旁的那些造反派打手。不管你汇报多认真，请罪多虔诚，他们就是不让你过关。如果是毛不顺的那一天，他们就会找各种碴儿来整你，弄得你活也不是，死也不是。碰上这么一天，你就会挨批到后半夜，哪有时间去照料那几个老家伙？想起巴颜阿哈和敖其尔巴图过去所干过的那些恶事，我真气不打一处来，诅咒他们好好受罪，最后还要不得好死。但是，看到他们浑身是伤、痛苦难耐的可怜相儿，又禁不住替他们伤心捏汗。

我曾经把被国民党抓去当兵和被解放军俘虏的经过当作稀罕事儿，添枝加叶地对别人讲述、炫耀，万没想到这个时候却给自己带来灭顶大灾。造反派使用吊打烤冻等各种刑罚，夜以继日地刑讯逼供，硬是让我承认自己是反共老手，说我给国民党当机枪兵，先后同解放军打了十几次的恶仗，射杀解放军多人。我被逼无奈，只得照着他们的命令，接受了莫须有的罪名，并在供词记录上摁了手印。

"到底打死多少解放军，难道就没有一个具体数目？快把详细数字交代出来！"不知是谁喊了一声。于是批斗会的会场又沸腾起来。我想，我虽然不在好汉的行列之中，但也不能吃这个眼前亏，与其说个小数目惹不必要的麻烦，还不如报个大数字，兴许还落个认罪态度好。想到此，便报告说："具体数字现在我也说不出来，大概有一万多了吧……"

沸腾的会场立刻又平静下来。主持会的几个头头都十分严肃地相互对视了一下，又低声交谈了一会儿，之后，其中的一个站起来向大伙儿高声宣布道："什么叫阶级斗争？这就是阶级斗争，是活生生的阶级斗争！今天，这个双手沾满我们人民解放军鲜血的刽子手终于被我们挖出来了。如果不把这个血债累累的历史反革命挖出来，我们贫下中农就会遭二茬罪受二遍苦。这是无产阶级文化大革命的伟大胜利！现在我宣布，我们要把这个杀害我人民解放军一万多名优秀战士的反共老手依法逮捕起来，并立即报请上级进行严厉惩处！"

我被"依法逮捕"，关在大队磨房里。造反派如临大敌，选出十来名身强力壮的精干后生，日夜二十四小时地看守在磨房的四周。但是，过了三四个月，既没有见上级派人下来调查，又没有把我送往上级部门去惩处，只有大队造反派自己继续进行刑讯逼供，将被杀害的解放军人数加高到一万五千名之后，却一日松似一日，最后干脆将我从磨房里撵出来赶回到牛鬼蛇神队伍中去了。

一见到我，其木德就哭着问："您怎么可以说自己打死那么多的解放军呢？如果上面真的来人逮捕您，那可怎么办啊？"

巴颜阿哈夫妇和敖其尔巴图都已成为风中残烛。由于长时间断了荤腥而气虚力竭，头晕眼花，整日躺在帐篷里干呕不止。

见我回来，巴颜阿哈勉强把头抬了抬，有气无力地问道："几个月不见，去哪儿了？一定是受罪了吧？"

"你还问呢，不全都是你安排给我的吗？"我冷冷地回了他这么一句。

不料，这话被帐篷外的其木德听见，就把我叫出来责怪道："您这是在干啥呢？如今是什么光景，也不看人家那个快要断气的可怜样，却念念不忘旧日的恩怨，落井下石，出气报复，难道这是一个大男人干的事吗？这两个老头儿对自己过去所干过的糊涂事儿已经是够后悔的了，现在您要是再给点儿为难，那不是在要他们的老命吗？我求您别再这样了。哪怕是活不到明天，也要让他们心里好受一阵儿，对咱们来说不也是一种阴德吗？"

自那以后，巴颜阿哈再也没有开口跟我说话，只是整日整日地躺在那里偷着擦眼泪。我想起其木德的话，觉得自己真不该那样对待他，心中难过极了。

老头子身体一天不如一天，最后的几天就索性不吃不喝，也不说什么，只是悄无声息地流着眼泪，在极端的痛苦和绝望中停止了呼吸。巴颜阿哈去世不久，他的老婆和敖其尔巴图也接踵而去，我的帐篷里只剩下我一个人了。

8

我们终于度过了长达十年之久的阴森森寒夜。俗话说，啃青的下巴终究要变成白骨，被啃的草地一定会逢春复绿。这话不假。我们虽然吃尽了苦头，几乎要成为永远的冤鬼，但最终还是得到了解放，恢复了自由，就像是被牲畜吃光了的草场在春风中复苏那样开始发绿了。在这样一个令人兴奋和喜悦的晴朗秋日，我骑着一匹快马朝其木德家走去。因为，几天前其木德就约我到她家去，说定两人一同到公社登记结婚。

自从流放沙漠以来的这几十年中，可以说我一直生活在昏暗寒冷的角落里，没有过上几天舒心的日子。特别是在这最后的十年中所尝受的嫌疑、凌辱、虐待、迫害、辛酸、悲苦，真是一言难以表述。我曾一度完全绝望，认定与其这样活在人世，还不如一死了之。于是，我便拿一根麻绳趁着夜黑人静溜进饲料基地的沙枣林中。但我没有死成。其木德突然从黑暗中跑过来死死抱住我，硬是把我从阴曹地府的大门外拽拉回来。原来，其木德早已以她真挚的爱情和女人独有的敏感窥见我心中的苦楚与沮丧的动向，只是由于粗心或者是自私，我没有更多地留意她而已。

"您不是一条汉子吗？为啥要这样轻易地想到寻短见呢？说我们女人头发长见识短，难道您就连我这个最普通的女人都不如了吗？再大的苦难也会有个完结的时候。只要活着，就一定会有好日子过。当那么一天真正到来的时候，您就忍心看着我这个可怜的苦命女人像一只失去伴侣的孤雁那样，哀鸣着，哭叫着，在悲凉和泪水中度过这后半生吗？"

其木德的苦求使我猛然醒悟过来，同时也使我对自己的愚蠢和无情悔恨不已。我跑到野滩里大哭一场。如果身边没有其木德这样一个对爱情始终忠贞不渝的女人，我还能活到今天吗？这把不值钱的贱骨头恐怕在什么地方早已被黄沙埋得无影无踪了。

这年秋天草场特别好，到处呈现着一派丰盛美满的景象。羊群驼群一片片地散撒在广阔的草滩上，给人以一种太平安详、自由幸福的感受。清风夹带着野草的馨香迎面吹来，我按捺不住心中的喜悦，放声唱起十年来一直想唱但一直不敢唱的《敖包相会》来：

> 十五的月亮升上了天空
> 为什么旁边没有云彩……
> 只要妹妹你耐心地等待
> 你心上的人儿就会跑过来……

马儿一听，好像也明白了什么似的，不等我举起鞭儿就昂头扬蹄，撒开疾步，飞一般地向前奔去。

比较十年前的容颜和精神，其木德的母亲苍老多了。自从那年其木德被"群众专政"之后，就是这位母亲独自支撑起这个家的大梁，拉扯着小外孙女儿萨茹拉，承受心灵和身体的双重痛苦，直到"文革"结束。

萨茹拉不在家，说是有事儿去了公社，只有老母亲和其木德在家。母女俩用各种新鲜奶食和炒米、羊肉招待了我。尤其那奶茶熬得特别好，咸甜酽淡以及兑奶都非常合我口味。这个茶就是其木德专门给我熬的。我笃信，在这个世界上绝没有第二个女人会熬出这样好喝的奶茶。

母亲用她那永远慈祥的目光端详着我，叹气说道："唉！年纪不大，已经是花白头发了……"这话里包含着我几十年全部的辛酸和悲苦，也充满着一个平凡而伟大的母亲对我的无限疼爱和关怀。我有点不好意思地看着其木德苦笑了一下。

就在这时候我意外地发现，其木德脸上虽然同往常一样挂着迷人的微笑，但那微笑的背后好像隐藏着一层忧虑的阴影。我心里不禁产生了一连串儿疑问：其木德的微笑不是像山泉那样清澈见底吗？为什么今天却变得跟井底水一样混浊起来了呢？是不是和女儿闹了什么矛盾，心里不太舒服？孩子长大了，有了自己的见解，而且有时还要固执地坚持自己的意见，那都是很正常的事儿。然而，就是母女俩闹点儿小别扭又有什么关系，闹完了不就烟消云散了吗？看来，这次是不是闹大了呢？

"萨茹拉今天要回来吗？"我试探地问了一句。

蒙古包里一阵静寂。

稍停，母亲开了口："谁知道啊！是和她妈闹别扭，就在你来之前走了……"

"怎么回事？"我急问其木德，可其木德低头不语。当我再次追问的时候，其木德却悄悄起身走出了蒙古包。

这事儿是不是跟我有什么关联？我忽然觉得一把无形的巨锤直朝我头顶猛砸下来……

母亲擦着眼泪说道："现在的孩子，不知道心里到底在想着些什么。从小抓屎接尿抚养成人容易吗？可这当孩子的就是不知道做母亲的辛苦，很少为母亲着想，有时真叫人感到心酸和委屈……"

我惊讶异常，呆若木鸡，半晌说不出一句话来。

原来，萨茹拉坚决反对我和她母亲的结合，临走前明确表示，只要我嘎拉桑搬到她家里来住，她就立即出走并永远不归。

这是为什么？我想起了至今令我心颤的一件往事来。那年我被揪到公社去接受批斗。记得那是个盛夏极热的一天。我被逼着反穿一件旧山羊皮大褂，头戴足有五尺高的纸帽子，脖颈上还挂了一块写有"牛鬼蛇神"字样的沉重的大木牌，而且满脸被涂得红一道紫一条、黑一块蓝一片，耳朵上又挂着两串儿红辣椒，算是旧社会地主婆戴的特大耳坠子，浑身上下没一点儿人样。当时我就发现萨茹拉站在公社小学学生队里，眼中喷射出充满憎恨的光芒。斗争会后，萨茹拉来大队饲料基地看望她的母亲，看见我也在场，便一句话也没说掉头就走了。我没有责怪萨茹拉。因为我知道，那是我的"形象"给她幼小纯洁的心灵深处留下了永远也抹不掉的狰狞；是造反派拿别人的人格开玩笑，侮辱他人人格，把活人变成可怜而又可憎的"丑鬼"的恶果。不能责怪萨茹拉，也不能怨恨我嘎拉桑！

　　说什么呢？除了承认自己的命苦，我还能说什么呢？然而，说到命苦我还是那句老话：作为一个女人，其木德的命比我还要苦。我从心底里可怜着其木德，疼爱着其木德，宁可牺牲自己的一切，但绝不会给其木德本来就滴着血的心灵里再增加一丝儿压力！

　　又是一个宁静而明亮的秋夜。天空照旧清澈如洗，密密麻麻的无数颗星斗横空托起一条宽长无比的银白色哈达，两端分别垂向遥远的南北天际。那就是银河！我又想起了孙班长。说来也奇怪，那时候孙班长是不是因为预先知道我同其木德的遭遇和结局，才给我讲那些生离死别的悲惨故事呢？不管怎么样，眼前的事实却已不容争辩地把我和其木德强行隔离在波涛汹涌、浩渺无垠、没有桥梁和船只可渡的大天河两岸……

　　天河啊，天河！

1999 年

三天的牧羊人

江木尔 著

韩淑梅 译

江木尔

蒙古族，国家二级作家，内
蒙古自治区作家协会会员。
1981年开始蒙汉双语写作，
迄今创作诗歌、散文、中短
篇小说、好来宝、报告文学、文艺评论等作品计
二百余万字。先后十九次获奖。

韩淑梅

蒙古族，1977年4月生。通
辽市作家协会会员，内蒙古
翻译家协会会员。1997年7
月毕业于哲盟师范学校。
2004年开始用蒙汉语创作小说、散文、诗歌。
2013年开始翻译（蒙译汉）生涯，译作有《海日
日记》《巴拉根仓的故事》等。翻译作品多发表于
《草原》和《民族文学》杂志。

十八岁的噶拉桑今年高中毕业，心怀大学梦的他抱着一种侥幸心理积极参加了全国统一考试。不过最终还是未能达到录取标准，与分数线相距百分之遥的成绩让他顺理成章地成了"漏网之鱼"。他被残酷的现实逼得束手无策，只好万般无奈地踏上回乡之路，决定从此当一名牧羊人。

第一天

当落日的余晖映红绿丘顶时，在静静的布乙巴之朝吉夏营地的领域上，一座座蒙古包洁白的身影一览无遗地映入眼帘，宛若一枚枚白色棋子散落在广袤无垠的草原上。噶拉桑家东侧垒着高高的牛粪堆，从牛粪堆那边，羊群自高高的芦苇丛中鱼贯而出奔向浩特。

一位年近五旬的老妪用大襟兜着几块牛粪，朝这边疾步而行。她叫哈日贺兰①，是噶拉桑的母亲，皮肤微黑，下巴有点尖，眼神犀利，膀大腰圆。从远处望见她魁梧身形的人都误以为

---

① 哈日贺兰：蒙文音译，黑驴。此文中为绰号，"健美""有耐力"之意。

她是个汉子。据老人们叙说，年轻时候的她历经了生活的种种风风雨雨，是出了名的"铁姑娘"。在方圆八百里之内无人不知无人不晓。他们还说，想当年她牵着载重的骟驼健步如飞地行走在沙漠上，那些骟驼总是跟不上她的步伐，只好撒开蹄子一颠一颠地跑步前进。自那以后，她便有了"哈日贺兰"的美誉。一直以来人们只记得她的绰号，真实姓名反而忘得一干二净。儿子高中毕业后，为当一名牧羊人而回到家的那一刻，哈日贺兰脸上立即流露出久违的笑容。她理所当然地坚信自己向往已久的幸福生活正如她所愿即将拉开帷幕。

前年，一场突如其来的洪水夺走了她相依为命的丈夫。自此，哈日贺兰便失去了为她遮风避雨的港湾，拖着破碎的梦过起了心灵漂浮无所依傍的日子。

蒙古包里，哈日贺兰跪坐在地上往火盆里添着牛粪，用充满慈爱的目光久久注视着儿子心疼不已。此刻，她儿子一边喝银碗里的浓茶，一边切割着滴油的排骨。仅仅一天的工夫，她儿子噶拉桑白皙稚嫩的脸庞被炎炎烈日晒成了古铜色。儿子那炯炯有神的大眼睛、挺直端正的鼻梁、宽阔厚实的肩膀、笔直有力的短腿，还有褐色的小手，连走路的姿势和额头冒汗席地而坐的模样都与他父亲如出一辙，简直就是一个模子刻出来的。如水的母爱在她的心里荡起一层层涟漪，她用满是疼惜的语气对儿子说：

"我的儿啊！这夏天的天儿又长又热，你一会儿都舍不得丢下羊群回来得也太晚了吧？以后到了晌午，你就把羊群从草场边挡回，然后回家喝点茶吃点东西垫垫肚子吧！"

噶拉桑却出乎母亲意料地说道："不了，妈妈！我们家附近的草水不够肥美。不过，我们草场东边的戈莫其之图拉嘎、西南角的牦牛湾、北边的哈杜尔干郝大苏的边界里绿草长得茂密又肥美，真叫人眼馋啊！我今天中午把羊群赶到牦牛湾稳住后，顺便将周围的草场都仔仔细细地察看一遍啦。"

哈日贺兰听到儿子的一番话，不禁心花怒放："唉，我可怜的儿子！整天在这么大的草场里来回跑，又累又渴吧！愿上天保佑你！儿子，你在草场上有没有遇到过什么人呢？"

"没有啊！我去牦牛湾，原本打算再看看在那里讨生计的两只猫头鹰，结果什么都没看见。"

"唉！我是个大门不出二门不迈的糟老妇，总不能把野鸟当作牛羊圈在牛圈里吧！所以当别人前来猎杀它们时，我只能眼巴巴地瞅着，别说是上前去阻止，连一句话都插不上。"

"谁把它们给抓走了？"

"能说什么呢！去年春天，南营子的公仓家里来了一个羊倌儿。他发现牦牛湾里生活的那两只猫头鹰之后，几天以来像只饿死鬼托生的食肉猛禽似的趴在暗处，紧紧盯着它们的行踪，终于在一个炎热的中午，趁犯困的两只盲鸟在窝里打盹，便悄悄地靠过去，用牛粪袋子将它们活活闷死啦！并从臀部下手整剥皮子，在空壳里塞满干草，做成怪里怪气的玩意儿，一走了之啦。听说那个年轻人走之前曾对公仓吹牛说："和你们家放羊赚到的八百元相比，这两只猫头鹰能卖数十倍的大价钱呢！"

"不是啦，妈妈！猫头鹰不是还能繁育后代吗？"

"猫头鹰并不是那么容易繁衍生息的。"

"为什么呢？"

"它们既属于鸟类也属于食肉飞禽。它们在北方的草原上主要捕食耗子，对于草场和人类有益而无害。不过它们昼伏夜出，白天很难填饱肚子，因此饿了就吃自己的幼雏充饥。"

母子俩的对话亲密无间地持续着，不知不觉已到深夜。哈日贺兰发觉儿子虽然从小到大头一次出去放羊，看起来还是那么精力充沛，言语间也并没有透露出半点疲劳之意。经过一天的奔波劳累，又如此兴致勃勃地回到家，还能与母亲娓娓不倦地促膝长谈，这对于哈日贺兰来说是何等的欣慰啊！我乳臭未干的孩子如今已长成顶天立地的男子汉啦！终于为我撑起一片蓝天啦！她默默地暗自思忖着，感觉所有混沌雾霭顷刻间消弭而去，一缕明媚的阳光从心底里渐渐升起，放射的光芒温暖了她冰冷苦涩的心田。

第二天

噶拉桑把头天晚上放羊的时候捡的一袋牛粪添在牛粪堆上，走进蒙古包里。此刻，他的母亲燎干净羯羊的前胸并将其烹煮好，满脸幸福地等着儿子回来。等儿子脱下鞋盘腿坐在桌子旁边时，她连忙盛茶递给儿子，又将煮熟的羊肉摆放在桌上，取来鞘内配有象牙筷子的做工精致的蒙古刀递到儿子手里，问道：

"好啦，我的牧羊人！今天你给我带来了什么好消息呢？"

整日独自坐在蒙古包的阴面搓绳子消磨时间的哈日贺兰一见到儿子就迫不及待地打开了话匣子和儿子唠起来。与之同样，她儿子也为了哄妈妈高兴，用心将胸脂切成环形起身敬献给母亲，并祝福道：

> 胸脂乃是肉食珍品
> 自古即是女宾上选
> 向您呈奉名为前胸的佳肴
> 请您品尝此等美味的德吉①
> ……

儿子这个让人始料未及的动作着实吓到哈日贺兰，她顿时慌作一团手足无措，急忙撩起袍襟草草蹭了几下手，匆匆地站起身，一脸呆滞与错愕地望着儿子。

"不，妈妈！您请坐啊！"儿子又说。

---

① 德吉：尚未品尝过的饮食之精华，指物之第一件，如茶之第一碗、酒之第一杯等，献给主人或客人以示尊敬。

哈日贺兰这才强压住内心的狂澜，故作淡定地靠北面墙而坐，不过从儿子手里接住胸脂的那一刻，眸底不由得潮湿一片，继而盈眶的泪水蒙眬了她的双眼。

本想哄妈妈开心的噶拉桑眼见母亲那副受宠若惊的模样，心里有些不忍，立即讨好地满脸堆笑将话题引向别处，说道："我今天赶羊到了戈莫其之图拉嘎。公仓的牛群好像常在那里停住脚。那儿满地都是牛粪。今天他们家的十多头犍牛又在我们的草场上吃草，我便把它们给赶走了。"

"就是啊！现在公仓的牛差不多有一百头吧！就算单独点乳牛，也已经超过三十头啦！"

"妈妈！那公仓他们家存的钱是不是几辈子也花不完啊？"

"那当然啦！要说牛这个畜生，倒是对主人特别亲昵又忠诚，是个天上之物。公仓家是一年四季里不缺酸奶等乳品，是个平安富足的艾里①。"

"妈妈，看来您还不太清楚关于牛的有些用途。骆驼和马只是饱眼福的动物，比起它们牛对人类的奉献可多着呢！它浑身上下都是宝。所有的人都知道牛的奶好喝，肉又鲜美，皮子也可以卖个好价钱。不过除此之外，还可以把牛的肚皮活活割开，在它的胆里放进一种稀奇的药材，经过两三年的时间将之提炼成牛黄，再把愈合的肚皮重新割开将牛黄取出来出售。妈妈，那玩意儿才值大钱哪！"

"就是啊！以前妈妈也听村里人议论过这件事情！那么儿子你听说过关于牛的另一种传说吗？"

"那个'臭鼻子'还有什么值得让人当作传奇叙说的故事呢？哎呀，我是不知道啦！"

"好啦！那么妈妈告诉你一个故事。"哈日贺兰喝了一大口木

---

① 艾里：牧户人家，村落。

碗里的淡茶，稍作思考后开始讲故事：

　　"很久很久以前，自盘古开天辟地之初，莫说人类，即便飞禽走兽也都相互依赖有益无害，分吃分喝，过着吉祥如意的太平生活。这样的日子久久持续着……在经历数千年之后，人类和飞禽走兽的繁殖数量竟然远远突破了玉帝指定的计划。为此玉帝也想不出任何两全其美的办法，无奈只能再次调整他们的食物。那个时候，牛是上天的使者。一天，玉帝把牛叫到跟前下令道：你即刻前往人间，合理安排一下人类和诸多动物的饮食问题。尤其是人类，你务必要叮嘱他们：三天吃一顿饭。可是牛虽然被玉帝封为使者，但秉性却丢三忘四，为此也得到过不少教训。于是它非常害怕忘记玉帝对人类的旨意，在去往人间的途中念念有词地背诵着：人类三天吃一顿饭，人类三天吃一顿饭……谁知屡教不改的牛在反复念诵的过程中又犯糊涂，竟然把旨意倒过来念：人类一天吃三顿饭。它把背错的词儿当成玉帝的旨意传给了人类，便起身返回到天上。玉帝问道：回来啦，大使者！你把我的旨意怎么给人类传达的？此刻，牛并不知道自己错在哪里，立即作汇报：我遵照您的旨意没有出半点差池，原原本本地向人类传达说，玉帝恩准你们一天吃三顿饭。不料玉帝勃然大怒，从座位上一跃而起，凶神恶煞地破口大骂道：寡人到底是怎么吩咐你的？你为何胆敢忤逆寡人的旨意？你即刻启程到凡间，供应牛奶给人类饮用，提供牛肉给人类食用，让人类揅你的皮做成靴子穿，而你自己则以草为食，露宿野外，饮用河水，将你的一生全部奉献给人类吧！下达命令之后，仍未解气的玉帝一脚踢掉牛的上门牙，把牛贬下人间。从此，牛这个薄命的家伙因生性愚钝而摊上为人类辛勤劳作的命运。"说到此，哈日贺兰的故事结束了。

　　此时此刻噶拉桑从天窗里看见，在夜空中闪烁不定的繁星也好似被他妈妈讲的故事所吸引，陶醉地眨巴着眼睛似远似近地飘忽不定。

第三天

噶拉桑把羊群带到牦牛湾草场上放牧，羊群走在一碧千里的茫茫草原上悠闲地吃着草。当炎炎烈日尚未当头照的时候，噶拉桑却早早地回到家里来啦。他的母亲照常里里外外地忙碌着，为儿子盛茶，又把煮熟的羊脖子和自制的糕点一一摆放在桌子上。不过，今天噶拉桑如同清点草根似的低着头踌躇徘徊许久才闷闷不乐地走进家里，于是母子俩一时谁也没找到合适的开场白。

过了好一会儿，从外面进来后一直默默无语地坐在桌旁，自顾自埋头喝茶吃肉的噶拉桑先打破了这尴尬的气氛，他说："妈妈，我想同你商量一件事情，可以吗？"

"有什么不可以的啊！实际上你现在已经成为一家之主啦……"

"说真的，妈妈！我们的羊到底有多少头呢？"

"大概超过了五百头。"

"那么其中能出售的羊到底有多少？"

"如果不算我们今年食用的二十多只膘肥的羯羊，到秋天差不多能超八十只吧！"

"到秋天？哎呀！什么时候才能等到秋天呢？最起码还有两三个月的时间哪！"

"不是啦！儿子，你是不是盘算着从羊群里卖掉一部分呢？"

"没有，没有。关于羊群的问题，我只是顺便提提而已。再说没挂膘之前卖的话，能值几个钱呢？"

"那么，儿子你说的是……"

"我要和您商量的事情并不是针对羊，而是前天早晨喝早茶的时候，您把父亲生前用过的银碗、蒙古刀、鼻烟壶交到我的手上。我想带这三样东西先到盟里，再倒车去大城市，高价出售筹备资金，看看外面的世界增长见识，并做一些买卖，入秋后再回来，妈妈您看行不?"

"……"

哈日贺兰万万没想到自己竟然会听到这么一个犹如晴天霹雳的坏消息。遭到当头棒喝的她张大嘴巴面对着儿子连一句话也讲不出来。她的心如捣酸奶子般急促地跳动着，浑身颤抖不已。

从你呱呱落地的那一刻起，做了母亲的我就开始日夜不停地祈祷故乡的神祇能够保佑你平平安安地长大，难不成这就是你对我的报答吗?难道现在的年轻人不做买卖就活不成吗?儿子，你甚至连父亲在世时视如生命的物品都不想留在身边做个念想，为了筹备生意的资金竟然想把你爸爸的遗物肆意贩卖，这究竟是什么样的罪孽啊?哈日贺兰越想越纠结，思绪如一团乱麻：我唯一的儿子啊，我的噶拉桑啊!妈妈原以为你长大成人后会为我撑起这个快要坍塌的家，可是如今我做梦都没想到从你口中会听到如此天真荒唐的话语。哈日贺兰悲恸不已，此时此刻烈日当空，闷热的天气几乎让人窒息。可心灰意冷的她却感觉不到一丝丝的温暖，反而觉得一层又一层的冷汗顺着脊背径直往下流，接着眼前一黑，天地顿时变得一片混沌，薄薄的云雾如帐幔一般挡住了她敏锐的视线。

对于哈日贺兰来说，世界上没有任何灾难能比燃烧的希望瞬间破灭更残酷更令人绝望的了。不过，牧羊仅仅三天便厌烦至极，从而决心丢弃羊群，向往城市的噶拉桑此刻却一副悒悒不欢的样子，根本就不在乎自己那信口开河的言辞是否狠狠伤到母亲那颗慈爱的心，在这骄阳肆虐的正午张大嘴巴打起哈欠，慵懒地伸直四肢，四仰八叉地酣然入睡啦!

1998 年

草地孤碑

——谨以此篇献与世界反法西斯战争胜利五十周年

巴日哈斯巴迪　著

席·照日格图　译

巴日哈斯巴迪

蒙古族，1942年生，著有长篇小说《蔚蓝的呼伦湖》、中篇小说《锡里人的探索》《残雪》《灾害》等，《蔚蓝的呼伦湖》荣获2001年内蒙古自治区五个一工程奖，《锡里人的探索》荣获《潮洛濛》杂志中篇小说大赛二等奖，《灾害》荣获呼伦贝尔骏马奖。

席·照日格图

蒙古族，1973年生。内蒙古通辽市作家协会会员，现为自由职业者。与他人合作出版蒙译汉文集《诺恩吉雅》。蒙译汉译作《迁坟》《认石》《登罕山》《小草》发表于《草原》文学月刊。用汉语创作的诗歌、散文获多种征文优秀奖。

一九九五年农历七月初三的这一天。

远坡草原的荒僻土路上，一辆小轿车在起伏疾驰。透过车窗玻璃，一位年过半百的大姐举目凝视着远方的景色。从她那开心微笑的酒窝间，不难看出其年轻时的姿容俏丽。

"大草坡过了，罕山到了，毛盖图①的宝格达山也看得见了……"

"多敞阔开心的天地间呀，从小长大的地方，地名都是暖在心里、热在眼里呢……"

她自言自语地这样想时，那远去的童年记忆，伴随着草原的芬芳在脑海中吹拂开来……

那时候，自己会跟在羊羔、牛犊后面与小伙伴们追逐戏耍。会在灌丛坡上用小石头堆起小敖包，并各自命名敖包的主人后，开始用腰带套抓绵羊、牛犊，且美其名曰"套马呢"而闹得"人仰马翻"。现在想来，巴特尔夫的那个大黑犊子是最厉害的。除了那个还有谁的来着？啊，对了，黄骨碌眼的花犋犊子也是很厉害的，要是跑开了就别想追得上它。而最不济的就数我那个斑秃

---

① 毛盖图：蒙文音译，有蛇的地方，蛇盘地。

红花犍子了。它总是不往终点的"敖包"①那儿跑，反而往家跑，拉都拉不住，简直就是小倔犍子一个。不过，虽然"赛马"比赛中它总是跑个末尾，但在搏克①赛里它却是个好手。若是赶上旦毕大叔的秃头黑子、巴图大叔的仨犄角都不在场，别的犍子直接就被它一股脑儿顶得四下逃窜……

这位大姐名叫尕毕勒玛，是一位在日华侨。如有尊敬的读者有兴趣想与她相见的话，可在去日本旅游时顺便到东京西北约五十公里处长野县的松下镇——在这个松林翠山环绕的乡村小镇正街东侧，您若在早晨八点钟前稍加等待，一位脚蹬蓝色条纹三轮车的老大姐，就会整点准时从您眼前经过。此人便是本文主人公尕毕勒玛大姐无疑了。因为在这个小镇上，唯独她是骑着那个漆色的三轮自行车，况且还有她那与生俱来的蒙古女人面相，一口纯正的巴尔虎蒙古语是为见证。所以即便是无人引见，您也可以不费周折地见到她。

小轿车疾驰着涉过草地甸子后，沿着羊泉子西侧向前驶去。此刻，轻涛入耳、蔚蓝浩淼的呼伦湖，已是在水色天际间豁然眼前。湖边的草场上，吃草的牛羊三五成群点缀其间，安缓如静物。远处闪现的几座蒙古包，犹如绿草掩映中的天鹅蛋，不尽白皙却祥和可亲。而这一切，仿佛都是在炫耀蒙古草原的天高地远与丰饶美丽。

而且这一天是七月初三呢，时光怎会是这般匆匆而去了哎！五十年前的这一天，自己是怎样呢？——尕毕勒玛大姐想到此，不禁神情一暗，整个人都失落在往事深深的忆海中漂游起来……

---

① 搏克：摔跤、摔跤手。

尕毕勒玛大姐那时年仅六岁，因而那时的情形，于她来说是似懂非懂依稀懵懂之中的。那时候，她家就在刚刚从其旁侧经过的羊泉子近前驻牧而居，羊泉子则从那几座连山的山襟处汇源而涌。她家当时牲畜不多，现在想来应该是仅五十多只羊、牛是母牛和犊子加起来才四五头，而马就更不值一提了，仅有一匹她母亲所骑用的老铁青马。那时她家一共四口人——奶奶、母亲还有她和弟弟。弟弟小她三岁，刚刚咿呀学语蹒跚学步。父亲则是几乎不与家人相见，他是在日本人的军队里当兵（伪军）的。

那一天却不知是为何，她家比起往常来起得特别早。

奶奶牵着她，母亲抱着弟弟，一家四口在奶奶的引领下，去到了她家西北方不算太远的小草头山上。这时候天还没有大亮，像是要血染大地般的绛红色太阳，正从压盖山头的乌灰色重云间流泻出血色晨光。奶奶先是从怀里掏出一条长绸布哈达缠系在一块大石上，随后把酸奶干子、奶油皮子、月饼角儿、大块冰糖等吃食盛放在大木盘里，继而是向着青霭弥漫的西方天际凝视良久后，双掌合十说道："扎，都来跪下吧！"

在奶奶的引导下，一家四口开始朝西方跪地磕起头来。母亲在磕头时口中还念念有词，尕毕勒玛更是虽无言语，却频频如捣药锤儿般磕着头。虽然才六岁，但她早已在奶奶的教诲下每天对着佛龛磕头而成为小小信徒了。可是这次，年仅六岁的尕毕勒玛却发现，人除了给佛祖和大喇嘛磕头之外，还要给西方磕头呢。她不禁对此暗感惊奇。弟弟是在磕头呢，还是在晃脑袋呢说不好。只见他虽然是学着姐姐一样有模有样地探动着小脑袋，但那小鸟爪一样脏兮兮的小手分明是在向大木盘抓弄，一双小眼睛也是在目不定睛地左右忽闪着。

奶奶磕完头后，把一木盘的吃食全撒祭向了西方的天空。见此情形，小尕毕勒玛那个揪心呀——多可惜的酸奶干子和奶皮呀，更别说那一年都吃不到几回的月饼和大冰糖了。而如果是供给了自家的佛爷岂不是很好——磕完了头后，象征性地给祭火撒上几小块，随后便可吃到自己的嘴里解馋了——想到此的尕毕勒玛，不禁暗自咽了几下口水。可弟弟却是不管也不懂这些规矩的，就见他蹒跚着走上前去，想要抓起一块撒祭时掉落的月饼角来。母亲见状忙跑过去一把抱起了弟弟。弟弟随即咬着小手指蹬腿号哭起来。

"可不行的呀，儿子啊，撒祭给山神的东西可不是能吃的呀！"

"别哭了，我儿子可是听话的好孩子呢，回了家妈妈给你大月饼吃啊！"母亲哄着弟弟说。

回到家后尕毕勒玛就问："奶奶，你刚才给什么佛爷供吃的了呀，我咋就没看到那佛爷呀！"

"没有，那不是供给佛爷的，是供给哈布斯勒的，今天是在祭它呢。昨天你没看见从咱们这儿过去很多赶车牵骆驼的人吗?!"奶奶这样说道。

"那个哈布斯勒是喇嘛吗？是啥样的喇嘛呀？是像弟弟的奈吉安拜①一样的嘴上有胡子的喇嘛吗？"小尕毕勒玛接着追问道。

"傻丫头哟，傻丫头，哈布斯勒是那座山的名字呢，是咱家供奉的有祭祀敖包的山，你弟弟就是在那山前照日头的地方出生的!"奶奶露出了光秃的牙床，忍不住掩口笑着这样说道。

原来是这样啊，原来人还是要给大山磕头呢，而且还是给自己出生的地方——尕毕勒玛这才知道了其中原委，继而又这样想着没再问下去。

此时，弟弟眼巴巴看了一会儿母亲后，似有失望般小声嘀咕着走了出去。将此看在眼里的尕毕勒玛，知道弟弟这是在表示母

----

① 奈吉安拜：义父。

亲该兑现承诺了。况且她自己也是想借此机会一饱月饼之口福的。所以她便不失时机地说："阿妈，弟弟好像要吃月饼呢！"

"你就惯着你弟弟吧，你不说不就这么过去了。他能知道啥呀，过一会儿就忘了，我看就是你馋了借引子要吃呗！"母亲瞪了一眼小尕毕勒玛说。

"再可没有了呀，这回可真是没了！"

母亲把月饼掰开，给了弟弟大块、给了她小块后这样说道。

尕毕勒玛将那块几乎是四分之一的小块儿月饼，一小口一小口舍不得吃地咬吃着。可最后还是嘴里空、肚里也空着，不中不意地越发把馋虫勾动了起来。

"要是能再吃上一块就好了。"尕毕勒玛这样一思量，就想到奶奶撒扔在草头山上的那些月饼角儿来。可是怎么去拿呀，要是让奶奶和阿妈知道了不得好一顿训呀？不让她们知道能有啥好办法拿吗……咦，对了，要是去了羊群上不就会有机会了——突然有一个"好办法"闪进了尕毕勒玛的小脑袋里。

更何况自家的羊群从来都是不远离蒙古包和羊泉子附近，怕什么呀，实在不行就顺着羊道往回撵……想到此的尕毕勒玛，胡乱吃了几口母亲煮的茶饭就说："阿妈，今天我想去放羊看看，我想着能行似的呢！"

母亲听了，将信将疑地看了看尕毕勒玛便很高兴地说："真要是能放羊了还不好呀，本来我今天想着在羊群上抽空把你袍子上的扣纽子缝好的，这样就更省事了，倒是我闺女可别把羊放远了啊，往回圈到泉子附近就行，快到中午的时候我就去接你了！"

也算是尕毕勒玛的小运气好吧，那天正好赶上有西北风，所以羊群一出了羊圈便朝着西北方迎风（天气热的时候畜群喜欢迎风吃草）吃草跑去。尕毕勒玛挥动着母亲的赶羊鞭，努力摆出一副小羊倌的架势——学着母亲的样子，拍了拍自己的小大腿，显示出催促老铁青马快走的情形——虽然是一匹小马驹儿都没的骑。但此刻，她那像认生小马驹儿一样摇晃着的小脑袋里，却早已是意不在此了，她的心思早已到了奶奶系了哈达的那座草头山，更到了献祭给哈布斯勒山的那些祭品上，那些好吃的酸奶干子和奶皮，还有更好吃的月饼角和大冰糖，正在被她一一拾起……

头羊竟是领会了小主人的意图般，不管不顾地向着那座小草头山的方向引群而去。这可不行的，尕毕勒玛对这些"馋羊"是很知根知底的，这些家伙可是除了草还会吃别的东西呢。尤其是那个秃头青羯子山羊，一见着好吃的东西就会秃噜着舌头跑过去，很是一个大馋家伙呢。要是它先看见了那些好吃的，自己哪还有份儿呀——想到事态不妙的尕毕勒玛，急忙喝喊着跑到了羊群的前面。

羊群随即安稳了下来。但尕毕勒玛的小心思此刻却失了安稳，且是冒出些许慌乱来。献祭给神山的东西说是不能乱吃的，难道是山神爷会看见吗？那么远都能看见？要不就别捡了，可那样的话就让秃头青吃光了，多可惜呀……也不对呀，山难道会有眼睛吗？那我家跟前的这些山怎么就没听说有眼睛呀？一定是阿妈在糊弄我们呢……尕毕勒玛胡乱想着这些，却又身不由己向那座草头山赶去。

尕毕勒玛一边时不时朝自家的方向张望着，一边忙不迭地捡起奶奶撒祭的那些美味供品。可当她快捡完时，突然听到身旁有什么东西响了一声，尕毕勒玛吓得猛抬头一看，原来是秃头青不知何时跟了上来，并且正叼了一块月饼馋馋地嚼吃着。

就这样，秃头青和尕毕勒玛两个，一个是找见了就吃，一个是看见了就往怀里装着，都是心满意足地回到了羊群上。从那以后，尕毕勒玛便暗自思量着——原来供给山神的吃食，也是可以看准时机享用的呢。

其实，那天的天气不算是很好的，从天际西侧不断有厚重的暗云升起着，继而是被风催赶着向东匆匆散去，给人以非同寻常的阴郁感，也很容易使人联想到某一不祥之征兆。但这些对尕毕勒玛来说完全是不在意的，许是羊群安好没有乱跑，更可能是被口中冰糖融化时带来的那股沁心甜意醉着了吧，她感到这一天是个罕见的"吉日"呢。如果奶奶天天给哈布斯勒山上供就更好了，自己一定会天天去放羊，尕毕勒玛不禁这般想象着。可怀里的这些美味却无顾她的感受而越吃越少，最后只剩下几片酸奶干子、一角儿月饼和顶针大小的一块儿冰糖了，这也太一般般了。但是也没办法了，剩下的这点是不能吃的，怎么着也是不能吃的，得给弟弟带回去。尕毕勒玛这样想着果断地又咽了下口水。

　　已经是晌午了，羊群在头羊的引领下纷纷去向了泉子边。突然，先到的那些羊像是被什么东西惊吓了似的迅即散开，继而纷纷掉头从尕毕勒玛的两侧往回跑去。坏了，这下可是"狼名子"①来了吧！这下可咋办呀？尕毕勒玛这样一想，随即感到后脑勺阵阵发凉……

　　而正当尕毕勒玛被狼名子吓得绊着跟头往家急跑时，突然听到有小孩的尖叫声从泉子那边传来了似的。不是吧，应该不是狼名子吧，听说狼名子白天里是不叫人看着的，尕毕勒玛这样想着感到一阵放心便回头看去。她不禁感到眼睛看花了似的……

　　原来是一个小孩儿呢。并且是向她伸着小手，叫喊着蹒跚着走来。看那样子应该是比自己小，比弟弟大的小孩子。

　　尕毕勒玛很是惊讶。会是谁家的孩子跑到这里来了呢，是自己走迷路了，可我们家附近好像没谁家有这么小的小孩儿呀？越想越奇怪的尕毕勒玛，不禁走过去仔细看了看那小孩。是一个完全陌生的紫红脸蛋的大眼小男孩。

　　"你家在哪儿呀，叫什么名字呀？"尕毕勒玛这样问道。

---

①　狼名子：对狼的忌称。

可那小男孩先是眨着眼睛不说话，继而嘀里嘟噜地说了好多话，尕毕勒玛一句都没听懂。不过尕毕勒玛还是以为这小男孩是像自己的弟弟一样刚学会说话，自己听不懂是可能的。不管怎么说，他还是和自己弟弟一样不懂事又没大人在身边的可怜小孩儿呢。

"小弟弟你先在这儿等着，姐姐去饮了羊咱俩就去我家！"尕毕勒玛这样说了要走时，小男孩却跟在后面哭了起来。尕毕勒玛哄了哄，可还是哭，不得已把怀里的东西都掏出来给他。小男孩见此便哭声渐息，继而抽噎了几下就大口吃起了手里的月饼。"唉，真是可怜，都快饿坏了呢。他阿爸阿妈是什么样的人呀，咋就不管自己的孩子呢？"小尕毕勒玛这样酸心一想的同时，不免憎恨起小男孩的父母来。

尕毕勒玛牵着小男孩走到羊群旁时，小男孩以很是惊恐的眼神看着羊。而正在这时，秃头青又不知为何秃噜个舌头向他俩靠近了过来。小男孩不禁吓得惊叫一声跑到了尕毕勒玛身后。

"原来是很怕羊的小孩儿呢，一定是他家羊群里有个大羊羯子把他顶怕了吧！"小尕毕勒玛一想到此，便又很是憎恨起那个顶过陌生小男孩的想象中的大羯子羊来。

正当他俩饮完了羊要往家赶时，突然就听见从天空西边传来了阵阵的轰隆声。是在打雷要下雨了吧，小尕毕勒玛这样一想便回家心切快走起来。那轰隆声越来越近着到了头顶的上空时，就见几只大鸟一样的东西震天动地地叫唤着向东南飞了过去。

"快看呀，那是啥东西呀？"大感惊奇的尕毕勒玛指着天上对那小男孩说道。小男孩像是没听懂她的话，但从那同样的表情不难看出他的惊诧。小男孩也手指天上说起些听不懂的话来。

正当这时，尕毕勒玛的母亲骑着老铁青马匆匆赶来了，见了那小男孩不免很是惊疑地问："呼咿，这是哪来的小弟弟呀！"

尕毕勒玛便把事情的经过告诉了母亲。当然了，自己捡吃供品和给小男孩也吃了的秘密是没敢说的。母亲听了很是仔细地端详了小男孩便说："你俩快回家，现在是打起仗来了……又该迁营盘了，我得先把羊群赶过去！"

正当母亲这样说着调转马头时，就见刚才那些大鸟又飞出了好多后，远处的草坡、山头上顿时传来震天动地的巨响声，滚滚黑烟随即升腾，遮天蔽日的很是吓人。

可在小尕毕勒玛看来这是"好玩"多过"吓人"的。那小男孩也是这样似的，一边东张西望，一边用小手指指点点地说着些听不懂的话。

当他俩这样好奇又兴奋着回到家里时，奶奶正在给佛龛点了佛灯后，怀抱着弟弟念玛尼经呢。她见尕毕勒玛领一个陌生的小男孩回来了，很是奇怪，和母亲一样问道："呼咿，这是哪来的小弟弟呀？"

尕毕勒玛就把刚才对母亲说的话给奶奶重说了一遍。

奶奶若有所思了片刻后，随即皱了皱眉对那小男孩说："来，过来，让奶奶亲亲！"

小男孩见奶奶伸过手来要抱他，便很是认生地躲到了尕毕勒玛身后。

"唉，可怜，见着不认识的人了一定是认生的，过一会儿就会好了！"奶奶这样说了后，放下弟弟让他去到姐姐跟前。

"唉，我的佛爷哟，这是什么乱世道呀，这一定是……人的孩子了，这打来打去的，这世上的人都在受苦受难呢呀！"奶奶说着，重又给供佛点了一盏佛灯。

"佛祖开恩吧，不管哪个地方的小孩子都一样保佑着吧！"奶奶说完后，闭目良久双掌合十地祷告起来。

尕毕勒玛的弟弟和那陌生小男孩彼此拘谨了片刻后，便是手拉着手要玩耍在一起的样子了。尕毕勒玛则跟奶奶提醒说："奶奶，这小弟弟好像是饿着肚子呢，给他吃的东西吧！"

"哎哟，看我把这都给忘了。唉，也是可怜，这荒山野岭又冷又饿着怎么过来的呀。你阿妈临走还跟我说着早点做饭，说是今天晚上要迁走呢。看我这老糊涂，都快不中用了，这要紧事都给忘了还闲坐着呢！"奶奶一边这样自责着，一边慌忙起身从布口袋里掏出几块酸奶干子递给小男孩，"这孩子从家出门就没吃着东西了吧，作孽呀，给，先吃着这个！"

小男孩很高兴地接过奶奶给的酸奶干子，并很有礼貌地递给姐姐弟弟各一块后，嘎嘣嘎嘣地嚼吃了起来。

正当奶奶煮的肉干黄米粥咕嘟咕嘟开锅的时候，母亲也赶着羊群回来了。而且母亲到家后没多久，就见从她家旁边有很多大铁车轰隆轰隆地向东开了过去。那些大铁车尕毕勒玛从没见过，那些大家伙不仅有很多铁轱辘，更奇怪的是还把那些轱辘用大铁链子套起来，大铁轱辘转着走，铁链子也跟着走。见此情形，奶奶时不时去到外面献撒祭、供吃食。尕毕勒玛虽然好想捡起那些供品来吃，但一来是怕被奶奶和母亲看到了而遭训斥，二来是更害怕那些紧邻着蒙古包轰隆、轰隆经过的大铁车中，突然有一辆开过来把她装走而不敢贸然下手。再者说，奶奶撒祭的那些供品刚一落地，就被自家的大黑狗和秃头青轮番抢吃着，并不给她剩下什么好东西。

"这到底是咋回事了呀！"心中大感惊奇的尕毕勒玛，此时闹心得连吃黄米肉粥的心思都没了。

"奶奶，打仗是什么呀？那天上飞的大家伙和这地上跑的大铁车是做什么的呀？它们要到哪里去呀？"吃了几口肉粥的尕毕勒玛，跟奶奶连珠炮般问了三个"呀"。

"问这问那的有啥用，小孩子家不能乱说的，听奶奶的话，你还不如快点把自己的新袍子穿上，把旧袍子给你新来的弟弟穿呢！"奶奶有些心急又不耐烦地说道。

"快点把袍子换了，过一会儿要是有人来咱家问这小弟弟的事你可不要说话呀，哑巴似的摇头就行。知道了吧？你要是说话了那人就会把你抓走的！"母亲这时也很是严肃地说道。

尕毕勒玛听了，暗自坚信母亲的话而勇敢地点了点头。

尕毕勒玛刚换完袍子，就听外面轰隆隆大响了一下，紧接着就有几个人大声说叫着进到蒙古包里来。最先进来的是一个大高个儿、深眼窝、黄眼睛的人，他挨个看了一眼尕毕勒玛一家"五口"后，像是在训斥般说了些听不懂的话。这时，站在他身边的那个有蒙古人面相的人说："我们长官在问你们呢，说你们家有没有日本人。你们家附近发现日本人了吗？"

"没有呀，没有！"母亲忙这样回答着摇了摇头。

"没有就好，那我们就走了，可我们还有个事要对你们说，我们的部队上现在缺些军粮呢，看你们这一家也是没多少牲畜，我们也不多要，三只羊就行！"那个蒙古人面相的人又这样说道。

"行呀、行呀。奶奶这就给你们烧水去，很快就会煮好羊肉的！"奶奶忙在一旁抢先这样答道。那蒙古人听了就对那个高个子黄眼睛长官说了几句什么话。高个子长官听完就伸出大拇指，"哈日少①、哈日少！"地笑着连说两遍后，稀罕着穿了新蒙古袍的尕毕勒玛，轻轻摸了一下她的小脸蛋就走了出去。

尕毕勒玛一家也跟着走了出去。这时，就见手拎一根细长铁管样东西的人进到羊群里挑选了一阵后，随着三下砰、砰、砰的响声，两只大绵羊羯子和尕毕勒玛的秃头青三个就应声倒地不动弹了。尕毕勒玛感到心里一阵难过，紧揪着奶奶的袍襟闭上了眼睛。

等到尕毕勒玛睁眼再看时那些人都已经走了。但奶奶还在向那些人走去的方向撒祭着供品。"原来还要给杀了自家羊的人上供呢呀。"小尕毕勒玛不禁又如此联想到。

当天晚上，尕毕勒玛的父亲参军时骑走的那匹流星铁青马，

---

① 哈日少：俄语"好"的音译。

带着鞍笼空跑着回家来了。一家老小围看着这匹父亲最喜爱的流星铁青马，不免想到种种不祥之兆而痛哭流涕了一番。也是在当天夜里，尕毕勒玛一家与驻牧在附近的另几家牧户互助着迁居到深山营盘去了。

当时，和两个弟弟一同睡在勒勒车里迁徙的尕毕勒玛，对白天里发生的一切再怎么冥思苦想，也是没得到个确切的答案。不过，随着岁月的流逝、年岁的增进，在后来的某一天里，她知道了那天刚好是公元一九四五年农历七月初三日——即全世界反法西斯战争主力之一的苏蒙红军在亚洲之腹地、中国之北疆——呼伦贝尔大草原上宣布最后伟大胜利的第一天。

为了躲避战事的殃及，那一夜是辕不着地地急走着迁到深山营盘去的。安顿到新营盘后，一家人都心中安平下来。然而如是有谁想起来或说起来几天前发生的那事，一家人还是会神色紧张、心有余悸。

但从羊泉子边领来的那个小男孩却是最安心自在。他白天里是该吃吃、该玩玩，到了晚上就睡到姐姐尕毕勒玛的被窝里，一觉到天亮。他学说蒙古话也很快。虽然还不能说出姐姐"尕毕勒玛"的全称，但已是能"尕尕"不离口，弟弟是"嘟嘟"，奶奶是"额么"，阿妈是"么么"（妈妈）地那样叫了。而这其中，对尕毕勒玛的母亲"么么"的发音是最准确的，但最娇惯着他的还是当姐姐的尕毕勒玛莫属了。

阴云暗淡、滴雨零星的一天。尕毕勒玛和两个弟弟照旧是把小布口袋里的羊拐摊开来，三个孩子玩起了接马儿的羊拐游戏。正在此时，就听蒙古包外面有人喊了一声什么似的。好事的尕毕勒玛听到有人喊就最先跑出去看——就见弟弟的那个长着老鼠一样胡子的奈吉安拜喇嘛达木丁老头，此时正双手背腰拿着根毡壁架木条从她家后面向西走着，并且还时不时停下来喊出两声动静。

奶奶这时也听了动静，从蒙古包里对尕毕勒玛喊道："尕毕勒玛呀，这老达木丁看样子是走迷了，你快去领过来吧！"

听了奶奶的吩咐，尕毕勒玛很是不情愿地走了过去。与此同时，她心里立刻有了作弄一下这老头的鬼点子。

原来，近些天来这老头总是让尕毕勒玛感到莫名的讨厌。自从她家迁到这里来以后，这老头总是隔三岔五地来她家串门。要说来串门倒也没什么，他和奶奶坐在一起唠这唠那的也是很有意思的。可问题是尕毕勒玛有时能从那言谈中听出些眉目来——那言谈中时不时冒出这样的话来……我也没个一儿半女的，连个续香火的后人都没有，要是这孩子的父母不来找了就送给我养吧……

所以尕毕勒玛就很讨厌起这个老头了。而现在正好有个机会让这老头"知难而退"……尕毕勒玛暗自琢磨起来。

尕毕勒玛悄悄走到达木丁老汉的身边，学着狗"汪、汪"叫两声就一口咬住了达木丁老汉的袍襟。大惊失色的达木丁老汉忙喊着"呼咿、嗨，快走开！"的同时，用握在手里的木条一下打中了尕毕勒玛的小脑门。尕毕勒玛顿感眼冒金星，疼得差点儿喊出来。

唉，这才叫活该了呢。都说自己摔倒地的孩子不敢哭，尕毕勒玛也只能是揉着脑门忍着疼，吃了个调皮亏。

达木丁老汉很是担心那狗又会从哪个方向扑来似的，手举着木条原地走转着喊："快看着狗呀！"

达木丁老汉这惊恐急切的喊叫声，不免让尕毕勒玛有些羞愧起来。

"好可怜的一个老头呢，眼睛还不好，多受罪呀。"这样一想的尕毕勒玛，为了尽量掩饰刚才不礼貌的作弄就装作看狗人的样子喊了句，"快走开，这破狗咋还咬起人来了呀！"然后，拉住达木丁老汉的袍袖说："达木丁爷爷，我是尕毕勒玛呢，你都走反了，跟我走吧！"

进到蒙古包里的达木丁老汉和尕毕勒玛的奶奶闲唠了一会儿后，从怀里掏出一个纸包双手摸索着拆开，并像是要事先分配一下似的摸了又摸说："尕毕勒玛呀，你弟弟你两个把这个分着吃了吧！"

达木丁老汉这样说着，就把一块牛眼月饼递给尕毕勒玛。随后，他又睁大斑白混浊的双眼左右看了几下说："那个，那个小小子在哪儿呀，快过来，给你吃这个！"

而此时，就见一块马粪球那么大的冰糖，在达木丁老汉的手掌心上诱人地滚动着。

但小男孩对此却不以为然，也不看上一眼，反而是目不转睛地盯着尕毕勒玛手里的那块牛眼月饼。尕毕勒玛见此就悄悄走到他近前，用手指了指达木丁老汉手里的那大块冰糖，点头加努嘴地示意了一下。小男孩立刻会意着走到达木丁老汉近前，伸手抓起了那块大冰糖。而达木丁老汉则趁机握住小男孩的两只小手，很是爱惜地抚摸起来。继而是小胳膊、大胳膊、两个肩膀，最后到可爱的小脸蛋都抚摸了个遍，说："真是一个身骨立整的孩子呢，往后也一定是个吉运当头的男子汉哟！"

达木丁老汉这样说完，满意又快乐地笑了起来。并且，很是讨厌他的尕毕勒玛也跟着笑了起来……

而现在想来，她是为什么那样笑了呢，也不知道他的父母是谁，也听不懂他说的话，是在为山野间领来的一个小男孩而笑吗？是在为他日后会成为一个真正的男子汉而高兴吗……

那一天，达木丁老汉和奶奶两个真是打开了话匣子。什么苏联呀、日本呀地说唠着些尕毕勒玛完全听不懂的话，并且不时私语着一直聊到了太阳西下时分。

"唉，该回去了呀，一天又过去了！"

达木丁老汉这样说着站起身后，有什么东西要拿出来似的又伸手往怀里掏去。尕毕勒玛忍不住又咽起了口水。可达木丁老汉掏出来的却不是什么好吃的东西，而是一条很长的绸布哈达。达木丁老汉把那哈达献供给她家的佛爷并跪拜了后对尕毕勒玛说："闺女啊，给爷爷带个路吧，我该回去了。"

尕毕勒玛送达木丁老汉回家时，两个弟弟也跟了去。其实达木丁老汉家离尕毕勒玛家很近，在她家东边的草坡梁上看得见的那户就是。就这样，尕毕勒玛一手牵着达木丁老汉，另一手牵着两个弟弟向达木丁老汉家走时，达木丁老汉不禁心中百感交集。

"这小乖乖也许真是我命中的子嗣福分呢……"

"哎，真要是有这么几个领着我串门的孩子该是多大的福分哟！"达木丁老汉高兴至极地那样想着，进而脱口说出后忍不住老泪纵横起来。

头一次看见老人还会哭的尕毕勒玛，心里不禁想着"这是怎么了呀，没孩子的人都会这么伤心的吗？"，低头走去。

而到了第二天，她们家就发生了尕毕勒玛没想到的一件事。

是为达木丁老汉老伴儿的一个白发苍苍的和蔼老太太，一大早就赶着勒勒车来到她家后，与母亲和奶奶进进出出地商议着什么。后来，母亲把尕毕勒玛叫来说："尕毕勒玛呀，你去把羊群放出去后往西北上赶着，阿妈过一会儿就去，等我去了你就回家来吧！"

尕毕勒玛听从母亲的吩咐，把羊群赶到西北处的草场上放牧。可是过了好长时间也没见母亲来接替她。尕毕勒玛不禁心下犯起嘀咕地想："阿妈可是从没糊弄过我呢，这是咋了，一定是有什么事，别是要把弟弟送人吧！"

像是心灵感应般的这想法，突然闪进了尕毕勒玛的脑海中。

还果真是让她想到了。等母亲来接替她回了家后，那小男孩就不见了，而且那草坡梁上的达木丁老汉家也迁走不见了。

尕毕勒玛从奶奶口中得知弟弟已被送给达木丁老汉抚养后，

随即伤心地哭了起来。而她自己也奇怪自己，怎么会和这个相处没多长时间的"捡来"的弟弟，有了这般难舍的亲情了呢，仅仅是因为独自从野外把他领家来的缘故？还是因为他易于相处的快乐样子？再或是他那夺人怜爱的可爱的大眼睛？

尕毕勒玛因为要等着弟弟一起入学，直到十一岁才上的学。奶奶照看着姐弟俩守在家里，母亲一个人走牧场放牧牛羊。

那天是开学后的第十天。第一节课的上课铃声响过后，一年级的小学生们闹吵吵地跑进教室，随即安静地坐到各自的座位上等着上课。这时候，班主任老师领着一个八九岁模样的大眼睛男孩走进了教室。

"同学们，今天咱们班又来了一名新同学！"老师说完看着那新来的同学接着说，"你把自己给同学们介绍一下吧！"

"我的名字叫巴特尔夫，属蛇的，虚岁九岁，周岁八岁！"

新来的男孩一口气说出这些时，班里的同学们都哄笑起来。老师也跟着微笑道："好呀，介绍得很好，你去最后面那个女同学旁边坐吧！"

老师指着坐在最后排的尕毕勒玛这样说时，那男孩害羞似的红起了脸。听了老师安排的尕毕勒玛此刻也是感到脸上怪怪地发热。

他走到尕毕勒玛近前仔细看了一眼后，像是不好意思了似的与尕毕勒玛拉开些距离坐了下来。

"也是怪了，刚才看我那样子像是要跟我说话呢……不对呀，像是在哪里见过这个弟弟似的呢，到底是啥时候在哪里见着了呢……"尕毕勒玛不禁心里这样忐忑着，眼睛虽看着课本，心思却已经飘出教室，向那童年的时光中任意游荡起来……

"尕毕勒玛，该你接着念了！"老师突然的提示，把尕毕勒玛从回忆的迷蒙中惊醒，她立刻站起后却不知从哪一页念起，慌乱地翻起了课本。这时，巴特尔夫从一旁指给了她要找的那一页。

老师见此情形后便说："尕毕勒玛你先坐下吧。在想什么呢，这可不行的呀！"

老师头一次批评了尕毕勒玛。

尕毕勒玛在那节课上虽是努力集中自己的注意力，但她的心思还是像四下跑散的羊群一样终是没能收拢回来。这不禁让她感到心里怪怪的。而且更让她感到惊讶的是，此时此刻，五年前在羊泉子旁见到的那个小男孩就坐在身边似的。如果真是他，那还真是长成认不出的大男孩模样了。也难怪尕毕勒玛，四季辗转而过的四五年间，尕毕勒玛只听别人说过他在达木丁爷爷家过得很好，但却一次都没见过面。而对一个等待的人来说，时间过得是多么漫长。

尕毕勒玛好不容易忍到下课，立刻问新来的同桌："你还认得我吗？"

"认得，你就是那个给我好吃的尕尕姐，我一看见你的黄头发就认出你了！"

"真是呢，弟弟你记得真好，这几年我可想你了呢！"心里一阵惊喜的尕毕勒玛这样说着，情不自禁用手抚摸了一下弟弟的小脸。

就在这时，站在一旁名叫巴拉丹的黑脸男孩子嘲笑地说："哎呀，都说是想他了呢哎，人家可是刚来的新同学呢，哟、哟，不羞呀！"

巴拉丹这样说完，耻笑地用手指点了点脸就要跑。尕毕勒玛猛地站起来一把揪住他的袖子就问："你说啥？你敢再说一遍，不行的话就用这个说说看！"

尕毕勒玛说着把握紧了的拳头给巴拉丹看。

"别、别，闹个玩笑呢，我再也不会这么说的！"巴拉丹垂眉低眼地求饶后，尕毕勒玛才松开了他。可是巴拉丹走了没几步就又回过头来喊着：

想人家小子的

破脾气泼黄毛儿呀！

真要是忙当媳妇儿哟，

去了我家也行的呀！

巴拉丹这样一喊完就兔子似的蹿出教室，绕过墙角跑没影儿了。

因为尕毕勒玛在班级里年龄最大，加上她比起其他同学来都身高力大，所以一般的男孩子都是不敢招惹她的。偶尔有一两个像巴拉丹那样的男同学这般招惹她时，她会当即予以回击，以优势的体力和泼辣的说辞让他们吃尽苦头。从而，男同学们在她面前都是温顺如羊羔一样。虽然背地里怎么说她是不知道的，但"泼黄毛儿"这个词儿应该不是巴拉丹一个人编出来的，一定是背后另有其人。所以，尕毕勒玛也是忍着性子在想——等着吧，把你们几个攒到一堆儿收拾喽！

从那以后，尕毕勒玛和巴特尔夫两个便像亲姐弟一样相处着，并且有时是巴特尔夫去她家住一宿，再或是尕毕勒玛领着自己的亲弟弟到巴特尔夫家待上一天。两家的长辈们本就熟识，再加上现在两个孩子亲密无间的交往，两家人更是亲如一家般迁居到了一起。如此，尕毕勒玛的奶奶和巴特尔夫的老阿妈两人更是一有空闲就相聊甚欢，就连旁人看着都是颇感欣慰。

日升月落，年岁循进。再一觉得时，三个孩子已经是小学四年级的学生了。

巴特尔夫的学习成绩是班级里的第一名，弟弟其次，尕毕勒玛也是成绩中上等。所以在学习上他们姐弟三个是在人前引以为傲的。不过，这时候班里的一些男同学已经是个头猛增，各方面都在超出尕毕勒玛先前所具有的优势。所以，先前只是在背地里才敢说的"泼黄毛",如今传遍全校,甚至是刚入学的某个调皮蛋也会说着"羞、羞、羞,泼黄毛"而从尕毕勒玛身旁跑过。尕毕勒玛对此并没太在意,而是能教训则变着法儿地教训一下,不能教训的就告到老师那里替自己出气。她依旧是该说的说,该做的做着。但有些议论却是让尕毕勒玛深感纠结的——巴特尔夫是达木丁老头捡来的野孩子……巴特尔夫是日本人跑的时候扔下的孩子……

自己从羊泉子旁捡到他是真的,像亲弟弟一样待他了也是不假。可奶奶和母亲却从没说过他是日本人的孩子呀,如果真是那样奶奶和阿妈能不告诉吗……

这样想的尕毕勒玛是绝不相信那些是非议论的。

可是,那巴特尔夫到底是谁家的孩子呢,他父母怎么会把他丢在野外不管了呢……刚见到他的时候还真像是说着些听不懂的话呢,难道真是日本人丢下的孩子吗……

这样一想,尕毕勒玛便又有了"人们说的可能是真的"的犹疑……

如果是那样的话,日本人可真是太坏了,自己的孩子都能丢在荒山野岭的不管死活。那就是老师所讲的"岛矬子日本法西斯、美帝国主义两个是这世界上最恶毒残忍、最被人唾弃的正在灭亡中的反动势力,是屠杀了我们中国千千万万苦难同胞的两大刽子手!"中的一个了。怪不得老师讲起这些的时候,总是眼里冒火气得不得了呢。这么说巴特尔夫长大后也会是个大坏蛋了……

尕毕勒玛不禁如此这般联想着。

从那以后尕毕勒玛便与巴特尔夫疏远起来。而巴特尔夫也似乎听到了有关她的闲言碎语,或是因尕毕勒玛的疏远而疏远似的,总是闷闷不乐地独自来去,学习成绩也下滑到与尕毕勒玛不相上下了。

那一天是个星期六。第一节课开课时，巴特尔夫从课桌里取出一张叠成三角形的纸条看了后，随即脸色很难看地把书本装进书包，走到老师近前说："老师，我要回家了！"

他眼泪汪汪地把那张纸条递给老师便扭头走出了教室。

尕毕勒玛因为是坐在最后一排靠窗位子上，就向窗外看去。只见巴特尔夫一边回着头，一边擦着眼泪往校外走去。"唉，是在哭着走呢，是谁写了什么让他这么伤心了呀！"想到此的尕毕勒玛心里一阵难受。

"尕毕勒玛！你别往外看了，还以为是什么好事呀！"老师点着尕毕勒玛的名字训斥道。

"昨天是谁值日，都站起来！"

老师扫视全班的同学说道。

黑巴拉丹、作仔保德、红脸图雅、哭姐儿苏布道他们四个接连站了起来。

"你们四个谁写什么东西放进巴特尔夫的书桌了？快说！"老师脸不是脸、声不是声地质问着，目光严厉地一一扫视他们。

教室里顿时静得几乎能听见老师气呼呼的喘气声。这时候，苏布道看了一眼保德，保德又看了一眼巴拉丹说：

"老师，是巴拉丹放进他课桌里的，还让我对谁都别说。"作仔保德，连"别说"都给交代了。

老师在讲台上来回踱了几步，清清嗓子说了句："除了巴拉丹都坐下吧！"然后，开始大声训责起巴拉丹来。

老师几乎是一直训到了下课，这个那个的讲了很多道理。而尕毕勒玛从中了解到的即是：日本法西斯是发起残忍的侵略战争，给全世界人民带来沉痛灾难的一群恶人。但反过来说，日本的普通老百姓和他们那些当兵的孩子都不算是坏人，他们只不过都是当时凶穷极恶的军国主义政府的枪靶子和炮灰而已。

下课后，尕毕勒玛知道了老师为什么那么生气的原因。原来，巴拉丹趁着昨天是值日，在搞完教室卫生后，出于妒忌各方面都优于自己的巴特尔夫而写了匿名信放进了他的课桌。

那匿名信上写的是——

写给巴特尔夫：
　　岛矬子日本法西斯的龟儿子巴特尔夫你别狂。还记着自己在羊泉子那儿要饭的样子吗？丢死人了吧。有在我们人民子弟学校读书的工夫，还不如快滚回你们那破岛上去呢！

那件事以后巴特尔夫好几天没来上学。听老师说是他身体不大好。尕毕勒玛虽是一个有着些许泼辣性格的小姑娘，但内心有着更多温和善良。她一想起那天发生的事，巴特尔夫那泪水盈眶的眼神就如注入心间一样挥之不去。尕毕勒玛现在真是立刻就想见到巴特尔夫弟弟。

就这样，那天晚上在去离她家已经是较远了的巴特尔夫家时，正赶上黑巴拉丹和五年级一个叫布巴的十六七岁的少年在为难巴特尔夫。而那个少年在全校打架是出了名的。

"你还要去告老师是吧？"

"要是再敢告的话，你就等着瞧吧！"

"不回日本去吗？"

"要是能回去也带上我们俩呗，求你了！"

他俩正在你一言我一语地胁迫挖苦着巴特尔夫。

"你俩别胡说，再说我还去找老师！"沉默着的巴特尔夫说完扭头就要走。

巴拉丹随即揪住他的袖子："要告可以啊，你再告诉老师我还这样你了！"巴拉丹说着就用力推搡着巴特尔夫走。

"我才不怕你们呢，你们想干什么呀？"忍无可忍的巴特尔夫猛地抽出衣袖和巴拉丹撕扯起来。

他俩在地上翻滚着扭打起来后，巴特尔夫明显力胜一筹将巴拉丹压在了身下。

"嗨呀，你这是要像你那日本爹似的欺负我们是吧!"

这时，那个站在一旁的布巴这样说着冲上来，伙同巴拉丹一起殴打起巴特尔夫来。

尕毕勒玛见此，毅然冲上去扯住布巴的一条胳膊大声喊："你们真是太欺负人了，巴特尔夫就是日本人的孩子咋啦，他能有啥罪吗?"

夜空中，尕毕勒玛的责问声尖厉地回荡着……

尕毕勒玛小学毕业后，因为母亲重病不能操持家务而中断了学业。弟弟则以满分的成绩考入中学，继续前途美好的学业。尕毕勒玛流着泪把弟弟送上求学路后，一人担起了一家之主的生活重担。

巴特尔夫也是因着同样的原因中断学业，早早开启了自己的成年人生路。

家务缠身的日常生活，以固有的模式日复一日地消磨着青春时光，从而，岁月也是在渐次剥落中不断地去别旧迎新。再一觉得时，尕毕勒玛那薄柔如潺溪的一头黄发，已是如披肩瀑流般挥洒美丽。任哪一个别有用意的眼神，都会让尕毕勒玛侧目避开。但巴特尔夫却是多少有些与此不应——虽然是身材体魄长了又长，偶尔还会驯服几匹烈马，生产队的会计也是非他莫属，可在这些评判男子汉之标准的背后，却有着他怯与女子相见的腼腆性情。

不过话虽如此，近来他去尕毕勒玛家的次数却是多了起来。

尕毕勒玛倒是无所谓，依旧是把他当弟弟一样话语坦然，无有拘束。但是细心的人一看就知道，巴特尔夫是在有些话不敢说中纠结着呢。那天晚上来到她家是待了多长时间呀，坐在套马杆细长的影子下，一句话都没有，接连抽了几烟锅子烟后，他竟说了句："尕毕勒玛，我该走了!"

听听，竟是两人相识以来头一次以这样的称呼代替了之前的"尕尕"和"尕姐"。尕毕勒玛听了，顿时感到说不出的别扭，是顺耳还是逆耳，她自己也难说出来。

尕毕勒玛送他出去时，外面月色皎洁，十五的月亮，像是要落在两人肩头上般盈盈欲坠。巴特尔夫骑上马走了不远后，又像是有什么东西忘拿了似的返了回来。

"尕毕勒玛，我……我想给你……"

突然，颤着嗓子说不出话来的巴特尔夫，从马背上迅速弯下腰，把急促的喘息抵近了她的脸。尕毕勒玛顿感站立不住，心神飞散而去……

巴特尔夫已经走了，空留下尕毕勒玛独自茫然。尕毕勒玛也很是奇怪自己，为何同龄的男青年们时常以苦酸油滑的言词说笑挖苦她时，她总能不屑一顾地回击得他们灰头土脸——而面对刚才的"突然袭击"，自己却显得毫无招架之力，甚至是硬气的话也没说出一句来。

这是怎么了，难道自己已经是手牵桀骜男孩的初恋之缰笼了?!

自那以后，尕毕勒玛遇见别的男青年时，都是心有忐忑些许尴尬着，唯恐其知道了自己与巴特尔夫的那一幕似的面红耳赤地避开他们。而越是这样，巴特尔夫却越是不着理由地影子一样跟了她，继而有时是整夜守在她家不离开。如此一来，自然是传言四起，就差把他俩说成是同眠共枕、一锅吃饭的私下夫妻了。可是巴特尔夫这时却对此不闻不问地只字不提。而就当巴特尔夫那样不明就里、不清不楚的时候，有一件事的发生，完全歪曲了此间的走向。

那是在一次青年会上。他们生产队的团支部书记吉日木图——一个比尕毕勒玛大几岁的高个子男青年总结了前几月的工作成效后，要求大家展开批评与自我批评活动。许是事先就有准备，抑或本就是思想觉悟高吧，几位团员最先进行自我批评，列举了些诸如缺席了哪一次的学习会呀，又哪一次把马腿弄伤瘸了之类的小错小误，认真批评检讨了各自的不足之处。随后，团支部书记吉日木图环视了一下参会者们说："我们当中有些人可是整天无所事事、走家串户的，影响不好呢。还有人隐瞒了自己的家庭出身，没对组织上说实话。这类问题都是严重存在着的。所以，同志们是可以在这些问题上展开批评的！"身为团支部书记，吉日木图提出了指导性的动员。

"我提一个意见！"新入团的红脸图雅这样说完，随即看了一眼尕毕勒玛后脸更红了，"尕毕勒玛同志在生活作风上有问题，你整天领着巴特尔夫走草场放羊，有时候还把他留宿在家里了呢！"

话音一落，大家的目光顿时都集中到了尕毕勒玛一人的身上。

"是呀，我看见她和巴特尔夫一起在草场上走来着！"

"我们也好几次看见巴特尔夫一大早从她们家出来了……"那几名团员也随即这样说道。

"巴特尔夫你说，你怎么老是有事没事地去她家呀？说实话！"

"你到底和尕毕勒玛是什么关系呀？"

批评的矛头随即又指向巴特尔夫且言辞激烈起来。

此时，就见巴特尔夫脸红脖子粗发呆着一句话都不说。

"完了，这要是把那天晚上的事说出来，这脸可是丢尽了！"尕毕勒玛这样一想就浑身微抖着，且以为主动回击强些而狠下心说："图雅你说，我们俩到底是做什么不对的事了？照你说我还不能和别人见面了是吧？我们家还不能留宿一个外人了吗？团员纪律里有这样的规定吗？"

面对这连珠炮似的质问，红脸图雅却更是心高气傲地说："这话可不能你一个人都说了吧，那个没准是出身有问题包藏祸心的巴特尔夫也该说几句吧！"

尕毕勒玛听她这么说，恼羞成怒得差点儿没冲上去和她撕扯到一起。

接下来的争论中，尕毕勒玛也毫不留情地把红脸图雅的"谁谁给我写了什么意思的信后开始老往我家来。有的还住下不走。我该怎么办呢，哪个能行呢……"这些问过她的事都抖搂了出来。红脸图雅听了当即蔫下去没了话说，其他人私下交头接耳着，说起各自的隐私之事来——

"是吗，是那么回事吗……"

"你也别没事老去她家了……"

"我倒是没事，你可是加小心了吧，你刚才说看见谁俩在一起做什么来着……"

如此，那天的会便在一种人人自危的尴尬氛围中匆匆了事，倒是巴特尔夫在大家的心目中更是异类起来。

巴特尔夫从那次青年会后就不干会计的工作了，尕毕勒玛家更是一次也不去了。

尕毕勒玛感到更加的茫然。青梅竹马的爱之缰笼就这样没去向了吗？巴特尔夫到底会有什么错？即便他是日本人的孩子，却是能有什么罪呢？他不能有爱情了吗？别人也是不可以爱上他了吗？尕毕勒玛在心中极是怜惜着巴特尔夫，更想着把自己从未给予他人的初心之恋献与那个曾经泉边的大男孩。可是在人言可畏的无奈之中，她也是无从启口地纠结着。然而这之后不久，尕毕勒玛从邮递员手中接到了一封信——

尕毕勒玛姐姐：

　　我太对不起你了。都是因为我，让你在那么多人眼前丢了颜面、损了名声。我再也不参加青年会了，入团申请我也不会再写了。因为我是一个双手沾满了正义人民鲜血的日本刽子手的孩子，所以我的身体里一定是流动着他们肮脏的污血，人们怀疑我是对的，我是决不能入团的，更不能加入民兵。

　　说真的，你把我从羊泉子旁领回家的事我还蒙胧地记着呢，再往前想，我和母亲（应该是我的日本亲生母亲）在荒山野岭一起走的情形也是有一点印象，但后来怎么走散的就不知道了。现在想来，母亲应该是把我带到附近有人家的地方后，把我扔下走了。后来我听人们说，当时打仗的时候，距离羊泉子往东很远的断谷里发现了一个日本女人的遗体。大约那就是我的母亲吧，可是我怎么能确定地知道呢?!

尕毕勒玛姐，我现在很想去一个好远的地方，远到再也没人知道我的出身是最好了，那样多么安心呀。可是我更舍不得从小一起玩着长大的你们。还有疼爱我、抚养我长大的老阿妈，还有这任我爬滚着长大的大草原，这些我都真是舍不得离开呢。我该怎么办？天太远，地太硬，我该把这些向哪里去说……

哎，就这样吧，别有用没用地说这些话惹你伤心了。我的生命是很幸运地得来的，我不会为此有丝毫怨悔。可是现在，我是把姐姐你善良的心思用鲁莽的言行伤害了的。我现在很后悔，姐姐你还能原谅我吗?!

此致：巴特尔夫

泪水从尕毕勒玛眼中滴滴淌落。信尾的日期在泪眼蒙眬中模糊起来。

尕毕勒玛开始给巴特尔夫写回信。并且信的开头不是以"巴特尔夫弟弟"写起，而是以"亲爱的"开篇后有缓有急地写起。那信中，有"爱恋……最多……老家……小时候……"等语句被反复提及时，在外人看来还真是猜不出这是写给谁的，怎样用意的信了。

有关巴特尔夫和尕毕勒玛而起的流言蜚语，随着时间的推移渐渐寡淡，且索然无味起来。而此时，两人之间隐秘递送的"你我"之信却越来越频密。此般情形持续到快周年的时候，巴特尔夫家已是旧房换新房，分梳了头发的尕毕勒玛脸有愉悦地进进出出了。

巴特尔夫家虽说牛羊少、家境一般且老人多，但全家人和睦快乐、有说有笑，从而成了一户四季如夏的幸福人家。就这样，在六十年代初家里的几位老人相继去世后，苏木上认为巴特尔夫是一位优秀青年而把他选送到盟里的会计学校学习，家里只剩下了尕毕勒玛和学步呀语的幼子二人。

而独守在家的年轻母亲总是会遇到很多困难的。但人这种生物只要想活下去，就要去遵循生活严苛的规则，难有人能超脱。所以再困难也要挺住。但在此时，尕毕勒玛却又听到了极为不好的坊间传言——

"巴特尔夫现在可是显摆出日本人的野性子了，看着吧，那娘儿俩早晚都是被他甩了的……"

"听说他现在还学日本话呢……"

"这算啥呀，我可听说他日本那头的亲戚通过政府打探他的消息呢，看样子巴特尔夫是很快就要回日本的了……"

这些传言虽说是不知源自何处，但却都是关心尕毕勒玛的好友们告诉她的。所以，将信将疑的尕毕勒玛也是时常纠结着寝食难安。不过好在那每月一封爱意澎湃的来信，总能让尕毕勒玛心中释然而暖意融融。况且寒暑假的相聚，也在激情中冲散了那些积存的阴郁。就这样，难熬的两地生活也还是恩恩爱爱，几年时光匆匆而去。此外，正值时代使然，夫妻俩以对未来充满憧憬的美好愿望，迎来了举国上下红红火火的"文化大革命"。

然而人间之事是少有完美的。这时候，初显"美好"的"文化大革命"已是有矛头济私之嫌——没上过中学就直接上了中专，且学习优异来年就要毕业的巴特尔夫，被打成了在生产队人民群众监督下劳动改造的"牛鬼蛇神"。

"文革"开始的第一年后，斗争愈加激烈着，各种"鬼神"也是越来越多起来。就是在那样的形势下，在那个夏天的夜里，有人敲响了尕毕勒玛家的门。惊醒过来的尕毕勒玛慢慢走到门后问："谁呀？"

"是我，快开门！"门外小声说出的话很像是巴特尔夫的声音。

这可怪了，十多天前还来信说要走"长征路"去革命圣地延安的人，怎么这时候就回来了呀……心惊地这样想到的尕毕勒玛，不敢相信地开门一看，还真是自己的丈夫巴特尔夫站在眼前呢。可是更让尕毕勒玛心惊的是，丈夫满面血迹、头脸肿胀。

丈夫说是苏木上派专人把他从学校带走，给扣上"日本特务"的罪名百般折磨了一番后，把他关起来的。他这是寻机逃出来，把一身脏衣服扔到河里后跑回家来的。

尕毕勒玛听了，不禁很是想不通而暗生绝望着默然无语。

巴特尔夫抚摸着睡梦中笑起的儿子对她说："我这是为和你们娘儿俩见上一面跑回来的。我是没活路了，我承认我是日本人的孩子，可要说我是日本特务我可是绝不能答应的！"巴特尔夫咬了牙这样说后又接着说道，"我得走了，要不然你们娘儿俩也会跟着我受牵连！"

巴特尔夫说着把一个很大的毛主席纪念章掏出来放在儿子枕头下，亲了亲儿子说："我走了以后一定会有人来，到时候你一口咬定不知道就行了！"

巴特尔夫说完便走了出去。

外面黑漆漆的，尕毕勒玛紧拉住丈夫不让走："你不能走，你这是要去哪儿呀！"尕毕勒玛急得几乎是喊出声来。

"小点声，别人听到就麻烦了！"巴特尔夫急忙用手捂住妻子的嘴，"我要去北京告状，一定会告出个道理来的！"

巴特尔夫说罢挣脱了妻子离去。尕毕勒玛随即浑身瘫软着没了知觉……

从那之后又传出了有关巴特尔夫的各种传言。有的说他叛逃到国外去了，有的说他死在半路上尸首都不见了……再后来，尕毕勒玛便被苏木革委会隔离审查了。

也许是冥冥中有此一劫，还或是命运不济但总有共患难之人吧，与尕毕勒玛一起遭到隔离审查的，还有个名叫嬷格妲的年轻媳妇。她是因为父亲生活在蒙古国，从而被怀疑成蒙古国的女特务而遭到审查的。这是一个面相可人、心地柔善，时常看着尕毕勒玛的儿子说着"我的儿子也不知道咋样了"而掉眼泪的优柔女子。

那段时间里，她们两个总是白天做些零碎的杂活儿，到了晚上轮次去专案组受审。

有一天夜里，嬷格妲很晚了也没回来。

难不成是审得很厉害了，不可能吧，审问一个女的顶多是大声训几下，怎么也不能动起手来的……尕毕勒玛尽量把事态往好的方向想象着，最后忍不住睡着了。

再醒来的时候已经是快天亮了。嬷格妲在一旁坐着哭呢，尕毕勒玛忙起来安慰她。可她更是伤心地哭了起来。看着她脸上没什么伤的样子，尕毕勒玛随即想到了那种女人才会遇到的身心之伤害。想到此，她不禁浑身一颤，继而回想起审问自己的那个大胖子专案组组长来……"尕毕勒玛呀，是在想你的巴特尔夫了吧。要是真想他就要如实交代问题呀，要不然……一个女人家可是会'发旱'的哟，要想'解旱'现在可不缺人……"每当审问她时，那个大胖子就先是冷着脸拿话压她，转而一脸奸笑着说些下流话调戏她。唉，这都成什么了。就算家人是敌对国的人，那也不能这么糟践人呀，难道是我阿爸阿妈积福积得不够多，再不就是老师教我们教得太少了?!尕毕勒玛转而这样想到。

动乱的年代于浑浑噩噩中耗到了公元一九七七年。

几乎焚毁了整个国家之文化涵养的"文化大革命"，在荒唐燃烧了十年之久后，以"打倒四人帮"做了最后了结。而在此时，依旧为是"左"是"右"，甚至是可"东"可"西"而暗流涌动的时局当中，那些有着水火不容之阶级印记的人们，已是各自隐身息声，坐等时机。

在自家的蒙古包内，已是面带秉性而显出些许壮年女性之神态的尕毕勒玛，正倚着牛粪柜、看着毡壁角，默默发呆地坐着。而鬓角已冒出几根白头发的巴特尔夫，皱着宽粗的浓眉正在吞云吐雾中。昨天突然从学校火急火燎地跑回来的儿子，此时背脸躺在自己的铺位上小肋起伏着、鼻子呼哧着，也不知是在睡觉呢还是在赌气呢。

"我再也不去上学了，他们都笑话我是日本人的孩子呢。"

儿子昨天一跑回家来就是这样喊着的。而眼下的情形是，谁要是说句带气的话，肯定会立刻激烈争吵起来的。

巴特尔夫又点了根烟卷儿，吹了口烟气儿，长叹一声说："尕毕勒玛呀，我想来想去咱们三个还是去日本吧。要不然我看这日本人的坏名声真是要一代一代地传下去了。我们也不是这儿不好、那儿好地外逃呢，这可是国家都答应让咱俩自己看着办了的事呀，人到哪里不都是个活呀，耳根子清净比什么都强呢，是吧？"

这时儿子竟忽然坐起来说："好呀，咱们去日本吧！"

"阿爸，那日本会有我能上学的学校吗？"儿子随即又这样问道。

"学校还不有的是呀，就看你学的本事了！"巴特尔夫欣慰地笑了笑，深吸一口烟，瞥了一眼尕毕勒玛。

尕毕勒玛还是以那副发呆的神情木然地说："你们爷儿俩随便吧，我是肯定不会去日本的，死了也不会去。与其就那么被日本人瞧不上眼，还不如在家乡安稳自在地活着呢。我的命是咋样就咋样吧，不用你管了！"

尕毕勒玛说完，不禁泪眼蒙眬地望着烟气缭绕中的丈夫。

猛然间，她只感觉眼前的这张脸竟是断然陌生遥远起来。那决不是曾把珍贵初恋献与其的巴特尔夫的脸，而更像是被多年战火硝烟熏黑的残暴日军的脸。此时的巴特尔夫，更像是一个最后战败时剖腹自尽的那一脸横肉的日本军人。那一刻，尕毕勒玛感到心跳得都要从嘴里蹦出来了。

"我今天才算看清你的真面目了。这几年你老拿这些话鼓动我，原来是早有打算了呀。现在可以了，你不是说日本那边请你去的日子快到期了吗？我现在就让你走。你能去日本，我也有地方去。我去我弟弟家他也不能撵我出来。就是不行那天，还有追我的那一大帮子男人呢！"气极了的尕毕勒玛这样喊着跑了出去。

"阿妈别走呀，别走呀！"想着要去日本的儿子，哭喊着跑出去拉住了自己的母亲。

"走开，快走开，快跟着你日本阿爸去日本吧！"尕毕勒玛说着猛拽开袍襟，儿子一个没站住趴摔在了地上。

母亲跑远的时候，儿子向着那一方向挥着手追过去："阿妈，别走呀，等等我呀！等等我……"

那稚嫩的喊叫声，在五连山的上空余音缭绕着渐渐远去……

秀润敏丽的爱之情丝，虽是有穿越千山万水之坚韧，但遇到无情时分，也是残丝一线否？！——那一刻，巴特尔夫并没有追随妻子而去，也没想着去阻拦挽留。只是儿子那可怜的哭喊声钻耳割心，令他忍不住拎起一瓶酒仰头痛饮了起来。近几年与远在日本的亲人通了信后，巴特尔夫便好起酒来。偶尔大醉时，还会因着无谓的琐事而或伤感、或恼怒，由此性情转变了不少。尤其是获悉日本那边来了邀请函，让他们移居国外的消息后，近几个月来他更是与妻子发生了好几次不大不小的争吵。只是那几次都没这次的激烈罢了。

巴特尔夫又仰脖闷了一口酒。他感到眼睛发花脑袋晕转起来。"不能醉倒了呀，至少得把外面的牛羊交给生产队呀。"这么一想，他随即又感到清醒了不少。

"可是，人这种东西最后还是很自私的吧，我可以被别人骂，被别人打，可尕毕勒玛却绝不会受他们的打骂。这绝不会的原因是什么，难道就因为她是巴尔虎蒙古人？难道我们俩是不一样的人？行了，就此打住了吧。"这样又一想的巴特尔夫，更是心头苦醉，爱之女神般驻守心间的尕毕勒玛的容颜，此时已是在一阵笑、一阵哭间淡然退去。

小轿车轮卷着地之远方奔到了母子俩的生身故乡——五连山的山头时隐时现在眼前时，记性好的儿子不禁探身抬头张望着说："阿妈，快看，到五连坡了，那年咱家在五连坡的时候……"

儿子说到这里便不禁嗓中哽咽——他想起当初父母是如何争吵，自己是怎样哭闹的几多往事来。

"真是呢，真是到五连坡了！"母亲朝着儿子说的方向看去，也同儿子一样想起那些伤心往事来。

"我真是糊涂呀，那时候要是听他的话一起去了日本，他本来很好的身体也就不会得了胃癌的。"尕毕勒玛悔恨地想到这些时，心底已是泪流淌漾着，思绪的枝蔓沿绿草荒路间延伸而去……

那次的争吵过后，尕毕勒玛再也没能见到巴特尔夫。但是他那接连不断的来信，终是让她泪浸字里行间……

再后来，她遵从了远海岛国上英年早逝的夫君之遗言，和儿子一起永久定居在日本。除此，她更是把亲爱的丈夫的墓碑各立一处、隔海守望——亲爱祖国的北疆巴尔虎草原上，其祖先国度的樱花盛开之日本岛上分别竖起。尊敬的读者若是想对此有更多的了解，不妨看一看如下的几封来信便知。

亲爱的尕毕勒玛：

我走了，走之前本想见你一面的，可是心里没那个勇气了。到了日本后再给你去信。我想人的心是没有边界的，我会一直想着你、爱着你的。我以为我的祖国就是中国，我的父母就是包括我双亲在内的巴尔虎人民。我永远不会忘记这些，也不该忘记。我这样说你一定是不相信的，不相信也是对的。但是以后你一定会有相信的时候。

留下的家产、牲畜我都登记好留给你们娘儿俩了。去找生产队队长就行，他肯定是个不撒谎的人。

那就再见了吧，注意自己的身体，老话都说是人在北京就在呢。最后就替我亲一下咱的儿子吧！

此致

巴特尔夫

1977. 5. 13

亲爱的尕毕勒玛：

你还好吧，儿子也好呢吧，他学习成绩怎么样了？

自从踏上这他乡的土地后很多事都是适应不了，心里很难受的。特别是没有比这言语不通更为难的了。可是又能怎么办，都说自己摔倒的孩子不哭，自己愿意来的我也是没脸对谁说呢，慢慢适应，慢慢学吧。这不是吗，东忙西忙着都过去一年了。

我现在生活在我老叔家，在一家个人经营的汽车修理厂工作。工资可是很高的，要是不误工地干下来，一个月到手的钱算成人民币能到四千块钱呢。可是物价也很贵，一斤牛肉得三十块钱。不过因为吃住和穿戴都是我老叔管着，所以我把挣来的钱都存下不少了。等存够了钱，我就想买个房子，总不能一直住在老叔家呀。况且我想着你们娘儿俩来了这里后，也好有个像样的家。我父亲虽说是在战争结束后回国病逝的，但他生前立遗嘱时把一部分家产留给了我。而且我还听这里的老人们讲，咱们小时候听说过的羊泉子东边断谷里发现的那个日本女人，应该就是我的生母了。唉，说这些又能怎么样呢，当时是日本法西斯发动的侵略战争，给全世界人民都带去了深痛的苦难，更何况也给本国人民带去了沉痛的伤害，我们家只是这其中的一例而已。

我的尕毕勒玛呀，你还是和儿子一起来日本吧，我再求你一次了。我这倒不是在说日本的生活有多好，更不是说资本主义比社会主义好的意思。而是想着一个人无论生活在哪个国家，都可以为家乡的繁荣发展出一份力，甚至为全世界人民的幸福出一份力。

亲爱的，这次的信就写到这里吧，要到上班时间了，日本人的一个优点就是特别守时呢。

那就再见了，盼望着家乡来的消息。给你俩寄了点钱，你们娘儿俩要是想来日本的话，做路费是够了。盼望你们娘儿俩早日到来。

此致

巴特尔夫

1978．6．4

亲爱的尕毕勒玛：

家里还好呢吧？儿子又长高不少了吧？阿爸亲你一下。

我最近突然身体不舒服住进医院了。住了两三天后就不想吃东西身上没力气了。难受的时候就按那个响铃叫护士来。护士来了就给我注射些药水，过后虽然是身上轻松不少，可还是睡不踏实，经常是梦见一些古怪的东西惊醒过来。而且也许是我多心了，这里的大夫和护士们看着一个个都有些不近人情，她们经常是不想被别人听到似的在一起嘀咕着什么。给我看病的时候也是一句话都不说忽闪着眼睛走来走去的。我感觉自己得的这病像是很不好治的样子……

尕毕勒玛呀，还记得小时候咱俩是信佛的呢吧。可是后来不信佛了不算，还把奶奶供奉的绿度母佛拆玩了多少回呀，还偷喝了多少回上供的奶酒呀。可是现在我倒觉得信奉佛祖是应该的了。日本人们的信奉更是多着呢，各地都有和尚庙和很多上香拜佛的人。真不知道这是坏兆头还是好兆头。

亲爱的，你还是和儿子一起来日本吧。就算待不惯也可以到处旅游一下再回去。也好看看日本到底是一个什么样的国家。日本这个地方新鲜奇怪的事可是多着呢。也不知道是太客气还是为凑个礼数，总之是在外面一见面就点头哈腰，进了屋里就跪在地上叫人受不了；走起路来也是哒哒地一阵碎步小跑，也不知道是很忙呀还是装个样子给人看呢。更怪的是公共汽车上都没有个卖票的。火车上也没有乘务员，真是从来没见过的怪。

唉，光说也没用啊，你要是来了就都可以看到了。不过眼下我觉得最要紧的是想跟你说一说我的后事呢，你知道了也别太伤心难过。如果哪天我命中注定到了不行的时候，就把我的骨灰分成两份，一份放到家乡巴尔虎草原上去，一份留在日本……你应该理解我的这愿望吧。我想让你这么做的唯一目的就是想通过自己的亲身经历，让更多人知道战争是怎么把人们弄得难有葬身之地的。要是可能的话，我还真想让自己的骨灰撒到更多的地方去，好在另一个世界祈求罪恶的战争不再祸害人间。

尕毕勒玛呀，人这种东西是年龄越大就越想念家乡和亲人呢，就连小的时候好过、不好过的同学朋友们也都是让我惦念得厉害。黑巴拉丹、黄骨碌眼他们都好呢吧，都是什么样的半大小老头儿了呀。红脸图雅、哭妞儿苏布道她们也都好呢吧。还有那个好打架的布巴后来是咋样的人了，早先听说他家里生活很困难来着。这次我寄了十万元，你就说是我说的，让他用在过日子上省着点花吧。除此以外，为了给家乡的教育出一份力，我还从父亲留下的遗产里取出二百五十万日元用作教育资助金，你要代我把这笔钱转交给学校。

别的就没什么事了，我现在很难受，该叫护士过来看看了。再见吧，真希望能马上见到你们娘儿俩。

此致

巴特尔夫

1981. 7. 14

小轿车在五连山的山襟间尘土弥漫着开到了一道草坡梁上。一望无际的大草原，已是从这一道草坡梁的下面朝着日出的方向铺展开来。这时候，尕毕勒玛远远看见有一群牵着骆驼赶着车的人，在那座孤碑前来回走动着……

我怎么这么命苦啊！十四年前的今天，我就是怀揣着你的来信从下着雨的北京上了飞机去你那里的。可当我怀着满心的喜悦到了同样是下着雨的东京机场时，听到的竟是你去了另一个世界的消息……现在又是漂洋过海，为你这一座草地孤碑而来——尕毕勒玛这样忧郁着和儿子一起下了车，眼中随即闪进了蒙日双语刻就的两行字：巴特尔夫之墓。

此时此刻的尕毕勒玛，心中不禁感慨万千，继而想起了家乡的一位年轻诗人献给她的那首诗：

斜阳暖照
这秋天的午后
是多么安静啊

野草枯黄
这缓缓草丘上
是多么忧伤啊

对面是
呼伦湖水浩淼蔚蓝
再远处是
大洋波澜雾蒙心间

当空之阳的恩顾下
和风温柔的抚慰中
被暴雨豪情冲刷着
被鲜花遍野献祭着
于无声之中
这座石碑
在站立

草地孤碑因何立起
谁人寄哀
何时魂归
只有那心间永存的
这一捧乡土深知
还有那大海彼岸的
那一树樱花深知……

　　如此，在草地孤碑旁等待着远方游子的乡亲们，以乡情和诗情尊贵地迎接了母子俩的归来。而在这个给夫君之墓镌字祭奠之日里，留宿在弟弟家的尕毕勒玛已是辗转难眠思绪万千。

"可是这么多年了，我却是一次都没单独去过他的碑前。我都是快六十岁的人了，还能回来多少次呀？"尕毕勒玛暗自这样想着，更是了无睡意，穿起衣服向墓地走去。

月亮升起来了。奶白色的月光，将草原上的一切都抚润得如纱幔轻遮般安详入睡。尕毕勒玛走到墓碑前静默良久……

静默良久的她，展开双臂扑向了家乡的这片土地，再也没站起……

　　　　草地孤碑
　　　　相伴这一瞬
　　　　隔海之双魂
　　　　重聚之爱缘也

谨以这首小诗完结了此篇呈递吧。

1995 年

爱·笛子·花瓶

伊·秀兰 著

赵朝霞 译

伊·秀兰

蒙古族，1973年出生。内蒙
古自治区作家协会会员。自
1996年开始发表小说和散文
五十余篇。出版有小说集
《细雨蒙蒙》、长篇小说《当年十八岁》。

赵朝霞

1985年6月出生于内蒙古通
辽市科左后旗。2006年7月
毕业于内蒙古师范大学；
2009年7月毕业于内蒙古大
学，获硕士学位。2009—2015年就职于内蒙古自
治区气象局，2015年至今在内蒙古文联文学翻译
家协会工作。

一

这个冬天的雪，就像白色幼鸟身上茂密的羽毛。火车载着许许多多的故事，驰骋在铁轨上。

我擦了擦结了霜的车窗，欣赏着雪白的世界。其实有什么可欣赏的呢？这个世界看似如此洁白，却暗藏着黑暗。

喧嚣的都市生活使我恐慌、愤怒和不知所措，而且赐予了我永远无法愈合的伤口和剪不断的思念……

我出生在农村，但不知从什么时候开始一头钻进了都市的熙熙攘攘。

我想起了那个炎炎夏日晴朗的早晨。我和陶笛其木格刚结束每天的例行打扫任务，就逛商场去了。陶笛其木格特别喜欢黑色，她说黑色代表深奥和高雅。但毕竟不是每个人都是深奥和高雅的。盲目地追求所谓的深奥和高雅可能会失去自己与生俱来的一些美好的东西。自然是最真实的，朴实是最宝贵的。关于这个我不知跟陶笛其木格费了多少口舌，她却只是笑了笑说：

"朵莱玛你真是只知其一不知其二啊。我刚来这儿的时候穿着红上衣、绿裤子，有个客人看了我一眼，说：'唉！乡下来的傻姑娘！'然后把头扭了过去。那红上衣、绿裤子是婆家给我准备的，我在订婚那天穿着那身衣服给长辈们敬酒的时候他们都夸我像蝴蝶一样漂亮呢！唉，现在想想多可笑啊！"

我无言以对，只好叹了叹气。如今她早已把聘礼如数归还，解除了婚约，为了躲避流言蜚语，来到城里，学起了酒馆里的活儿……

但那天她并没有买代表所谓深奥的高雅的黑色衣服，而是买了件血红色的短裙。看着我不解的眼神，她不好意思地笑着说：

"有个人……有个人……特别喜欢红色……"

为了男人去改变自己是女人心甘情愿做出的牺牲，然而这种牺牲或许是愚昧的。在有些人的眼中，酒馆里服务员的工作很不光彩，就好像在众人面前光着身子走。

"朵莱玛，你总是让人感觉与众不同，你的身上一定有什么故事，可以跟我说说吗？你到底为什么要来这里？"

> 不要问我从哪里来
> 我的故乡在远方
> 不要问我为什么
> 梦里的心愿树是我的思念……

那天晚上我在酒桌上跟顾客喝酒了，我之前不会喝酒，但是那天特别想喝所以就喝了两杯。然后在轻快的音乐中跟一位三十多岁的魁梧的男人跳起了交谊舞。

"小姐的舞姿很优美啊，咱们俩的舞步很合拍，但是我们的目的可不只是跳舞合拍，而是……"

从他那两片歪扭的嘴唇中间钻出一股下流的笑声。

女人的直觉是很灵敏的，和不喜欢的男人在一起的感觉就像看见夏天的苍蝇一样令人厌恶。这一点实在是没办法。于是我咬着嘴唇没好气地说：

"先生如果不想跟我酣畅淋漓地跳舞，就让您尊贵的身子歇下来坐那儿喝您的酒吧。我可没那本事挣您那点儿钱！"

"什么？难道这些小姐不都是为了钱吗？"

"也许是吧！但是我挣的每分钱都是堂堂正正的！"

"哎哟！太可笑了！小姐您太清高了吧？您难道是一尘不染的库锦①镶边？"

"这个我自己心里清楚，而且天地为鉴。好了，先生您就跳单人舞吧！"说完把那位留在旋转的彩虹灯和众人疑惑的眼神中，我自己甩着胳膊走了出去。

二

我自己心里清楚，而且天地为鉴。但是他……远方的他却不明白。

他的第一封信里夹着一张照片，收到信后我告诉母亲我跟他之间正在发生不寻常的故事，也有可能会以悲剧收场。母亲抚摸着我的头发，长长地叹了口气，说："我这个可怜的小女儿啊！成了全世界最蠢的姑娘了！"

蠢人做蠢事，为了爱情，我心甘情愿地做了件蠢事。

> 亲爱的朵莱玛：
>
> 在东北广阔的草原上摇曳着青色的兰花。你知道吗？她们中间最美丽的那一朵，已经盛开在我的心上。
>
> 朵莱玛—如果我们今生不相识，定会辜负前世那一千次

---

① 库锦：一种锦缎丝绸。

的回眸。沙漠里一个普通牧民家的儿子，在寻求知识的路上遇到了最懂我的姑娘。一年多来我们虽然没见过面，但是那一封封信却在我们耳畔轻轻地诉说着什么，那是一种情义，是青春年华里永恒的爱。

愿长生天和圆满的缘分保佑我们！

追求罗曼蒂克的二十多岁的年轻人强烈而真挚的感动，在外上了几年学眼界开阔后对故乡的惆怅，让我在那慵懒而舒适的夏天，在西北那一轮洁白的明月下，与他相见。

"我一直在等你，坚信你一定会来。"

甩头发时帅气的动作、一双圆圆的大眼睛和那张干净标致的脸，给这个年轻男孩增添了几分英气。他的手向我伸过来，我犹豫了一下，让他牵住了我那灼热的手。我没去想就这么牵手到底对不对，到现在都没有想明白。只是坚信那只手是温暖、有力、充满爱的。

那是一个柔和的夜晚，月光就像从银碗里倾洒下来的洁白的牛奶。那一片杨树林像仅仅是为了我们俩而存在，羞涩而引起的尴尬以及为了解除尴尬的窃窃私语，使鸟儿们都屏住了呼吸。

"朵莱玛！今后咱们就像小鸟儿一样仰仗这一片杨树林，幸福安逸地生活。听说东北地区的女孩儿美丽又勤快，西北地区的男孩儿刚强而坚定……"

说着说着他突然把手松开将我紧紧地抱进了他那温暖的怀里。从他胸口散发出来的香味让我不敢相信他是来自农村的男孩儿，随着他的心跳，千千万万个爱的波浪震撼着我的全身。他像发了疯一样贪婪地亲吻我的头发、额头、脸庞，当那颤抖的嘴唇触碰到我的嘴唇的时候，我像触电一样迅速躲开。于是他不好意思地将脸钻进我的头发里，更加用力地搂住了我的腰。

我一直认为男女之间的关系需要具备一定的条件，而且两个人之间达到可以亲近的距离后才可以拥抱、亲吻。距离尤其重要，因为我指的是心灵的距离。

几天后的一个夜晚，还是在那一片杨树林，他抚摸着我的长发，说："朵莱玛！我好爱你的长发，它们已经把我全部的爱都缠绕住了。"说完轻轻地吻了吻它们。

"那如果哪天我要离开，我就把它们连根剪掉送给你留做纪念……"还没等我说完，他用手捂住了我的嘴，久久地凝视着我，突然他那灼热的嘴唇紧紧地贴住了我的嘴。

刹那间，感觉天旋地转、电闪雷鸣。我竟也开始亲吻他，轻轻地咬住他的嘴唇，满怀着炽热的爱去抱住了他，感觉这个世界只剩下我和他。洁白的月光倾洒在我们身上。他那颤抖的手突然撩起了我的裙子。

我自己都不知道怎么劈头盖脸推开他，像个弹簧一样弹起来的。两行泪水夹着鼻子流了下来，一种被男人侮辱了的苦涩的伤痛抓挠着我的心。我靠着一棵大树，拿起我的笛子，吹起一首像清澈的河流一样的曲子，是自西晋开始，在民间流传的爱情故事《梁祝》：

> 破晓，天空吐出灿烂的晨光
> 一对彩蝶飞下山
> 前面带路的是梁山伯
> 跟在后面的是祝英台
> ……

悠扬的笛声，为少女时代的我增添了不少魅力，让我收获了许许多多的爱慕之情，那些少年跟我说，吹笛子的时候我的眼睛会闪闪发光，与众不同。这样的我会让人深深地留恋，甚至还会让他们萌生爱我一辈子的冲动。如果他们说的是真的，我不信这柔美的笛声战胜不了这位西北小伙子内心燃烧着的人性本能的那种冲动。

果然，当我回过神，他已经静静地站在我身后。过了一会儿，我放下笛子，回头看着他，他虽然不知所措，但是他那释然的眼神里充满谢意，用深沉而柔和的声音跟我说："朵莱玛，你拯救了我，在一个善良而纯洁的姑娘面前拯救了我。但，在以后的某一天，你肯定会后悔的。"

"为什么？"我死死地盯着他问。

"因为我真心爱你。"

"我也一样啊！"

他什么也没说。只是把双手搭在我肩膀上，凝视着我，他亲了我的额头，这时，有两颗硕大的眼泪滴到我的脸上，慢慢地流进我的嘴里。天啊！这是他的眼泪，一个深爱着我的男人的眼泪。咸的？苦的？不是，是甜的！真爱的眼泪是甜的！

如今，我真的后悔了。如果那天晚上依了他的意思，或许现在我们早就成了幸福的一对，快乐地生活在一起。那样，之后的故事也不会发生，不会结识巴图查干，不会跟他发生超越界限的爱情。我的笛子、我那悠扬的旋律也不会离我而去。

三

交谊舞——一种在全世界范围内盛行的代表友谊和爱情的文明之舞，但是那些偏激的人管它叫拥抱之舞。很多时候，拜托兄弟朋友办事的话总是会把对方请到酒馆里，点上一大桌去宴请。而且大多数情况下都会选晚上可以唱歌跳舞的那种酒馆。酒是食物之首，当醉意上来之后，大家变得什么事情都好说了，但即使是这样，如果没有给叫小姐，那么你要办的事情就会变成未知数了。当然，那些只是少数人，他们没有资格去谈论名誉、良知、忠诚以及道德和责任。那么那些小姐呢？她们更是遭受来自各方的攻击，被骂成是社会残渣、扰乱他人正常生活，甚至被骂成出卖肉体的妓女！

在一位朋友的介绍下来到酒馆工作的前一天，我曾跟他坚定地说："当一个普通的服务员即使累死我也心甘情愿，但绝不会陪客人跳舞去挣那肮脏的钱！"

一天早晨，一起工作的女孩公布了一个爆炸性的新闻："昨晚对面酒馆的A姑娘跟税务局的B领导在宾馆一起开房被抓，B领导的妻子正忙着告呢！"

"哦嗨！"大家纷纷惊叹。

一只苍蝇能给千家万户散播疾病。A姑娘的丑事往无数个在酒馆工作的姑娘脸上抹了黑，她们承受着巨大的压力，而那些从未染过肮脏的洁白心灵在严厉的法律面前，理应问心无愧。谁说这不是个警告，谁不知道这是种无声的鞭打，不信，看看陶笛其木格那双忧伤的大眼睛！

"你怎么这么无精打采？这个消息对你打击这么大？"我悄悄地问她。

"是啊，你知道，他也已经成家，有孩子……"她无力地说着，声音在颤抖。

我不禁叹了口气。我见过她所说的"他"，是一个中等身材、脸上总是挂着微笑的三十多岁的成熟男人。陶笛其木格跟我讲过他们是怎么认识的，她说："那天晚上在我的桌上，来了五个客人，吃完饭他们说要舞伴。我跟女经理说完叫了几个小姐过来，客人中那位被其他人叫领导的、有手机的人指着我说：负责这个酒桌的这位小姐，今天晚上你跟我跳舞吧！这个人很会跳舞，很有风度，而且风趣幽默。从哪儿看都能看出来是个有钱有势的人。跳舞的时候他问了我的名字，还悄悄地往我手里塞了一百块钱。走的时候他把名片、BP机号和手机号都留给了我，他姓李，啤酒厂的总经理……"

陶笛其木格把这些毫无隐瞒地告诉我，讲的时候她的脸通红，眼睛里流露着喜悦。我现在才知道，那位李先生是多么深深地吸引住了陶笛其木格的心。从那之后，每次他们互相打电话，或者李先生直接过来找她跳舞的时候，她总是会调皮地跟我使眼色，整个人兴奋不已。我的直觉告诉我，他们已经超越了客人和服务员之间的关系。

虽然不能把他们跟Ａ女孩儿和Ｂ领导比，但是他们离那片沼泽只有一步之遥，只要再往前一步，就会深陷进去。这些担忧不知困扰了我多久，直到有一天我自己被同样的担忧笼罩，我抱住陶笛其木格的脖子，哭着说："咱们走吧，逃离这越过法律界限的爱情！"

"为什么？朵莱玛你也跟我一样了吗？"陶笛其木格踩着脚下那一片金秋的落叶，"沙——沙——"

路边堆积的落叶被无情地踩着。啊！落叶！陶笛其木格，咱们的命运跟这些落叶有什么差别呢?！咱们被别人踩在脚下，一不小心就会成了柴火，在农家炉灶里燃烧掉。但是谁都不会珍惜咱们，看不见咱们释放的光和热，或许连看见的机会都没有。

这是命运！

是啊，我应该讲一讲这场命运的故事，即使所有人都不理解，陶笛其木格你应该理解。因为咱们是根深叶茂的一棵大树上的两片叶子。

四

"命运"这两个字果然改变了我二十岁的命运。告别西北天空的那轮明月回到家乡的第二天，他的一封信就跟着我飞过来了：

朵莱玛，我知道了。你原来没有真的爱我。你没有为了爱人付出一切的勇气。在你面前，我失去了男人的威严、虚荣心。失去了的东西很难再找回来……咱们之间的缘分也不过如此……

那一刻我没有哭，而是望着天空哈哈大笑。然后扑进母亲的怀里躺了很久。不知跟谁诉说这有生以来关于爱情最深的伤痛。把转在眼睛里马上就要流下来的眼泪往肚子里咽进去，找到一个安静的地方，仔细地想一想，我和他只是在生活的大潮中擦肩而过的短暂的缘分——最起码，我们对于爱情的看法不同。他是想用肉体的结合拉近心灵的距离。

然而，巴图查干却跟他不同。

巴图查干——

那天晚上，连绵的秋雨发出沙沙的声音。我们的酒馆里客人很少，小姐们一个个坐立不安，因为她们只有看见了客人才会喜笑颜开。有些人对着镜子、拨弄着头发哼着歌，有些伸着脖子时不时地向外面张望，看有没有客人过来。正在这时，隔壁酒馆的经理鲁莽地推开门进来跟我们经理说："从你们这儿借个小姐，我们那儿缺了一个。"

借小姐是酒馆之间常有的交往。虽然互相竞争，但是把自己家的小姐借过去，把对方客人拉过来是经理们最喜欢用的手段。

"你去吗？我们那儿可来了位'大客人'啊！"那位经理从十几个小姐中间指了我。

我吐了吐舌头往后退了一步。别说去别人那儿跳舞挣上几十块钱，连在自己的地方都经常惹客人生气一分钱都挣不上。女经理好几次给我甩脸，说我在赶客人走呢。那不赶还能怎么样呀？让那些乱七八糟的男人随便亲着、抱着、摸着？还想怎么样？跳舞就有个跳舞的样儿！我一直都这么想。

"人说让你过去你怎么还往后退了啊?"

这是我们女经理不情愿的默许。

我突然感觉有股气上来了。我怎么了?在那些出卖姿色、笑脸、巧言巧语的(即使我们不这么想别人也会这么想)酒馆姑娘当中,我就是个不会挣钱的废物吗?

"去,我去!"

工作的重压,在别人手下做事的无奈,内心沉重的压力!

我走进去的那个包间里坐着两位客人和一个酒馆的姑娘。那个姑娘紧紧地挨着那位浑身上下都散发着领导架子的秃顶老头,玩着他的手机。"大客人"估计说的就是那个老头吧。舞曲响起的时候,那个姑娘连拽带拉地牵着老头儿出去了。我跟一个嗑着瓜子儿默不作声的年轻人留在房间里。

"小姐您是蒙古族还是汉族?"男人浑厚而轻柔的声音。

"是蒙古族。"

"叫什么名字?"

"朵莱玛。"我就像个站在老师面前低着头老老实实回答问题的学生。

"我也是蒙古族,我叫巴图查干,咱们今天晚上别跳舞了,喝茶聊聊天吧,好吗?"

"好,好……"我窃喜遇到这么省事的客人,并向他露出了发自内心的微笑。

五

那天晚上,我和巴图查干果然没有跳舞,而是就关于城市和进城的农村姑娘聊了好多。

他说:"你与其在这里还不如待在老家种上两亩田。"

"为什么?"

"这还用说吗?"

"哼,农村人思想被禁锢在农村的那种时代已经过去了。你的意思是只有城里人才可以跳舞,可以欺骗别人,可以阴险狡诈,可以随心所欲地挣钱?我们农村人怎么了?农村人怎么就比城里人低一等呢?"

我这样反驳的时候坚决而满腔怒火。这些天堵在心里的不愉快一股脑地向坐在我面前的巴图查干喷射出去,我的眼睛里还闪着泪花。

这位巴图查干愣住了,他盯着我一声不吭。我知道自己过于冲动了。

正在这时,在外面跳舞的秃顶老头又搂又抱着他的舞伴走了进来。

"回吧,过了十点就进不了家门了。"老头穿上外套摸着衣兜。

"嘻嘻嘻!怕媳妇的话以后就别来了。"那位姑娘接过钱扭着身子撒娇。

巴图查干跟我握了握手说:"我走了,咱们的相识是种缘分。"

在眼睛里打转的眼泪这时已经不受控制了,其中一滴掉进了桌上的茶杯里。

不是因为舍不得跟刚认识的巴图查干分开,是因为他说的"缘分"两个字戳痛了我的心。我的缘分——我的眼泪只是一杯苦茶吗?

那天夜里我失眠了。从那之后的很多夜里我辗转反侧,脑子里全是巴图查干。因为,和他认识之后,他接连来酒馆里找我。"这是我去隔壁酒馆认识的舞伴。"跟经理说的时候她第一次用惊喜的眼神看着我。

巴图查干,其实算不上是好看的男人。身材魁梧,穿着朴素,微红的脸上有一双会说话的大眼睛。他是C局长的私人司机,老家是农村的。C局长这个秃顶老头喜欢去酒馆跳交谊舞,但是特别怕媳妇孩子，所以总是以公事的名义带着司机晚上出来活动。

一个周六的晚上，开着白色轿车的这两位稍晚些时候来到酒馆里。巴图查干突然拽着我的袖子说："朵莱玛，你给我们领导找一个固定的舞伴怎么样？"

"什么样的？"我好奇地看着他。

"像小姐你这样的就行，要不今天晚上你陪我吧！"秃顶老头早把那一副领导的派头抛到了九霄云外。

巴图查干的脸色一下子变得很难看，他瞪着我说："你说是什么样的？当然是温柔漂亮的呀，你怎么这么傻？"

我什么都没说走了出来。他们是给我们钱的人，我们是拿他们钱的人，他们从来都是那样霸道，但是巴图查干这样对我，让我觉得特别委屈、心痛。因为巴图查干给我的印象和别人不一样，这段时间，他的地位在我心里正不知不觉地上升。

女经理把陶笛其木格安排过来。看见是个老头，陶笛其木格虽有点不高兴，但又说："嗨，又不是一辈子跟他，把他兜里的钱拿到手就行了呗！"说着坐到了秃顶老头身边。

音乐一响起来，巴图查干就邀请了我。刚才的"仇"还在心里沸腾，我和他身体保持着一定的距离，也没有正眼看他。

"我知道你在生气，但是你如果好好想想不应该跟我生气。"

"像我这样的傻子哪能听懂您的话呢。"说完趁着转圈狠狠地踩了他的脚。

巴图查干的忍耐力可真强啊，他不但没生气，反而哈哈大笑起来："如果我没骂你是'傻子'，今天晚上被秃顶老头死死地抱进怀里，有你受的，那样你就能忍了？"

"那样的话你也能忍吗？"我扑哧一声笑了出来。

我们俩在快四曲子中欢快地旋转，而旁边的秃顶老头正死缠着陶笛其木格的细腰，一副无耻的样子。

"企鹅!"我生气地说。

"是有钱的企鹅。"巴图查干还想护着他那位。

"钱不知道怎么花的糊涂鹅。"我接着骂。

"这样的糊涂鹅不正是你们兜里钱的源泉吗?"

"那倒是,但这钱的源泉绝不是我们快乐的源泉,我们拿他们的钱还要在背后骂他们,骂死他们……"

"你们喜欢骂,我们喜欢被骂。我们喜欢给,你们喜欢拿。现在不就是这样吗?"

我和巴图查干总是争论这样的话题,谁也说不过谁,最后不欢而散。到了第二天再回想那些话题感觉好有意义,从而会有种美好的感觉涌上来。

六

陶笛其木格最大的缺点是过分追求金钱和权力。

她不喜欢和那些特别干净利索的小伙子跳舞,因为她认为像他们那种人没什么钱。我们农村的有些小伙子偶尔也会来酒馆里。有一次三个蒙古族小伙子过来叫了舞伴,我和陶笛其木格还有另外一个汉族女孩被安排过来。

陶笛其木格说啥也不愿意过来,非要让我找别人替她,我问她为什么,她摇着头说:"万一他们是我老家的人认出我了咋办?一晚上的钱挣不上不说,回去后还会添油加醋地说咱们在这儿出卖肉体。"

"别人想说啥就让他们说去呗。咱们知道自己干什么就行了,管那么多干吗?"

"但这是名誉!"

"你在乎名誉的话干吗还来酒馆上班?可以每晚和汉族人跳舞,和蒙古族人跳一晚上能怎么样?"

也不知道陶笛其木格想到了什么，总之很不情愿地跟在我后面到了那三个小伙子旁边。

陶笛其木格跟他们介绍自己是汉族，然后装模作样地点了根烟跷起了二郎腿，这一幕让我很惊讶。

想一想，人还是有自知之明的好。从巢穴里掉下来的幼鸟，虽然胸口紧贴着肥沃的草地，但看看自己，赤裸得连羽毛都没长出来。像陶笛其木格、朵莱玛这样许许多多酒馆里的女孩，哪里来的架子呢？尤其是在农村人面前，把自己当成城里人装腔作势，是多么的羞耻啊！

陶笛其木格和那个女孩用汉语叽叽喳喳地说着。而那三位也是所谓"放在臼里捣不着"，跟陶笛其木格斗嘴，不甘示弱。

"听说你们城里人都是关了灯搂着脖子跳舞，怎么你们的灯现在还亮着？"其中一个说。

陶笛其木格咯咯笑，说："有钱人可以关了灯和喜欢的姑娘如胶似漆，没钱的只能在灯光下本分地跳舞。"

"这是什么道理？这不是瞧不起人吗？"

"这是金钱的道理，我说给净说些猥琐的话的人的道理！"

听着他们的对话，我觉得又好笑又生气，又感到很难过。听说现在有些人打麻将的钱都用叫舞伴的钱来衡量，他们经常咧着嘴谈论道："我昨晚赢了几个舞伴，输了几个舞伴！"这是对交谊舞姑娘最大的侮辱。听说在发达城市都会问"要小姐吗"而不是问"需要舞伴吗"。仔细想想这些觉得自己是时代的牺牲品或者时代的"先锋"，我偷偷地笑了笑。

和那三个小伙子跳到十点半，在休息的间隙其中两个说要去上厕所很长时间都没有回来，剩下的那个也变得坐立不安："他们怎么回事？我出去看看。"

还没等他站起来陶笛其木格将他一把摁住，说："先生，先把账结了再出去找他们，否则别想从这儿出去！"

"什么？是他们俩请我的，今天晚上的账和我一点关系都没有。不信的话你们搜我，能找到钱的影子我就不是我父亲的儿子!"

这时我张着嘴愣在那里。人怎么这么狡猾!？……而且都是蒙古族……

"让他走吧!"我突然大声喊。

"钱都没要上呢干吗让他走?"陶笛其木格瞪着我。

"钱我出!"我生气地喊道。

那个小伙子慌张失措地看了我一眼，像逃跑似的夺门而出。陶笛其木格向他身后呸一声，骂道："没钱还喜欢嘚瑟的臭毛驴! 一晚上白折腾了!"

我默默地从口袋里拿出钱，跟她说："给! 包桌的钱……还有你们俩的!"

"算了，用这些钱，买个教训吧!"陶笛其木格生气地说，摔门走出去的时候冷风吹进了我的胸口。

是啊! 陶笛其木格生气没错。如何跟这个社会的那些肮脏对抗，她学到的比我多得多。今晚我的确买到了一个珍贵的教训。

七

啤酒厂的李经理和陶笛其木格之间的关系在持续发展。

找陶笛其木格跳舞的客人都是有钱有势的人，其中的李先生是在陶笛其木格心中超越金钱和权力的、让她牵肠挂肚的人。有时候陶笛其木格跟着他去歌厅唱到半夜，有时候去别的饭馆一起吃饭。酒馆有自己的规矩、禁忌，但是陶笛其木格的那张巧嘴不缺借口。如今社会上最值钱的是人的脸和嘴，这个灰暗的规则不知道是在帮陶笛其木格还是在腐蚀她。

一开始我经常指责她太过分了。后来一股忧愁开始在心里缠绕，我问自己和陶笛其木格有什么区别呢。因为巴图查干已经真正地走进了我的生活。

深秋的一个阳光灿烂的午后，我避开其他人，托着下巴思考着自己的未来，心中涌起一丝伤感，眼泪不由自主地往下流。

"朵莱玛你怎么了？是不是感冒了？"陶笛其木格看到了着急地问。

我迅速把眼泪擦干，顺着她说的话点了点头。

"感冒了就回宿舍休息吧，我帮你跟经理请假。"

我用感谢的眼神看了她一眼，向宿舍走去。现在，我的身心、思想的确需要休息，哪怕短暂地休息一会儿也好。最近感觉心里有万斤重的石头压着，痛苦不堪。知道这不是肉体的疾病，但是医治这个病的药方在哪里？啊！那个药方离我有多远？那是永远无法靠近的永恒的距离。

我回到宿舍，用被子捂住头躺下了。大脑的血管嗒嗒地跳动着，心脏咚咚地敲打着。我首先想到了死亡。据说一个人如果完全失去了生活的意义就会吃毒药、跳河、上吊……

"砰、砰、砰！"

敲门的声音！

"门没有锁。"我无力地说。

已经到了傍晚，房间里很灰暗。我懒得看进来的人，仍然闭着眼睛躺着。

"哎哟！真会享受啊！"被一个男人温柔的声音吓了一跳，我抬了一下头，又继续躺下了。

这个声音——

就是这个声音——

两个月以来这个声音让我日夜煎熬，听不到这个声音就像丢了魂一样无精打采，这个声音使我忧伤、惆怅、胡思乱想。或者今天我的眼泪，对某个人痛苦的等待，难道也是因为这个声音吗？

"到酒馆后陶笛其木格跟我说你病了，然后指给我你的宿舍。我们的领导又要和陶笛其木格跳舞……"

他坐到床边只顾着自己说。我仍然闭着眼睛，心里却大声地喊着，巴图查干啊巴图查干！我在等你，你对我那不近不远的温柔让我深陷痛苦啊！

"喂！人家担心你急着跑过来看你，你却连眼睛都不睁开是什么意思？"

嗨！巴图查干啊！傻巴图查干！爱情的大门已经向你敞开，你怎么就不懂得走进来！你的思想怎么这么封闭啊！……

我开始厌恶酒馆的工作。充满着酒气、金钱和色情的环境，让我日益悲伤，我越来越思念亲人，越来越希望早日遇到相爱的人。在这期盼光明的悲伤岁月里，能够寻觅到一个知己，一起快乐，是我今生最大的幸运吧?！

"还好，没怎么发烧。"巴图查干的大手摸着我的额头。

"巴图查干！"

我已经无论如何都抑制不住激动的心情，泪如雨下地抱住了巴图查干的脖子。

"巴图查干！你是个好人。你也喜欢我，是吧？那咱们……咱们……我爱你，真的，这是真的……"

不知所措的他愣了一下，突然把我紧紧地抱进他那宽广的胸怀。

"朵莱玛！你怎么了？别人欺负你了吗？"

"没有，没有。巴图查干，我问你，你喜欢我吗？"

"喜欢，这还用说吗？从第一次见你就开始喜欢上了你，在我眼里你是一个与众不同的女孩。"

"那你爱我吗？"

"爱!"

"真的吗？"

"我从来不会说谎。不信的话摸摸我的心！这是鲜红而火热的一颗心……但是我好痛苦，我恨和你没有缘分……"

"为什么这么说？如果我们彼此相爱的话谁能阻止我们？哦，你是不是以为我是个喜欢卖弄风情，是男人就亲、是男人就爱的女孩？不是，不是啊巴图查干！不信的话你……"说到这儿他突然开始亲吻我的脸，用颤抖的声音说："朵莱玛，亲爱的！我不能这样……我会亏欠你……我绝对不能这样……"说着把我推开，像喝醉酒了一样，晃晃悠悠地走了出去。

"巴图查干！"我的声音很小，但是短而有力、充满忧伤。

"朵莱玛！我爱你，永远爱你！"

……

巴图查干的"永远爱你"这几个字给了我安慰，让我感觉到幸福，让我安然入睡。

突然被一阵喧闹吵醒，已经半夜十一点了，原来是陶笛其木格的声音。

我笑着跟她说："巴图查干来看我了。"我迫不及待地把这份快乐分享给最亲密的朋友。

"我知道，咱们俩真是对可怜的同命鸟儿。"陶笛其木格叹了口气。

"你在胡说些什么？"

"哼，秃顶老头今晚说巴图查干不但有漂亮的老婆，儿子都已经两岁了。"

"什么？"

我的眼前漆黑一片……

八

我连着三天没能去上班。自己一个人守着空荡荡的宿舍，感觉和世界隔绝了。这时我想到了我的笛子。在这悲伤又漫长的日子里急切地渴望能够吹一首远方的曲子。但是在一年之前——来酒馆前的一个晚上，我为了西北的那一轮明月吹了三遍《梁祝》，祭奠那段不圆满的爱情。然后把陪伴了我三年、被我当作精神支柱的竹笛埋进沙子里，并且发誓以后再也不吹笛子。

如果没有西北的明月，就没有东北的酒馆。有一天晚上我问过巴图查干："你家里都有什么人？"

他笑了笑说："有我年迈的父母。"

"没有别人？"我话中有话地问他。

他仍然笑着反问我："你说呢？"

我没再追问，他也没有回答。

三天之后我像往常一样去上班了。正好那天晚上巴图查干和秃顶老头过来了。一看见巴图查干我那故作坚强的心变得像失去弹力的皮绳，我的双眼满含泪水。

"祝你家庭幸福。"

"什么？"他惊讶地盯着我看。

"听说你的儿子很可爱？"我狠狠地看着他说。

"你都知道了？"

"怎么？你是想瞒着我，欺骗我吗？"

"没有，我从来没想过要骗你。"他闭上眼睛，过了一会儿说，"我把你当妹妹可以吗？"

我伤心地摇了摇头，眼睛向下看的时候眼泪止不住夹着鼻子往下流。

"巴图查干，你不要叫我妹妹，我也不会叫你哥哥。在我心里你是永远的巴图查干，这你知道吗？知道吗？"

"那咱们俩永远这样下去，你做我最深爱的人！"

"你这话是什么意思？"我顿了一会儿，愤怒地喊道，"巴图查干，你好自为之！你要让我做你的情人？我朵莱玛再怎么样不会到那个程度！"

那天晚上我和巴图查干没有跳舞。陶笛其木格却从秃顶老头的兜里拿到了二百元……

九

爱情！我和陶笛其木格遭遇的令人绝望的爱情！

一天晚上陶笛其木格跟我说："我离不开李经理了。一辈子，永远……离不开了……"

"为什么？"

"我已经是他的人了。"

陶笛其木格脸上没有任何微笑，眼中也没有犹豫、后悔的神情。

突然，仿佛一股寒流钻进我的胸口，我浑身打了个冷战。作为女人，我了解她所说的话的重量。我让自己平复下来，说："生活中，没有谁是谁的人。你永远是你自己的陶笛其木格。来酒馆一年多了也攒了不少钱，用那些钱学一门技术，回老家或者做些买卖也行啊。非要把自己的青春和未来交给一个有家室的人吗？"

陶笛其木格嫌弃地看了我一眼，说："我不回农村。如果回去的话何必来酒馆上班，丢自己的名声。是，我攒了点钱，但是那点钱都不够我日常花销。城市里有钱的男人多的是。但哪个像李经理一样又年轻又有钱有势？他说要给我买下一个酒馆。到时候我自己当经理。那才是我真正的幸福。"

"你们这不是爱情，是交易！"我喊道。

"朵莱玛，你不要太善良。在这金钱的世界里我们要学会狡猾。他利用我，我也利用他，而且我们都很快乐。如果世界上存在爱情的话，那这才叫真正的爱情！我想让他离婚，但说实话，他离不离婚有什么关系呢？只要对我好就行了……"

我不知道该说什么了，知道说什么都没用了。农村姑娘陶笛其木格，刚进城的时候穿着一身皱皱巴巴、红红绿绿的衣服被别人笑话，我不禁惊讶人的思想怎么能这么快改变，也察觉到我已经离她十万八千里了。

在这之前的一个晚上，巴图查干把我叫到外面，说："朵莱玛，我多想跟你一起生活？！但是我老婆也是个像你一样善良的女人，儿子更是个可爱的小东西。我怎么能伤害他们呢？我离不开他们啊！"

"我不会那么要求你，也没有权利那么要求你。"我努力止住满眼的泪水，怅然若失。

巴图查干深深地叹了口气："那天我克制自己从你的宿舍出来，否则我会做出傻事毁你一生的幸福。"

"啊？！"我愣了一下，放声痛哭。

巴图查干，巴图查干！你怎么这么想呢？！这不是在践踏我"为了心爱的人付出一切"的那份决心吗？

十

雪花飘洒的一个冬日，陶笛其木格帮我收拾行李、衣服。突然她的声音变得很伤感："朵莱玛，你不用走。在这喧嚣的都市，咱们做该做的事，享受该享受的幸福。"

"陶笛其木格，要不你跟我一起走吧。咱们用自己的本事去做更有意义的事情，那样以后再来这座城市的时候咱们的思念才会真正地成熟。"我抓住她的手说出了心里话。

"你真的要回农村？整天穿梭在尘土中，和一个驼背邋遢的男人结婚生孩子？"

"哈哈哈……"我放声大笑。

原来陶笛其木格是怕这个！你有没有想到比这个可怕十倍的东西？像李经理那样的人不缺美女，哪天他的生活中出现比你陶笛其木格更可爱、更漂亮的女孩，谁能保证你不会像穿过的袜子一样被扔到一边?!对于把这么多年的夫妻感情像野草一样践踏的人来说，抛弃一个酒馆的女孩实在太简单了。到那时，人心里流出来的是黑色的冰冷的血，这血也有可能是你生命的句号。到那时，没有人会心疼你、安慰你，你只能看着天空为自己做的傻事后悔不堪。

我留下一封信让陶笛其木格转交给巴图查干。信中我没有多说什么，只写了"巴图查干，我走了"几个字。但是这几个字让我心如刀割，为了这几个字不知道有多少个日夜在痛苦中度过。也是这几个字将会在我今后的生活中变成一首优美的诗。

如果有一天，在一个烈日炎炎的夏日，也有可能是寒风刺骨的冬日，我和巴图查干有机会能够再相见，我们会说些什么?他一定会用特别惊讶的眼神看着我，吞吞吐吐地问:"你……你过得好吗?"

那时我会眼里含着泪水，委屈地说:"我日日想你，夜夜梦你。可是你怎么会留恋像我这样的酒馆的女孩呢?!"

然后他会长长地叹着气，苦涩地笑着说:"你无声无息地离开是对的，不然咱们的故事会发展出很多枝叶，甚至可能会演变成悲剧，你可能会痛苦地牺牲掉你的青春年华和终身幸福。"他像个成熟的男人一样说着心里话。

听完这些我止住了哭泣，进入沉思。我还没有来得及缓过神，他已经频频回头走远了。从而我意识到我们的故事已经结束了。我庆幸终究没有辜负自己的生活和爱情。

陶笛其木格把我送到车站。车站的西南方有个南方商人的摊位，看到很多人正在那儿买小筐子、花瓶……这些精美的手工艺品，我走过去拿起了一把竹笛。

"你会吹笛子?"陶笛其木格好奇地看着我。

我微笑着点了点头:"你不学吹笛子吗?"

"嗨，我可没有那雅兴。还是在床头摆上花儿吧。"说着她拿起一个漂亮的花瓶……

我衷心地祝福陶笛其木格的生活像芬芳的山丹花一样盛开。而我是这把竹笛永远的主人。

1999 年

山岩的传说

贺·乌力吉巴雅尔 著

策·布仁巴雅尔 译

贺·乌力吉巴雅尔

本名贺·乌力吉巴彦，蒙古族，牧民作家，1967年出生于赤峰市阿鲁科尔沁旗，昭乌达蒙古作家协会会员。上世纪八十年代开始写作，发表多部长篇小说、中篇小说、诗歌及散文。2008年获得第二届"苏鲁德"杯蒙古文中篇小说征文大赛优秀奖，2014年获得《潮洛濛》文学杂志的长、中、短篇小说大赛二等奖。

策·布仁巴雅尔

蒙古族，1944年生。译审，曾任内蒙古群艺馆《鸿嘎鲁》编辑部副总编，内蒙古自治区文学翻译家协会原副秘书长。主要翻译（蒙译汉）与审订一百四十七万字的《蒙古学百科全书·文学卷》（内蒙古人民出版社2011年出版）。1999年荣获内蒙古自治区文学创作"索龙嘎"奖文学翻译奖。

太阳在泪汪汪的眼中失去形状，闪烁着，使阿拉坦陶古斯无法知晓从湖的彼岸走过来什么人。阿鲁贝勒①将她赠给朝廷钦差大臣的约定日子快要到了。"即便是可怜巴巴孤独成长的穷奴隶，也不能当成哈达与绵羊的份儿到陌生满洲那里成为礼品。"怀着这颗坚定的理念，十八岁的阿拉坦陶古斯姑娘向着刚甘湖迈开了诀别的步伐。由于想象中的天堂般绝妙欢乐的刚甘湖的深水，没有得到春日的照射，越往深走，水越刺骨难耐，不一会儿水漫过姑娘的胸部，她开始呼吸困难了。正在这时……

一

"丁零——丁零……"巴雅尔苏木达办公桌上的电话响个不停，恰好兴致勃勃写作灵感的思路，好像有仇似的给打断了。

"丁零——丁零——丁零……"

办公室的电话，只有公事，才丁零作响的，没有特殊情况谁敢老打这个电话呢。

---

① 贝勒：全称"多罗贝勒"，清代贵族的世袭封爵，有时也授予蒙古贵族。

"喂，谁呀？"巴雅尔以不满的情绪暴躁地问。

"明天，在你们巴彦苏木，新派的书记要上任。组织部张部长亲自送他去，要做好迎接的准备工作。"电话那头传来阿鲁旗委组织部布主任熟悉的喑哑声音，像命令，似建议。

"哦，偏在这时……"接电话的巴雅尔苏木达像嫌麻烦似的嘟囔着，在转椅上向后仰了仰。

怎么说呢，事情都有这样节外生枝的规律吧？！阿鲁旗巴彦苏木有六十万亩草场，六个嘎查争夺占有。在这地儿，对当了十来年领导的巴雅尔来说，遇到的乱七八糟事儿还算少吗？上世纪九十年代初，大学本科毕业的他即便有留在城市机关工作的机会，但因有着为家乡巴彦苏木做出贡献的青年人的热情，遇到了现如今自己愿意的这种苦恼。

巴雅尔仔细安排停当明天的工作，晚些时候回的家。巴彦苏木的哈达图嘎查这个家园，由于两年前遭水灾，被细沙掩埋，以巴雅尔为首的七十多户搬迁到苏木所在地镇新区集中居住。也开始圈养牲畜。巴雅尔作为苏木达在镇西盖起了宽敞漂亮的砖瓦结构大院儿。他的妻子格日勒赞丹是苏木中学教导处主任，儿子巴根纳是包钢钢铁学院的大学生，比起在改革开放大潮与生态环境无情排挤下犯难的普通牧民们，这一家可谓兴旺且光彩夺目的家庭了。

巴雅尔刚吃完饭，便打开台灯继续写中篇小说《卓拉窃贼》……

正在这时，一个神通广大的人像展翅的鸿雁踩着泛白的湖水滑翔而至，攫取姑娘的肩膀，往后拖向岸边茂密芦苇处。春季正午的太阳直烤额头。对阳光世界失去生活信心的阿拉坦陶古斯姑娘不知所以然时，发现自己被轻轻放在湖岸边一丛嫩绿芦苇中，眼前出现了那个人的只湿了些靴帮的蓝盘花纹图案的布靴子。随着姑娘心里逐渐豁亮，显现出发旧的粗布裤，把大襟掖在腰带里的穿黑褡裢布袍的壮士的琥珀黄脸、下陷绿眼、细长稀疏的胡子、修长薄嘴唇……低矮细小的身材及超过膝盖的两只长手，使姑娘产生了恐惧和惊讶。阿拉坦陶古斯将湿淋淋的袍子大襟卷起，蜷缩着身子抬头之际，发愣地凝视着把自己从死亡线上像金雕似的一下攫取过来的这个陌生人，不知说些什么为好。那人从怀里掏出毛鞡革荷包袋，在他的玉烟袋嘴儿银烟袋中装一袋烟叶子，远点儿坐下，用火镰打出火，抽起烟，冒起稀疏蓝雾。

"您为什么救我这个想死的人呢？我是失去活的信心的苦命人哩！"阿拉坦陶古斯姑娘恍然间很想知道，站起身抽泣起来。

"想死总是有原因的呗，能告诉我你的痛苦吗？"那个人似乎不满意，讥讽地微笑。

"我是阿鲁贝勒诺颜的侍女，叫阿拉坦陶古斯。自幼是个孤苦伶仃的孩子。近期听说清朝朝廷一钦差大臣光临阿鲁贝勒府，阿鲁贝勒把我当成第一批礼物送给那个满洲，我不愿意，想自尽。比起丑陋的生活，美好的死不是更好吗？！"阿拉坦陶古斯擦着眼泪，毫无隐讳地哭诉自己的遭遇。

"他妈的，阿鲁贝勒真不讲理！没人味儿的东西……"

"听说那边，大清的皇帝和大臣等特别厉害呀。像我这样普通软弱的侍女，除了用死抗拒之外，还有什么办法呢？"

"唉，说得也是哩。但是像你这样豆蔻年华的人与其祸害自己，还不如隐居到什么地方活着，是不是？"

"我在这个世界上没有一个可依靠的亲人，去哪里呀！等会儿会被阿鲁贝勒的兵丁抓获，活受罪还不……"

"扎，别那样了！蒙古族有一谚语：无底的器皿盛不住什物，无缘的人们来不得相遇。人们称我是窃贼卓拉。在老家只有苍老的父亲常常独自在家，你给他当姑娘一起生活吧！阿鲁贝勒再不会找到你哟！"

真是这样？姑娘犹豫半天。然而她感悟到，那壮年男人闪烁的目光中有着坚定的信心，充满怜悯之情。

二

旗委组织部张部长等按时到达了巴彦苏木。在苏木会议室，匆匆召开全体干部会，之后在餐厅举办新到任的刘书记与大家见面及欢迎会。刘书记向大家表决心说：

"从今天起，巴彦苏木是我的第二故乡。我会与巴彦苏木的广大干部与牧民一道努力工作。巴彦是蒙古语富裕的意思，对于将巴彦发展成为名副其实的富饶美丽之乡，我充满信心。"如此这般的话语，使巴雅尔的心里暖洋洋的。巴雅尔悄悄地明察到这个年轻书记可能是个有深度有坚忍的男子汉哩。

在各机关，都盛传着一个有关酒的戏言：跟领导喝酒，高兴而必须喝醉才成；跟胆小的一般人喝酒，惧怕而必须离开才成；跟交友妇女喝酒，相恋而必须储备感情才成。巴雅尔在今天也没有解脱"高兴而醉"的差事。

他的妻子格日勒赞丹要扶他上床休息时，他却道一句："我去同曾格古西^①叙一叙"，随后往书房奋力而去……

一道光线透过山洞中唯一的天窗斜映在石墙上，反光让盘坐在上首席羊皮上那位红光满面老人的脸庞显得更加仁慈积德。他如同僧人，身着紫袍，微闭着双眼，安静地数着手中的檀香念珠。"愿消除六道生灵的罪孽，唵嘛呢叭咪吽！"这是一道修身养性的神奇咒文。每日早、午、晚三次念诵此经，以超脱万物的同时，修养身心已是这位鲐背之年的老古西的习惯。不久，一个女

---

① 古西：喇嘛学位名称之一，从事翻译工作。

人从山洞弯曲的小道走了进来，她身着粉红袍，手里端着盛有热茶的铜壶，正是我们熟悉的阿拉坦陶古斯姑娘。数日前，这位姑娘还试图投刚甘湖自尽，却被卓拉窃贼救回，并带到曾格古西处，被他认作了女儿，从此在这中心汗山深处地势险要的深谷的隐秘洞穴中生活了下来。

阿拉坦陶古斯漫步走到曾格古西面前单腿盘坐，这时老人也放下手中的念珠，让出一点位置，微笑道："我们喝午茶吧，孩子。"他们家有不少肉、奶豆腐、黄油和炒面等，都是平时卓拉窃贼送来的。两人吃着黄油拌炒面，喝着茶时女儿不放心地问道："哥哥都出去好几天了，怎么还不见回来？"

古西抚着苍白的长须关心道："你哥哥是天降大任者，该回来的时候自然就回来了，反倒是你，我可怜的孩子，在这儿住得惯吗？夜晚天黑时可别害怕，咱们这儿可没有任何吓人的东西，尽可安心地睡。"

"我自小孤苦伶仃的，一般也不会怕什么了。"阿拉坦陶古斯向前挪一挪，把头靠在曾格古西的肩上说，"有像您这样的父亲，还有像亲哥那样的哥哥，能在这么好的家里生活，我已经别无他求了。"说完，她已是泪流满面。

古西老爹慈爱地抚摸着她的头劝说道："好了我的孩子，在岩洞中生活的人，得有一颗岩石般坚强的心啊，别哭了孩子！"

阿拉坦陶古斯默默点头，往自己那间用皮革隔开的屋子走去。

曾格古西洗完手，在香炉里点上香，再把佛前的灯点旺后自语道："受天降之任者，须守着天时生活也是必然的呀。愿先祖的神灵保佑，赋予他智慧啊！"一番祈祷后，老人回到桌前摆经书、纸张、研墨，忙碌开来。已写了手指般厚的书卷，封面上用竹笔正楷漂亮地写着《北元秘史》四个字，这是曾格古西与时间赛跑的作品，也许是他最后的著作，有幸的是九十岁的古西老人依然有着明亮的双眼和灵活的手指，这也使他写的字依然清晰、端正……

北元之主林丹呼图克图驾崩后，他的妻儿，他的汗国尽归大清国皇太极所有。同时林丹呼图克图的叔父哈喇诺颜王坚守的都城敖其尔图察干浩特首都，被抢夺焚烧殆尽之后的许多天里，这片土地暂时回归了平静。那时哈喇诺颜的八个儿子藏匿在中心汗山东山洼的古城白察图中，静静等待着将灭亡的蒙古政权的复兴时机的到来。这八人分别是性情如火、雷厉风行的敖其尔和阿哈台；聪慧过人的阿拉德尔和素贝；以阴险狡诈著称的和卓和阿特日干以及文武双全的阿拉格台和吉嘎勒。这八人自称是"受天降大任者"，携着妻儿扮作平民百姓过着隐姓埋名的生活。

竹笋发芽蝎子草发青的春暖花开的一天，八人中最小的吉嘎勒因"天任"的秘密事务出城而去。在他走后不久，无数铁骑出现在远处，朝着白察图城扬尘而来，顷刻间将古城团团包围。他们个个头戴尖顶冠、身披铁胄，正是那些满族将士。他们将全城百姓不分男女老幼全部驱赶至王宫的大院中。到处都是打砸抢烧的士兵和痛哭哀号的平民。其中一些受惊逃跑的百姓则被官兵追赶过去，用长矛刺杀或以弓矢射死。

敖其尔、阿哈台、阿拉德尔、素贝、和卓、阿特日干、阿拉格台七兄弟被妻儿藏在炼铁的大炉中侥幸脱身。家中的其他人都让官兵抓到王宫大院中接受盘问。满族将军逼问道："你们中间可有敖其尔、阿哈台等人？有谁知道他们人在何处？"被抓的百姓无一人回话，都默默地站在原地。很明显，这些满族士兵是冲着那八兄弟来的。骑着一匹披甲长腰枣骝大马的满族将军用洪亮的声音说道："在此的蒙古族百姓们，你们不必害怕。我等是奉天聪与察哈尔额斋洪果尔亲王之命来寻敖其尔、阿哈台等人，有要事相商。若谁能告知他们的去向，定有重赏！"这些家伙花半天时间用各种方式逼问这百余名蒙古族百姓，却没有得到任何有用的消息。满族将军咬牙切齿地下令道："若把这些除了摇头什么都不知道的蒙古人连同他们的家院全部烧了的话，可能会有个明白事理的人出来吧?! 全都烧掉!"便令一千士卒从中心汗山捡来千捆干柴，堆放在王宫中放起了大火。

眼看熊熊大火吞没了王宫，从滚滚浓烟中不断传出那些蒙古族百姓濒死时的哭喊、号叫声。躲藏在不远处的敖其尔、阿哈台等如何能忍?! 听着自己的妻儿和街坊邻里的哀号声，几兄弟心如刀绞……敖其尔、阿哈台二人压不住雷霆之怒已将弯刀抽出吼叫，正准备起身与那些满军拼个鱼死网破之际，阿拉德尔、素贝、和卓等赶紧将其二人压住，含泪劝道："家人妻小的性命固然比我等珍贵，但是比家人更珍贵的是如今的天降之任，是祖先的寄托，是蒙古族千万百姓的苍生大计! 我等不该鼠目寸光，被仇恨冲昏头脑，应以大局为重才是!"敖其尔等这才觉醒，兄弟几个一直藏匿到天黑，硬是等来平安无事。

黑暗中的白察图城寂静无声，四周弥漫着恶臭的焦煳味，这座古城让人胆寒。从小在这城中长大的兄弟几人轻车熟路地沿着秘密水道出城，寻找弟弟吉嘎勒而去。那些满族将士对此丝毫未觉，第二天开始派出两千士兵在中心汗山展开了地毯式搜索……

随着一阵凉风，卓拉窃贼从山洞外得意洋洋地走了进来。在他把肩上的皮袋放在地上转身时，曾格古西问候般轻声道："大任还顺利否?""一切顺利! 您过得还好吗?"微笑着回了一句，又道，"您女儿阿拉坦陶古斯呢?"询问中，卓拉窃贼还不经意地用他那双仿佛能穿透几丈远黑暗的眼睛盯了盯被隔开的那段山洞。

阿拉坦陶古斯听见有人叫她名字，便赶紧跑出来一看，果真是她那日思夜念的卓拉哥哥回来了。

"也不知哥哥去了哪里，竟这么久，担心死我了!"见到哥哥一高兴，阿拉坦陶古斯把心里话也抖了出来，顿时面红耳赤。

卓拉窃贼看着阿拉坦陶古斯明眸皓齿的容颜，竟是一阵恍惚，他想："难道不是苍天将一位美丽的菩萨似的仙女派来给我做了妹妹？"

"好妹妹你看，哥哥给你带了些什么？"说着，卓拉窃贼从背来的皮袋中掏出了梳子、镜子、脂粉、针线、绸缎以及头巾等，都是姑娘家用的什物。

阿拉坦陶古斯非常欣喜，她拽着卓拉哥哥到她的隔间里坐下，盛上热茶笑着逼问道："哥哥到底去了哪里？古西老爹说您是什么'受天降大任者'，这'大任'究竟是什么？莫不是加官晋爵之事？"

"人称我为卓拉窃贼，名中带一个'贼'字，哪有给贼加官晋爵的道理？"卓拉哥哥高兴地喝着茶解释，"在山洞住着觉得无聊吗？"

"没事，挺好的！"

"我去你家乡走了一趟，那里的人都说你寻短见，已经不在了，无奈阿鲁贝勒只能赔给那位满族钦差大臣一些马匹了。"

"也是啊，如今我已是'死人'，反而觉得安心了呢。"

"别说这不吉利的话！还有，以后我不在家的时候可不要走远，让附近的猎户看到可就麻烦了！"

"知道了！那您在的时候跟着您到外面晒晒太阳、吹吹风总可以吧？"

"真是说不过你！待一会儿哥哥领你到山中散散心。"

三

星期日的早上，为了让苏木新上任的刘书记熟悉一下这里的环境，巴雅尔苏木达和司机小王开着奔驰车在野外奔跑着。

从前，这哈希日河的两岸郁郁葱葱，到处都是菖蒲、野葱，大雁结队，牛羊成群，宛如画中世界。

巴雅尔指着车窗外的景色道:"这就是历史上有名的哈希日河、宝音图草原哩!"

刘书记看到河道两岸种满了杨树,摇头叹道:"可惜了,在这么好的黑土地上种树……这是浪费啊!"

"七十年代学大寨、开垦草原破坏殆尽……后来觉悟,全种树了……唉,美景不再……"巴雅尔叹息。

往远处望去,中心汗山如一只展翅翱翔的巨大凤凰。他们开着车朝"凤凰"驶去。"那边就是北元朝最后的都城——敖其尔图察干城。那可是非常具有历史价值的遗迹啊!"巴雅尔骄傲地解释道。那是巴雅尔最喜欢的地方,他也多次带领那些到巴彦苏木视察的领导和研究人员去古城遗址。"看!那就是我经常跟你们说的双牤牛峰!在那附近都是古城的外墙!"

刘书记朝巴雅尔所指的方向望去,映入他戴近视镜的双眼的尽是些奇形怪状的土丘、腐蚀殆尽的残垣断壁、断流干涸的河床以及一些弯曲老朽的榆树,这一切实在没让他觉得有什么好看的。沿着山南面宽敞的平川向西走了一段后,司机小王把车慢慢停在了一个土丘的向阳处。

"终于到了!这里可绝对是一片让人心旷神怡的传奇风水宝地啊!"说着,巴雅尔第一个跳下车四下张望着赞叹起来。小王瞧了一眼他激动的脸,心想:唉!我们巴苏木达一到这儿就乐得像小孩子一样……而刘书记则对眼前的景色提不起丝毫兴趣,心想,古城墙遗址什么的不就是这些破土丘嘛,这地方哪有什么值钱的东西。巴雅尔根本没有理会心有不悦的刘书记,反而牵起他的手穿过一扇虽然破旧不堪,却能大致认出的下坠的门洞往里走去,一边走还一边指着旁边一排排的石堆和破损的瓦砾残片介绍:"刘书记您看,那边的是两翼的偏殿、礼拜堂,那边有膳房、后宫……"巴雅尔讲得起劲,就像是在北京故宫游览一样。刘书记虽然心中不悦,但也不好驳了人家的面子,只得面带微笑地点点头。

"这地方可是蕴藏了我们家乡最珍贵的历史和最灿烂的文化的宝地啊！正是有了这美丽山水和古城遗址，我们的巴彦苏木才真算是巴彦啊。我们应该把这古城遗址的情况上报中央，把它记录到非物质文化遗产中，再邀请一些科学家、研究人员过来进行更加深入的发掘，让它成为我们巴彦苏木的文化名片才对呀！"巴雅尔手舞足蹈地讲着。司机小王看了一眼头顶的太阳提醒道："巴苏木达，时候不早了，我们是不是该前往下一站了？"这才让巴雅尔停止了"话匣"，几个人朝着有"马鞍山洞"传说的阿拉坦山开去。途中路过被称为辽元旧址的方墙时，巴雅尔对他们解释道："这里当初是林丹呼图克图汗最初定为首都的白察图城旧址，相传此地易守难攻，努尔哈赤曾派遣间谍扮作风水先生，来向林丹呼图克图汗进谗言，骗他说此城是建立在东北风风口处的凶城，终使得林丹汗无奈迁都。"

　　刘书记听完，随口问道："这里也是被满族人破坏的吗？"

　　"可不是吗！清王朝对我们蒙古族的历史文化破坏极大，但也有像曾格古西这样的一批蒙古族学者隐匿起来，为后世留下了《北元秘史》等珍贵的历史文献。"巴雅尔缓缓叙述着，在他眼中似乎依稀浮现出一位苍老得连睫毛都白了的老者端坐在那里，小心翼翼地用蘸了墨的木笔将一个个文字竖写在泛黄的宣纸上的身影，以及作为兴安岭众多山脉之一的中心汗山的九百九十九座山峰上突然乌云密布、电闪雷鸣、风雨欲来……

　　滂沱大雨使山中的岩石、沟壑都变得异常湿滑，满族将军无奈，只能领着搜山的士兵返回营地，待雨过天晴后再去搜山。将军在大帐中点起火，烤上鹿腿，品尝着从京城带来的汉人酿的米酒。从帐中飘出的酒肉香味，叫外面站岗的卫兵馋得直流口水。

　　但是这位将军的脸如同外头的天气一般乌云密布。寻找那皇兄所要之物无异于大海捞针哩。北元王朝视那为命根子。如今皇兄得知那物藏在察哈尔都城附近的消息，便将寻找的任务交给这位将军诺颜，命他挖地三尺也要找到。

外面雨下个不停，满洲将军在大帐中思考着对策。此时，不远处山中的崎岖小径上，几个身披鹿皮的人快步走着。领头的是个麻面黑须的大汉，他带领众人披荆斩棘前进，朝着中心汗山最危险的沟壑深处走去。这几人不是别人，正是哈拉诺颜王的几个儿子敖其尔、阿哈台等人。几人逃出城找到了弟弟吉嘎勒后，正愁如何能逃出清军搜捕的时候，老天保佑，天降大雨，让兄弟几人抓住了突围的机会。几人沿着经常走的暗道，很快找到了双巨石中一个狼洞大小的秘密山洞，钻了进去。在此，被林丹呼图克图汗及其叔父哈喇诺颜王遗嘱令称为"天朝至宝"的重要物品静静躺在一个褐色檀木盒中，盒子外面雕刻金龙，被包裹在九层蟒缎之中。

"清廷皇帝为了得到我们这个宝贝，眼红而且不择手段。我们就算是死也不能让他们得到此宝物！"说着，大哥敖其尔把盒子背到肩上藏在了斗篷里。他们用石头封死隐秘洞口，迅速离开。不久众人的脚印被哗哗的雨水冲刷得干干净净，没有留下蛛丝马迹。

三人往北开着车数次横跨河流，小心越过多处斜坡，朝着一个隐蔽的山谷缓缓驶去。

"这里被称为阿拉坦山，山谷口光滑的白色山岩内便是那传说中的马鞍洞了。"巴雅尔指着旁边的高山，兴致勃勃。

"阿拉坦山？金山！多好听的名字啊！"刘书记似乎对此颇感兴趣，他用手扶了扶眼镜仔细看着越来越近的大山。

"嗯，在汉语中可不就是金山嘛。"小王边说边把车停在悬崖绝壁脚下。山谷处这块寸草不生的大绝壁让人望而生畏。

"这山岩里有洞穴？"刘书记挺着身子叉着腰，两眼在山岩上扫来扫去，也没看见洞穴的入口。

"巴苏木达，您真的见过马鞍洞吗？我是来了几次也没看见什么洞穴啊！"小王站在巴雅尔身后喊道。小王把给两位领导准备的野餐食物都拿了出来，摆在了一块巨石上，烤鸡、血肠、面包、啤酒，应有尽有。

"据说这马鞍洞必须在特定的角度才能看见。"巴雅尔来到摆满食物的石头旁边，赞道："还是咱们小王细心啊！"

"哪里，这都是我该做的！"小王谦虚地微笑着从口袋里掏出两盒红塔山烟递给了两位领导。

刘书记道："这么说来，没人知道有这么个山洞啰？"

"据传，清朝有个叫卓拉窃贼的人住在这一带，只有这个人才能进入山洞。"巴雅尔嘴里念叨着"嗡咪吽！"把手中的啤酒和肉饼敬献给大山，接着说，"野餐时把食物分给山神，食物会变得更美味！我们用餐吧。"听罢，刘书记和小王也高兴地围坐在石头旁……

一天，敖其尔、阿哈台八人来到阿拉坦山脚下野炊时，看到这块光亮的壁岩惊叹道："如此巨大的硅石山岩，我们竟然才发现！这可真是世间奇观啊！"他们依从第一个发现山岩的幼弟吉嘎勒的话，在此地度过一宿。翌日一大早太阳升起的时候，几个人来到山谷西侧的两棵白檀树下野炊，发现果真有一个马鞍形的洞穴隐藏在山岩中央，但随着太阳升高，又不见了踪影。

"真是个神奇的洞穴！我们若把那至尊宝物藏在此处，岂不更安全？"阿拉德尔、素贝等都有此意，大家都高兴地赞同。但进入洞穴却不是件容易的事。兄弟几人在山岩附近滞留数日，绞尽脑汁，最终决定采纳阿拉德尔、和卓二人的建议，用牛马的筋和鹿及黄羊的皮制作两条百丈长的绳索顺进山洞。几人即刻开始准备，先是让两人扯着其中一条绳索，沿光滑崖壁两侧爬到顶上，在山洞附近横撑起绳索，将两端固定在两边的石头和树木之上，另一条绳索的一端连在横着的绳索上，另一端系在体态轻灵的吉嘎勒腰间，他沿着绳索在绝壁上慢慢贴紧光滑的硅石岩朝洞口攀爬……

野餐过后三人正准备回去，刘书记回头望着阿拉坦山自语道："这座阿拉坦山给我一种奇特的印象，如果这山下埋着金矿，那我们巴彦苏木可是要一夜暴富啊！"

巴雅尔听完摇头道："唉！这地方别说金矿，就连牛粪都找不到。我小时候家里没火石了，爷爷才带我来这儿找。"

刘书记听完，两眼放光问道："这里有火石？"

四

白察险地的"险"在于四周被茂密的树林围住，无法进入。只有熟悉此地的人才能从这片黑森林中找到出路。在小路出口处的石台上有两人坐了很久。

"哥哥呀，给我唱首歌吧！"阿拉坦陶古斯绕弄着自己的发梢撒娇般地说道，卓拉窃贼乐不可支地答应，清了清嗓子唱道：

> 助你孵化的是母鹰的体温
> 翅膀的耗尽是自己的命运
> 教你知识的是佛祖的智慧
> 定你本性的是自己的内心……

歌声透过黑压压的树林传到山岩上，又折向蓝天，最终消散在清净的空气中。但是歌词中表达的意境似乎随着阳光、随着浮云、随着微风又回到两人心中，让他们感觉到幸福和快乐的金鱼在跳跃。

"没想到哥哥还是个歌者呢，多美的歌啊！"阿拉坦陶古斯情不自禁地拍掌赞道。卓拉窃贼听妹妹如此赞赏，也是非常高兴："在我累的时候、伤心的时候总是会唱这首歌，每次唱完都感觉到信心倍增。"说罢随手摘了一朵野花，递给了阿拉坦陶古斯。阿拉坦陶古斯接过野花，胸口流过一阵暖流，内心一阵波动，美丽的脸庞不知不觉红了起来。

她靠近卓拉窃贼，激动地耳语道："哥哥呀，你对我真好！我一定学会这首歌……"

这几天，巴雅尔一直思考着如何更深入地挖掘主人公的内心世界。正在撰写的小说《卓拉窃贼》已经到了最重要的部分，这时候更需要他一心一意地投入写作中，才能让作品更流畅，更有价值。但是事与愿违，最近因公务繁忙，总会被一些琐事打乱思路。

这不今天刘书记又来找他，商量从矿务局请专家过来勘察巴彦苏木周围是否有矿藏的事宜。

"唉，我们巴彦苏木哪有什么矿藏，还是算了吧！"巴雅尔表明自己的看法，刘书记听完笑道："巴苏木达啊，这事可不是你我说了算的，如今党和政府要求积极开发地方资源，以此来推进地方建设和经济发展。这对我们巴彦苏木的经济发展、财政和人民生活可是千载难逢的机会啊！"

"我们苏木是以畜牧业为主的牧区，有限的这点草场还不够咱们牧户用呢，我们再强占土地翻土采矿，牧民们还有活路吗?!"说着，巴雅尔不高兴了。他始终坚信只有健康的生态和草场才能给蒙古族人民带来幸福。

"如果巴彦苏木真能挖出矿来，牧民们能拿到一部分土地赔偿金的，苏木财政税收也能相应提高。再说了，我们又不去开采肥沃的草场，而是找那些像阿拉坦山这种荒无人烟的地方进行勘探，这还不行吗?"刘书记耐心地劝说。

"你说什么?"巴雅尔眼睛瞪得铜铃般大，着急地劝阻道，

"那可是这里的牧民世代供奉的圣山啊！刘书记，那座山咱们无论如何也动不得！"

"哎呀，巴苏木达……"刘书记还想再劝，却被巴雅尔摇手打断。他说："与其勘测采矿，还不如先把我们现成的敖其日图察干城遗址上报给中央，录入到非物质文化遗产名录中，这不更好嘛。"

"我说你啊，就算把那土堆报上去，上面也同意录入非物质文化遗产了又有什么用呢？对我们苏木的财政收入，牧民的收入能有什么好处？"

"我们能把它做成地方品牌，以此来发展旅游业嘛！"

"哎呀，那可真是没前途的事，真要开发成景区还不知道要花多少钱呢。"

"……"

两人争论了半天也没争出头绪，刘书记临走前说道："我说的这些话也是旗党委成书记的意思，你还是再好好考虑一下吧！"

"别说旗委书记，就算是自治区党委书记的意思也得看看当地的实际情况而定嘛。"巴雅尔心里想。他回到家跟妻子提起这件事儿，妻子格日勒赞丹道："刘书记的想法也是对的，如果没有实际的经济收益，如何改善牧民的生活呢?！不是有句话叫远处戴金冠的不如近处戴草帽的瞅得准吗？我们基层的人民还是应该多考虑眼前的利益吧。"巴雅尔听完这句话更是气不打一处来，训斥道："就你这思想怎么当上民族中学的教导主任的？满口的利益、金钱……"之后几天，巴雅尔称病请假，坐在家里继续写他的小说……

大雨过后，山中的夜色宁静而祥和。卓拉窃贼望着洞中漆黑的石壁不知在想什么。清政府往阿鲁贝勒旗派遣钦差大臣也不知是何用意？这么小的地方最近也没发生什么事，却把这么大官派过来，肯定有什么不可告人的秘密。还有那个骑驴的大汉，他到底是什么人？拳脚功夫厉害也就罢了，还有神机妙算，卓拉窃贼总觉得那人在探寻什么。

那是几天前的事。卓拉窃贼为了查明清政府派下钦差大臣的真正意图，潜入了阿鲁贝勒王宫。那些装饰了彩色琉璃瓦的屋宇灯火通明，仆人们来回穿梭在正殿的雕花过道中，手中端着各种美味佳肴、果盘和茶水。内厅中传来悠扬的马头琴声和长调歌声。看来是阿鲁贝勒在正式接待朝廷来的钦差大臣。

卓拉窃贼翻墙而入，藏在伙房附近柴堆的阴影处观察了许久。由于这里与正殿后门很近，卓拉窃贼纵身便可以直接进入阿鲁贝勒与清廷钦差大臣密谈的房子。他正要动身，正殿后门被打开，两个近卫士卒拖边拷打着一女奴仆出来。随后，手持灯笼的贝勒府管家出来叱骂并命令道：

"胆大包天了不是，竟敢在朝廷钦差大臣面前丢贝勒爷的脸，把这个找死的母狗衣服脱光，裸体扔进狗窝喂狗吧！"

"扎！"接受命令的两个近卫士卒，抓住那女子的辫子推推搡搡朝贝勒府东院门口走去。卓拉窃贼悄悄紧随其后。贝勒府东门外附近，军营养狗处的十几条狗吠声传得很远。在月光下，不知犯了什么罪将被喂狗的可怜女子求饶的哭相依稀可见。卓拉窃贼急切地想：必须找机会救助那个妇女。说啥也是一条命啊，用活人喂狗，那心多么黑呀。被仇恨与怜悯之心牵动的他，跟随他们来到了军营养狗院门口。一个近卫士卒进院里叫养狗者，另一个则拽着妇女的辫子一直押着等待。救命如救火。这是动手的绝好机会，说时迟那时快，卓拉窃贼纵身冲过去，向那近卫士卒的后颈猛击一掌，打倒了。女的惊吓得不知所措之际，卓拉窃贼不由分说地抓住她的手悄声说："快跟着我逃！"

妇女似乎才醒悟："啊，扎！"刚跑出几步，背后传出"嗖"的一声，女子"啊呀！"一声弯曲着倒了下来。

"喂，快抓住！往那边跑啦！"

"别叫她跑啦！抓，抓住！"喊声四起，好几个兵丁往这里跑。见到这情景，卓拉窃贼挽扶起那女子着急地问："怎么啦？"

"我的腿……中箭了。"女子不能站立，颤抖着。卓拉窃贼弯腰仔细一瞅，果真一支长箭插入女子右腿肚子上，鲜血直往靴筒流。

不管三七二十一，逃出去再说。想到这里，卓拉窃贼说："我背你！"

"大恩人您，应该先考虑自己逃命！阿鲁贝勒诺颜他们心狠手辣哩。请把小人扔在这儿吧……"女子犹豫不定，小声哭泣。卓拉窃贼没有跟她争论的闲工夫，立马背起那女子，往东南方向榆树林跑去。旗衙门的几个士兵在他们后边穷追不舍，钻入林子边缘。夏季炎热时分，阿鲁贝勒府的人们会在这处黑林子阴凉处拴马匹或吊膘马匹，现在在月色中更显黑黢黢兀然挺立，给人一种极为稠密之感。榆树林东边流淌着水深河面宽的哈希儿河。卓拉窃贼咬紧牙关，只要想方设法渡河，就有了藏身的办法。

就在这个时候，突然间嗖地出现一个人：

"不要害怕！我对付追来的人们！"声音很低，却很干脆。那人一转身横在追兵路上。

"站住！"传出呵斥的声音。卓拉窃贼也不由自主地停下来，回头一看，刚才这人正在挡住追来的几个兵丁。

气喘吁吁地跑过来的几个兵丁，突然发现有一陌生人在挡道，惊愕之余斥声问："滚开！你是什么人，竟敢阻挠追捕犯人……找死不是？"

"我是谁无关紧要！你们想活着回去，就停止追赶！"那挡住去路的人回答。

那些兵丁更是火冒三丈："我们是贝勒诺颜旗军人！把你这个混蛋干掉了又会怎么样？"说着猛扑过来。

"甭说是什么贝勒诺颜的兵丁，就连皇上的军队我会怕？"那人说完，捋起袖子握起拳头。卓拉窃贼把背着的受伤女子放下，隐藏在粗大的榆树根下，自己也做好了助战的准备。手执剑矛、棍棒的几个兵丁跟手无寸铁的汉子过了几招，都滚爬一地。

那人大大方方抖搂抖搂衣服下摆，背手站立叱喝道："暂时给你们留着小命！快滚！"

兵丁们抱头鼠窜，卓拉窃贼目瞪口呆。过了片刻，卓拉窃贼如梦方醒地赞叹："真是一条好汉！"

好汉来到他跟前："这会儿没事了。你带上那妇女跟我来！"轻声命令之后，向东慢慢走去。卓拉窃贼按照那人说法，背起那女子跟着他走，来到黑黝黝榆树林东边。只见那里拴着一头黑驴，火堆旁放着驴搭挂、褡裢等。那人盘腿坐在火堆旁，从褡裢里掏出皮囊，似乎喝几口饮料什么的，很有风度地捋着细长的黑胡子。

"救命恩人、先生啊！我们怎么感谢才好呢？真是感谢不尽呀！"卓拉窃贼站在前面行礼。旁边的女子也爬过来磕头致谢。

"不必感谢了！只不过一时的行善罢了。不是那女子的腿受伤了吗？过来，我瞧一瞧。"那人说完，把手伸向女子中箭的腿。卓拉窃贼帮那女的脱靴子，靴子血糊淋漓的。妇女俯卧在地上，卓拉窃贼死死压住她的伤腿，那个人猛然拔掉那支箭，妇女不由自主地惨叫了一声。

"我有上等疗伤药哩。两天后可以走路了。"说完，那人从怀里取出小白瓶，点在伤口处，然后用布给包扎好。与训练有素的医师别无两样。

卓拉窃贼从回忆中回过神来，睡意让狗给舔去了似的。五十嘟当岁的那人也没留尊姓大名、来历等，只表明自己从很远的南边来，是个游客，希望受伤的女奴找到一个好人家逃命去吧。然后就骑上毛驴走了，那么有意思啊。我舍命救出的那妇女姓甚名谁，未来得及问……她现在会在哪里，干什么呢？那条好汉也许把她安顿得挺好。啊，暂且到这儿吧，钦差大臣的用意，到底何在？卓拉窃贼遗憾……

敖其尔、阿哈台兄弟八人藏匿好"朝廷支柱宝贝",暂在阿拉坦山附近狩猎糊口度日。一天,两位陌生猎人来到他们的窝棚,自称是迷路之人,唠嗑休息半天,走了。晚上,来了几百名满族军人,围得他们无路可走。满洲人想方设法活捉敖其尔、阿哈台们,终未成功。八兄弟不是自尽,就是死在敌人的刀下,只有小弟吉嘎勒在夜间的战斗中,倒在宿草厚积的洞中,昏迷而幸免于难。之后,十八岁的青年吉嘎勒逃往东部,与单身寡妇成家立业。吉嘎勒的儿子曾格、曾格的儿子孟和卓拉……曾格古西撂下笔,深呼吸之后平静地坐起来。

忆往昔峥嵘岁月,似山岩的回音,心里波浪起伏。这是受天降大任者用鲜血和生命保护传世国宝的生动真实的历史故事,能是普通的事情吗?!曾格古西收笔合卷之际,心跳过速,手指头开始颤抖,不听使唤了。

"为六道生灵安康幸福,唵嘛呢叭咪吽!"曾格古西边祈祷边察觉到自己力不从心了。他心想,临终前还剩下什么没完成的事呢?于是轻声且清晰地唤道:"阿拉坦陶古斯啊,我的孩子,过来吧!"阿拉坦陶古斯来到跟前,他示意坐下来,说,"你哥可能快回来啦。在这当口儿,当爹的我跟你商量一件事儿。"

"啥事儿呀?"

"孩子,你可能不知道,老汉我写的这经卷叫《北元秘史》。唉!我已年迈,剩下的天日不多了。所以我向你交代一下自己的来历,死之前委托给你我唯一的期望。看在老天爷赐予的福分,姑娘你也不会辜负我的信赖吧?"

阿拉坦陶古斯丈二和尚摸不着头脑:"爸呀,您想说啥?我肯定不辜负您的期望。"

老人点点头微笑:"你哥的真名叫孟和卓拉。年仅三岁失去母亲,没有了母爱的他度过孤苦伶仃的日子,在这荒无人烟的山岩生存，吃尽了苦头。儿子也没娶上媳妇，都快五十啦。虽说身材、相貌差，但自幼受艰苦训练，论轻功绝非等闲之辈！"

"我也相信哥哥是好人！"阿拉坦陶古斯站起来，盛碗茶送到曾格古西面前。

"我们是所有蒙古皇族的后裔，黄金家族之家。自我爷爷辈开始，大清国想夺我们的遗产、灭我们的种。保护遗产和种族是长生天授予我们的永恒的差役哟！"曾格古西喝一口茶，清了清嗓子，"现在，那个天之差役传到你哥的身上。自姑娘你来到这儿，我信奉祈祷苍天、祖先的恩佑，一直期望你们俩结为夫妻，成全人理与天意。之后，你们可以养儿育女，保护这具有恢宏历史的山山水水，过起美满的生活哩！"说完瞧了瞧阿拉坦陶古斯。发现姑娘的胸口在不知不觉中起伏，脸虽红，但洋溢着一种无限的喜悦。

阿拉坦陶古斯立马转过脸，犹豫道："我愿意，赞成！"说完，像惊吓的母鹿一样跑进自己所居住的那隔扇山洞里。

不经意间，卓拉窃贼也从外边进来了。他从姑娘背后不动声色地瞧了瞧："出啥事儿了……"笑了笑，嘟囔。

曾格古西的脸庞灿烂得很。他让儿子坐在身旁。

"扎，儿子，接受苍天差役的人，你的岁数也不小了。所以爹爹今天按照祖训，商量阿拉坦陶古斯你们二人结婚传宗接代的事儿呀！"

"那可使不得，怎么行?！她是我妹妹啊。"卓拉窃贼神色慌张地摇摇头。

五

刘书记来旗里参加会议期间，通过旗长的介绍，邀请到市矿产局的彭专家来巴彦苏木的地盘上做矿藏量勘测。秋末的一天，彭专家所带领的矿产勘测一行来到了巴彦苏木。

近十来年，洪涝灾害侵蚀土地，河床扩大，出现了许多壕沟，且沙漠化，能利用的草场面积大都减少。牧民的草场日益减少，每个牧民都担心自己经营的有限的草场，该怎么恢复生态，该怎么科学放牧呢。

勘测队此时到来，植被免不了被乱掘一通，巴雅尔能高兴起来吗？内蒙古的大自然看似非常茂盛富饶，但生态其实非常脆弱！他认为这片土地只适宜游牧生计，就是不能开采、挖掘。胳膊拧不过大腿，按领导专门指示执行。但是他试着跟刘书记好好谈一谈，最好首先在苏木前半部分的土地上进行勘测，包括阿拉坦山的后部，明年再进行勘测。

巴雅尔郁闷中心想：俗话说，抡起斧头砸头刹那，牛也得到片刻休息。或许"山重水复疑无路，柳暗花明又一村"呢。

阿鲁贝勒府富丽堂皇的会客室中，坐着一位身穿缎子大褂、着紫蟒缎短马甲、宝顶珠帽下朝后耷拉黑编制辫子的大清钦差大臣，蓄着挓挲黑胡须的他在思索。他受大清皇帝的专门命令第二次来到蒙古朝廷曾经定都的这片土地，心里很是七上八下。但是自从第一次空手而归的失败后，这次成功的概率竟然很大。因为清朝皇帝已经知道在阿鲁贝勒旗的阿拉坦山上有一面光滑的岩石峭壁，而且侦察到在那岩壁上有一个很隐秘的定时出现的洞穴。皇帝特别交代他，朝廷找了很久的那个宝贝有可能藏在那个洞穴里。

这时，矮墩墩的大约五十来岁的贝勒爷开门进来报告："钦差大臣阁下，去阿拉坦山的事儿都准备好了。现在就启程吗？"

"提前去的侦探回来了吗？"

"探子回来了，那儿也安排了暗中保护钦差大臣您的人。"

"人少的话动静也小，贝勒你跟随我，再带上几个身强力壮的侍卫就行。"

"扎。"贝勒躬身施礼之后，从钦差大臣的房间走出来。走向北府的时候，郁闷的他想："那个东西，但愿不在阿拉坦山为好。要是有的话，阿鲁贝勒我肯定逃不过世世代代被蒙古万众唾骂的命运。"

"贝勒爷"的喊叫声突然从背后传来，贝勒吓得差点屁滚尿流。要跟随贝勒去阿拉坦山的朝克图梅林①在叫。贝勒待缓了心跳，命令道："你在这儿瞎吼什么呀？快鞴些马过来。"

朝克图梅林想要说点儿什么，但看到贝勒生气的样子就没再说下去，转过身去悄悄鞴马。

没过多久，装扮成蒙古族猎人模样、佩带箭壶的阿鲁贝勒、清廷钦差大臣、朝克图梅林等几位骑手从阿鲁贝勒府向北直奔阿拉坦山。

中心汗山白察险峻峡口中弥漫着烟雾，山上的岩石、树木的枝叶、花草像被一种哀愁冲击了似的静悄悄的。九十岁高龄的曾格古西在今天停止呼吸仙逝了。

阿拉坦陶古斯跪在灵柩前，伤心的泪水潸然。卓拉窃贼按照父亲的遗愿上香祷告，准备把遗体带到神圣的地方去天葬。他背着父亲的灵柩走，选择一块肝紫色的山岩，整理铺平山岩阳面的一块儿地，上香驱秽。然后把赤裸的遗体朝西安放，在遗体上面铺满松枝、杜松叶。这是蒙古族的"从蒙古包到山岩室"，"赤条条来，赤条条走"生命习俗的精彩写照。卓拉窃贼从怀里掏出小铁钎子和锤子，在山岩的光滑面上刻上太阳、月亮、星星的图案。由于这是必须完成的习俗而刻完留下记号，给父亲磕了头之后才离去。

傍晚时分，顺着阿拉坦山后浓密森林中的小径，阿鲁贝勒他

---

① 梅林：清代官名。

们来到了峭壁附近。他们在这儿与搭起帐篷等他们来的十来个侍卫会合以后，围着火撑子，为填饱肚子忙得不亦乐乎。

没过多久，乌云密布的傍晚提前来到。远处传来一阵阵打雷声。到了半夜，电闪雷鸣下起了倾盆大雨。在雷电的闪光中，阿拉坦山上的峭壁，挓挲山顶，令人肃然起敬。电闪雷鸣中，树木、沟壑，形成了回音。倾盆大雨的雨点像千军万马将军、士兵发射的箭一样，落在帐篷上。雨水流进了帐篷。钦差大臣把鞍屉顶到头顶上，一直哆嗦到天亮。现在他只求蒙古草原的各路神仙保佑他不要害了他这条小命。

到了早晨，雷雨虽然小了点儿，但依旧乌云密布，扫了今天来这儿人的兴。只有在晨光中若隐若现的马鞍形洞，对于等了一天的钦差大臣和贝勒爷们，上天似乎不让看见那个藏了宝物的洞穴，使乌云密布，不放晴。他们只能回去。这样，被雨淋的钦差大臣和贝勒爷他们打道回府。两天以后，皇帝命令有要事速回，召回钦差大臣。因此将继续找鞍洞的任务交给了朝克图梅林，钦差大臣急忙奔热河避暑山庄而去。

巴彦苏木的土地上开始了勘测工作。牧民们的心被笼罩了一层云雾。若开了矿占领了草场的话，要怎么放牧？是否给很多草场补偿金？会在哪儿出现什么样的矿？在谁的草场中修路……这些疑问在牧民们中间不翼而飞。刘书记向那个彭专家了解到，巴彦苏木的前半部分土地中没有像样的矿藏，刘书记眼光也不在南部的那些沙化而搞绿化的山梁、比较平坦的地带，而是北部的山区。他趁此机会，邀请彭专家去看阿拉坦山的光滑山岩。

专家毕竟是专家，彭专家由衷地感叹道："这是非常罕见的一种硅硫石，珍贵矿产可能全在这儿呀，刘书记你真幸运呀，竟然在这个风水宝地当了个官儿呀。"

"这是全巴彦苏木牧民的福气，但是……这……巴苏木达竟然

303

认为阿拉坦山从远古开始就被视为神圣的地方，不同意勘测。"

彭专家对刘书记说："嗨，那个巴苏木达还真是没文化的牛样蒙古人。你别放在眼里，直接找旗里的领导……"在他耳朵边嘀咕了一些锦囊妙计。刘书记摆了摆手道："这样可不行的，好了、好了，在这地区勘测的事情，以后仔细谈谈后再说吧。"

六

白察险峻森林中，秋天的美景悄然而至，山丁子、稠李等野果开始熟透。自从曾格古西去世以后，阿拉坦陶古斯大部分时间在山洞里独自度过，习惯了做饭、熬茶、补衣服和独自过夜。

只有一件事让她伤心。对于古西父亲遗嘱的结婚事宜，卓拉哥当成耳旁风，到底怎么办呢？她用渴望欲穿的眼神偷偷看她的卓拉哥时，他却像忠诚的狗一样泰然自若。一天，坐在打猎回来后睡着的卓拉窃贼旁边沉思的阿拉坦陶古斯姑娘，像被谁作法了一样也不知不觉睡着了。在梦中，她看见年老的古西父亲跟她追索传宗接代的遗嘱，姑娘惊醒了。

"父亲、父亲。"随着喊声望去，他也好不容易从梦中醒过来。

阿拉坦陶古斯问道："哥，你怎么了！没事吧?"

卓拉窃贼看到她，讪讪地转过脸去说："嗯……没什么，只是梦见了父亲……"

阿拉坦陶古斯的眼睛炯炯有神，用力地看着他："好奇怪呀，我刚才也梦见了古西父亲。在梦里，古西父亲叮嘱我说必须快点儿解决咱们俩的婚事。"

卓拉窃贼也坐起来说道："真的吗？我的梦里也……"抓耳挠腮地脸红了起来。

事情向何处发展？阿拉坦陶古斯用女性的直觉察觉到了，现在她知道不用迟疑与等待了，爱情的暖流流淌了全身似的。爱情、情欲的力量击垮了羞愧、禁令等一切堤坝……阿拉坦陶古斯抱住了她的卓拉哥的脖子。在那一瞬间，在那阴阳间隙中，在那电流般的激情中，两个甜蜜的爱人拉开幸福的帷幕，要放飞生命，要比翼齐飞，要比赛歌喉。

"哥……哥……"姑娘喘着粗气，用手解开了卓拉窃贼的腰带，接着也脱掉了自己的袍子……这是一早春拂晓绽放的花，这是人生最初隐秘的自愿享受，这是无与伦比的性爱盛宴，是他俩天生感性的感悟。

巴雅尔今天写完了中篇小说《卓拉窃贼》，这对于他来说比完成上级某一重要任务还美的事情。妻子格日勒赞丹在晚餐多炒了几个菜，拿出河套老窖来，举杯庆祝了一下。

格日勒赞丹问他把这部小说发表在哪个杂志上时，巴雅尔微笑着说："要在刘氏的杂志上发表。"

两天后，巴雅尔果真把刘书记邀请到家里。喝酒期间他拿出《卓拉窃贼》的原稿给他看，刘书记非常欣赏地说："我来这儿之前就听说巴苏木达是大名鼎鼎的作家，我能成为这部小说的第一个读者，是我的福气。"准备带回家拜读……

一鸟鸣林啸的黎明，阿拉坦山的阳面峡谷中聚集了几百名士兵，把陡峭的山岩围得水泄不通。晨光中从西南山梁让朝克图梅林指着，自己用望远镜眺望神秘鞍洞的大清钦差大臣和阿鲁贝勒们高高兴兴来到了光亮岩壁附近。在这儿，士兵砍断灌木丛，搭建了多个帐篷，用马匹拉着安装了车轮的大炮，朝光亮岩壁方向架起来。

阿鲁贝勒惊恐地看着大炮问道："大人，这是……"

那大臣摸着粗拉拉的黑胡子说："这块儿光滑的山岩非常讨厌，如果我们用人力进不了山洞的话，就用大炮来摧毁这岩壁，成为灰烬，谁也别想拥有该秘密宝物。此乃皇上的旨意也！"那家伙和盘托出了用意。

阿鲁贝勒听完，心里默默祈祷："对山水用大炮？太造孽了。"尽管胆战心惊，但是面对第三次带来几百兵马、拉来火炮等的钦差大臣，贝勒连响屁也不敢放了。

钦差大臣和阿鲁贝勒走进帐篷喝茶期间绞尽脑汁讨论，如何进入光滑无比的山洞，云梯或长绳……用什么方法进入从四面无人能接近的山岩正中央的那个鞍形洞呢。

这时，帐篷外喧哗，朝克图梅林进来报告："从东边山梁的森林中抓住了一名可疑的人。"

钦差大臣、阿鲁贝勒走出帐篷，只见士兵们拉来了一名绑住手脚的小个子壮实汉子。跟着钦差大臣来的大清将军呈报说："这人看起来虽然瘦小，但非常厉害。他打倒我手下好几名士兵，跑起来比兔子还快。朝克图梅林我俩费九牛二虎之力才抓住他。"边说边把那被抓的人踹了一脚。

站在人群里的阿鲁贝勒旗的几个士兵来到俘虏面前，端详了半天说："大人，我们认识这个人。"

阿鲁贝勒惊讶地问："你们认识吗？"士兵们争先恐后地说："这就是我们阿鲁贝勒旗众人所说的那个卓拉窃贼。以前我们就差点儿抓到他。"

"真是卓拉窃贼吗？"贝勒的眼睛发亮了似的，仔细打量着那个被绑住人的绿眼睛、细长的嘴唇、稀疏黄胡子的嘴脸，厉声问道："你真的是卓拉窃贼吗？如实回答！"

那汉子在被捆绑的脚上挣扎着站立说："是的，我就是黄金家族的后代，就是他们所说的飞檐走壁的小偷卓拉。"

这时，一士兵跑到钦差大臣身边递一张纸条说："刚才有一位骑驴的人说，要把这个交给您。"

钦差大臣看了纸条点头微笑道："把这个人带到那边好好照管。"

没过多久，按照钦差大臣的命令，满洲将士在岩壁附近布置了特殊的阵势，岩壁的东西两面和山顶，拿着刀剑的士兵围了三层。手执弓箭的百余士兵与十来门炮排列在山岩对面，从山顶扔下一根绳子，把卓拉窃贼光溜溜地拉到他们面前。

　　钦差大臣用欣赏的眼光瞅着站在他面前、被绑住的卓拉窃贼那瘦小的胸脯和浓黑阴毛及特号长的男人生殖器说道："我听说你是十分了得的汉子，如果你爬到这光滑的山岩山洞，拿到里面的宝物并交给我的话，我不但不杀你，还会给予朝廷的赏赐。你看如何？"

　　卓拉窃贼目不斜视地看着岩壁，咬紧牙关没吱声。阿鲁贝勒领会钦差大臣使的眼色，上前在卓拉窃贼的耳朵边嘀咕了好久。卓拉才望着苍天，长叹一声，答应道："好的，不管怎样，我攀岩试试看。"

　　爬山岩，对于卓拉窃贼来说现在是唯一的选择。如果不爬，钦差大臣会用大炮把光亮岩壁炸得粉碎，真那样的话还不如直接面对遇到的危险。也许会找到办法。这是他深思熟虑的决定。

　　"你看清我们的阵势了吧？你必须小心翼翼地取出秘密山洞里的那些宝物。如果要是有一丁点儿歪道道儿，你会跟着这座山被夷为平地哩。"钦差大臣叮嘱了又叮嘱，解开了卓拉窃贼的捆绑。

　　士兵把长绳顶端捆绑在卓拉窃贼那裸体的腰间，让他从光亮的山岩西侧向马鞍山洞爬去。只有他非常熟悉隐秘的小径，每年四季爬一次这座山完成上苍的任务。卓拉窃贼凭借天生的长有黑色毛发的脚和魔爪似的手指，在光滑的山岩上面像蝙蝠似的粘在上面，并迅速爬向山洞。从山脚下用望远镜仰望的钦差大臣眼中，他在山岩中央突然消失。其实卓拉窃贼真的进入了山洞，原先这个山洞是山岩中央凹进去部分的斜而似锅的山洞。有六哈那蒙古包宽敞的这山洞里，有一卓拉窃贼经常祭拜的，但从来没动过的那个紫檀香盒子，依旧放在那里。

卓拉窃贼像平常一样在盒子面前叩了三个响头。长生天，蒙古神圣的守护神啊！今天无能的我在可怕的满洲人的威胁下无奈，请饶恕我该惊动您了。卓拉窃贼叩拜完后按住猛跳的心，举手拿了雕九条龙纹的紫檀香盒，轻轻打开盖子一看，里面有一张写有字的纸条。

"……像所有人身心有秘密一样，历代有宗族的家秘，国家有朝廷的秘密，比这更大的秘密乃……"卓拉窃贼念着写在宣纸上面的遗嘱令，心里顿时敞亮多了。遗嘱令上写的话语打开了卓拉窃贼的心结，让他认识到人们最后的正确选择。

他把那条宣纸揉成团，放进嘴里吞了下去。从盒子里拿出来放着的那个"朝廷支柱宝"宝物，看了许久。原来是碗大小的玉雕刻成龙形状的玉玺。卓拉窃贼不认得玉玺底部的文字。借射进洞里的光线一看，在晶莹剔透的玉中出现不清楚的各种图案，显示各种颜色的图案还真是奇异无比，盯视许久，从那奇怪的图案和光线组成的七色中清晰辨认出了"故土"两个字。

"故土？对呀，故土……"卓拉窃贼理解了什么似的高兴了起来。

从山顶下来的长绳开始抖动。这意味着让他赶快从洞里出来的意思。卓拉窃贼捆紧了自己身上的绳子，抱着有玉玺的紫檀小盒子，走出了山洞。等了半天的钦差大臣的望远镜中出现了卓拉窃贼抱着小盒子往下爬的身影。他按捺不住笑声说道："哈哈哈……今天大功告成矣。"他把望远镜递给贝勒说，"你瞧瞧吧。"

"喂喂，你找到了什么？""赶快下来！"大臣手下的将士们呼喊着。

卓拉窃贼离地四五丈高度中悬挂着下来，用脚把绳索围住，定了定身说："阁下，洞里只有这一枚玉玺，别的没啥东西。"

钦差大臣听完，高兴地问道："真的是玉玺吗？"

卓拉窃贼故意从紫檀盒子中拿出玉玺让他看，又说："就是，真有这枚玉玺。"

"太好啦，赶快下来，我要重重赏你。"

"扎。"卓拉窃贼仰望苍天，轻声说，"长生天啊，蒙古大神祇先祖们，作为成吉思汗的后代，我今天不会把玉玺与生命献给异族满洲的朝廷。"然后解开腰中间长绳的结，猛然跳向钦差大臣旁边的勒勒车大小的石头……

唉，太可惜了，刘书记不由自主地叹息。刘书记靠向椅子，用手摁住跳动的心口，闭着眼睛坐了良久。巴雅尔写的主人公卓拉窃贼的壮烈牺牲令他激动不已。自读《卓拉窃贼》这部接地气中篇小说的那一刻起，给他的"为什么会这样的"惊诧，"为什么"的讨厌，"怎么会是这样"的遗憾，找到了答案。他感悟到传世玉玺里的"故土"二字涵盖了一切……

过了好久的一天，在阿拉坦山阳面峡谷山岩附近，来了一位怀了孕的大腹便便妇女。她不是别人，正是阿拉坦陶古斯。为了找消失了多日的丈夫即卓拉哥哥，把《北元秘史》用绸缎仔细包好背在身上，来到了这里。

阿拉坦山在不时吹拂树木枝叶的寒风中呼吸着，耸立着。光滑的岩壁，似乎诉说着这里曾发生的惨案，用一种不为人知的天籁之音窃窃私语着，肃穆中挺立着。

阿拉坦陶古斯倚着岩壁下那勒勒车大小的巨石，屏住呼吸站立了片刻。这时她凝视着巨石上面干了的红血迹，用手摸一下，一股暖流似乎灼烧手心。这是什么血？好奇的目光中突然发现石头旁边指甲般大小的东西在五彩缤纷地闪烁着。她弯着身，顺手捡起来仔细一看，原来是一块玉的碎片。

阿拉坦陶古斯喜出望外地小声说："多么美的玉片呀！"她朝

光线一照，里面透着七色的光芒，然后逐渐形成了像字一样的图案。"子孙，对，真的叫子孙。"曾跟着贝勒的小姐学习蒙古文的阿拉坦陶古斯惊奇地嘀咕着反复看着玉片，无论怎么看，里面的"子孙"二字依旧清晰得很。

夕阳快西下时刘书记读完全文，他嘴里自言自语"故土、子孙"，来到了单位的阳台。像约好了似的巴雅尔也站在那儿眺望着远方。

"刚拜读完你的杰作，我真的激动不已。从今天起会支持你的看法，朋友！"刘书记说。

习习之风和谐地吹拂着楼顶，令人解愁又心旷神怡。他们俩互相点头微笑着眺望那远处碧波荡漾的刚甘湖水，夕阳在泪汪汪的眼中虽改变形状，但依然闪烁着……

2014 年

图书在版编目（CIP）数据

绣杏花的烟荷包 / 优秀蒙古文文学作品翻译出版工程
组委会编 . –– 北京：作家出版社，2018.2

（优秀蒙古文文学作品翻译出版工程）

ISBN 978 – 7 – 5063 – 9867 – 1

Ⅰ . ①绣⋯　Ⅱ . ①优⋯　Ⅲ . ①短篇小说 – 小说集 – 中
国 – 当代　Ⅳ . ①I247.7

中国版本图书馆 CIP 数据核字（2018）第 000335 号

绣杏花的烟荷包

编　　　者：优秀蒙古文文学作品翻译出版工程组委会
责任编辑：陈晓帆
装帧设计：曹全弘
蒙文题字：艺如乐图
出版发行：作家出版社
社　　　址：北京农展馆南里 10 号　　　邮　　编：100125
电话传真：86 – 10 – 65930756（出版发行部）
　　　　　86 – 10 – 65004079（总编室）
　　　　　86 – 10 – 65015116（邮购部）
E – mail: zuojia@zuojia. net. cn
http: // www. haozuojia. com（作家在线）
印　　　刷：中煤（北京）印务有限公司
成品尺寸：152 × 230
字　　　数：280 千
印　　　张：20
版　　　次：2018 年 2 月第 1 版
印　　　次：2018 年 2 月第 1 次印刷
ISBN 978 – 7 – 5063 – 9867 – 1
定　　　价：43.00 元